|g|r|a|f|i|t|

Bisher in dieser Reihe erschienen:

Die Tote von Kalkgrund. ISBN 978-3-89425-454-4
Mord an der Förde. ISBN 978-3-89425-462-9
Tod auf der Rumregatta. ISBN 978-3-89425-471-1
Nebel über der Küste. ISBN ISBN 978-3-89425-484-1

Alle Titel sind auch als E-Books erhältlich.

© 2018 by GRAFIT Verlag GmbH
Chemnitzer Str. 31, 44139 Dortmund
Internet: http://www.grafit.de
E-Mail: info@grafit.de
Alle Rechte vorbehalten.
Umschlagfoto: Jo.Sephine/photocase.de
Druck und Bindearbeiten: CPI – Clausen & Bosse, Leck
ISBN 978-3-89425-577-0
1. 2. 3. / 2020 19 18

H. Dieter Neumann

Blutmöwen

Kriminalroman

grafit

Der Autor

H. Dieter Neumann, Jahrgang 1949, war Offizier in der Luft-
waffe der Bundeswehr und in verschiedenen internationalen
Dienststellen der NATO. Anschließend arbeitete der diplo-
mierte Finanzökonom als Vertriebsleiter und Geschäftsfüh-
rer in der Versicherungswirtschaft, bevor er sich ganz aufs
Schreiben verlegte.

Der passionierte Segler ist verheiratet, hat zwei erwachsene
Töchter und lebt in Flensburg.

www.hdieterneumann.de

Für Barbara
in memoriam

Die Silbermöwe ist mit 55–67 cm etwa so groß wie ein Mäusebussard, die Flügelspannweite ist mit 125–155 cm sogar noch etwas weiter. Der Blick dieser häufigen Großmöwe wirkt etwas grimmig. Der relativ klobige Schnabel ist zwischen 44 und 65 mm lang. [...] Ihre Nahrung sucht die Silbermöwe vorwiegend im Bereich der Küste. [...] Von besonderer Bedeutung sind jedoch auch ganzjährig Orte, an denen Abfälle eine sichere Nahrungsquelle bieten, wie Mülldeponien, Fischereihäfen und -betriebe, aber auch Schlachthöfe. In geringerer Zahl findet man die Art jedoch auch auf landwirtschaftlichen Nutzflächen [...] Die Silbermöwe zeigt aufgrund ihres opportunistischen Nahrungsverhaltens ein sehr breites Nahrungs- und Beutespektrum. Oft wird ein lokal oder saisonal reiches Nahrungsvorkommen ausgiebig und auch einseitig genutzt. Wenn aber ein solches nicht vorhanden ist, ist die Art recht erfinderisch im Auftreiben von Ersatz.

www.wikipedia.de

Die Silbermöwe ist ein Nesträuber, das heißt, dass sie die Eier, aber auch die Jungvögel aus anderen Nestern verspeist. Doch auch Abfälle und Aas stehen bei der Silbermöwe auf dem Speiseplan.

www.kinder-tierlexikon.de

Möwen sind fantastische Vögel. [...] Gut, es sind [...] Aasfresser, ihr Kot lässt Schiffe rosten, zerbröselt Beton. Aber ist es nicht schön, sie am blauen Himmel schweben zu sehen?

Dieter Klössing, *Familie der Möwen – Laridae*, www.dieter-kloessing.com

Prolog

Der junge Rotfuchs verharrt regungslos am Rande der Buschgruppe, verborgen unter dem Blattwerk des dichten Gestrüpps. Nur seine Nase zuckt, während er den verführerischen Duft einsaugt.

Eigentlich ist er satt. Sein Tisch ist in diesen Tagen reich gedeckt. Die sengende Sonne hat den Boden ausgetrocknet, und die Feldmäuse irren auf ihrer verzweifelten Suche nach unverdorrtem Gras, nach ein paar Kräutern oder Körnern hungrig auf dem verkarsteten Land herum. Leichte Beute sind sie für ihn, haben in ihrem Kampf ums Überleben alle Vorsicht fahren lassen.

Doch was er jetzt plötzlich wittert, schwach noch, lässt den Fuchs leise beben. Ein ganz anderer Geruch als der alltägliche der Mäuse. Unwiderstehlich. Der warme Wind weht von See her ins Land, streicht dabei über die Weiden, führt das strenge Aroma des Viehs und Tausende andere Düfte mit sich. Einer davon, weit entfernt, verheißt ein Festmahl.

Das Beben verstärkt sich und Speichel tropft dem Fuchs aus dem Fang, als er sich auf den Weg macht. Geduckt schnürt er geräuschlos durch das ausgedörrte Gras. Je weiter er läuft, desto stärker wird der Duft, der ihn lockt.

Immer wieder blickt er argwöhnisch über das Land, das vor ihm liegt, sichert nach allen Seiten. Seine Nase weist ihm den Weg, untrüglich. Geschickt nutzt er Mulden und Bodenwellen, schlüpft blitzschnell unter Stacheldrahtzäunen durch und hält sich unsichtbar in ausgetrockneten Gräben, bis er die weidenden Rinder umlaufen hat und auf ein Rapsfeld stößt. Im Frühling ein hell strahlendes, in langen Wellen flutendes Gelb, rascheln nun bis hinunter zum Strand dicht stehende graubraune Stängel im Wind.

Hier beherrscht der köstliche Geruch schon völlig die Luft. Kein anderes Aroma vermag der Fuchs jetzt noch wahrzunehmen. Getrieben von seiner Gier, rast er wie ein Blitz durch die Halme, bis er mit zwei mächtigen Sprüngen einen Feldweg überquert und unter dem dichten, wogenden Dach des angrenzenden Weizenfeldes wieder Schutz findet.

Seine feinen Ohren zucken. Schon von Weitem hat er sie gehört: laute Schreie, die er allzu gut kennt. Dicht hinter dem Korn erhebt sich ein niedriges Wäldchen aus knorrigen, im Seewind verwachsenen Kiefern. Der Fuchs riecht es genau: Dort irgendwo liegt das Ziel seiner Begierde. Er duckt sich auf den Boden und kriecht weiter bis an den Feldrand. Endlich hat er einen freien Blick auf den Schauplatz des Getümmels. Seine Flanken zucken, er hechelt flach und seine bernsteinfarbenen Augen verfolgen gebannt das wilde Spektakel.

Möwen.

In großer Zahl haben die Räuber sich auf der Quelle des betörenden Duftes niedergelassen, hüpfen hektisch hin und her, krakeelen, fliegen immer wieder auf, die gelben Schnäbel blutverschmiert. Der Himmel scheint voll von schwirrenden Schwingen, nichts ist zu hören außer eiferndem Gezeter.

Furcht einflößend. Der Fuchs muss es dennoch versuchen – der Reiz ist übermächtig. Den Leib flach an den Boden geduckt, schleicht er langsam näher.

Sie sehen ihn sofort.

Eine hitzig flatternde Horde schreiender Vögel stürzt sich zornig auf ihn. Stechend dringt der unbeschreibliche Lärm in seine feinen Ohren, und tief fahren messerscharfe Schnäbel immer wieder in seinen Leib.

Es dauert nur wenige Sekunden, dann rast der junge Rotfuchs jaulend und aus vielen Rissen blutend davon, in panischen Sprüngen zurück unter den Schutz der Weizenhalme, fort von dem wundervollen Duft.

Keuchend und am ganzen Leib zitternd, wirft er sich im Schatten des Baldachins aus reifen Ähren zu Boden und leckt seine Wunden.

Die Möwen setzen gierig ihr Festmahl fort.

1

Obwohl es erst kurz nach sieben Uhr war, strahlte die Sonne bereits munter in den weißen Cinquecento hinein. Helene Christ hatte das Faltdach geöffnet, bevor sie losgefahren war, und ihre neue modische Sonnenbrille aufgesetzt. Im warmen Wind flatterte ihre dichte weißblonde Mähne fröhlich im Fahrtwind, während sie auf der Landstraße der Stadt entgegenfuhr. Aus den Lautsprechern sang Ed Sheeran *Castle On The Hill*. Als er den unwiderstehlichen Refrain erreichte, drehte Helene die Lautstärke noch weiter auf und stimmte übermütig ein: »*I'm on my way, driving at ninety down those country lanes.*« Ein vergnügtes Lächeln trat ihr ins Gesicht, als im Osten hinter den Feldern das Meer in den Blick kam, glitzernd im Licht der Morgensonne und schon zu dieser frühen Stunde belebt von ein paar weißen Segeln.

Tief sog Helene die herrliche Luft ein. Die langen Monate des norddeutschen ›Schietwetters‹, die Stürme, die klamme Feuchtigkeit, das schwermütige Grau – endlich vorbei. Bis weit in den Frühling hinein hatte das schlechte Wetter die Küste in missgünstigem Griff gehalten. Selbst im Frühsommer waren immer wieder ausgedehnte Tiefdruckgebiete über das Land gezogen. Während man in Süddeutschland schon lange unter Temperaturen von weit über dreißig Grad stöhnte und bis in die Nacht hinein auf den Terrassen, in Biergärten oder Straßencafés saß, hatte man sich im Land zwischen den Meeren wieder einmal fatalistisch mit dem Spruch zu trösten versucht, der Sommer im Norden sei doch auch nett, schließlich sei der Regen dann viel wärmer als im Winter. Jetzt erst, Anfang August, zeigte sich die Küste von ihrer schönsten Seite. Dafür aber mit ganzer Macht.

Das nutzten natürlich auch die Landwirte, wie die gewaltigen Mähdrescher und die Schlepper mit hochbordigen Anhängern bewiesen, die bereits zu dieser frühen Stunde geschäftig auf den Feldern unterwegs waren. Der Weizen stand vielerorts immer noch auf dem Halm. Zu feuchte Ähren und ein durchnässter, schlammiger Boden hatten dafür gesorgt, dass die Ernte in diesem Jahr erst spät beginnen konnte. Seit ein paar Tagen aber war sie in vollem Gang.

»*I'm on my way*«, sang Ed Sheeran wieder, und Helene schien es, als tanzten die weißen Schaumkronen auf dem Wasser der Ostsee in der Ferne in vollkommenem Rhythmus dazu.

›Glück ist nur ein Augenblick.‹ Das hatte ihr Großvater gesagt. Tatsächlich nur ein einziges Mal, doch Helene hatte diesen kleinen Satz im Gedächtnis behalten.

Der alte Fischer, in dessen Haus sie nach dem Unfalltod ihrer Eltern aufgewachsen war, mochte keine großen Worte. Um die zwölf, dreizehn Jahre alt musste sie gewesen sein, als sie den stillen Mann gefragt hatte, ob er mit seinem Leben glücklich sei. Im Steuerhaus seines Kutters standen sie, der Alte und seine Enkelin, und der hochbetagte Einzylinder stampfte schwer im hölzernen Schiffsrumpf unter ihren Füßen, als das Boot auf der Schlei seinem Heimathafen Arnis entgegentuckerte. Ein paar Hundert Meter vor dem Anleger kamen sie an dem niedrigen weiß getünchten Haus vorbei, wo die Großmutter, klein und dick, im Garten am Ufer stand und zu ihnen herüberwinkte. Wie immer, wenn der Alte nach Hause kam.

Da kam es Helene in den Sinn, ihm diese Frage zu stellen: »Bist du glücklich, Opa?«

Er sah sie mit einem langen Blick an, nahm bedächtig die

verrußte Pfeife aus dem Mund und lächelte. »Wieso fragst du das?«

»Ich weiß nicht, vielleicht weil … Na ja, es ist so schön hier. Ich meine … eigentlich alles, was du hast, was um dich herum ist. Das Haus, das Meer, das Boot … ach, und überhaupt.«

»Und die Oma natürlich«, ergänzte er lachend. »Die wollen wir doch nicht vergessen!« Dann wurde er plötzlich ernst, senkte seine Augen, wie er es immer tat, wenn er nachdachte, und nach einer Weile sagte er: »Weißt du, ein immer glückliches Leben – also glücklich von Anfang bis Ende, die ganze Zeit über nur glücklich –, das gibt es nicht, glaub ich. Hab jedenfalls noch nie davon gehört.« Er fasste den Gashebel neben dem Ruderrad und drosselte die Fahrt, als die Anlegestelle in Sicht kam. »Glück ist immer nur ein Augenblick.« Er hob den Kopf und sah dem Mädchen direkt in die Augen. »Und den muss man erst mal erkennen.« Schließlich, nach einem kurzen Zögern: »… *wollen.*«

Helene sah ihn noch vor sich, den knorrigen Fischer mit den schwieligen Händen – einen der Letzten seiner Zunft –, wie er da im Ruderhaus gestanden und sie angesehen hatte. Hörte seine tiefe Stimme, als redete er gerade in diesem Moment mit ihr.

So vertraut. So viele Jahre nach seinem Tod.

»*I'm on my way*«, rief sie laut, reckte vorwitzig die Nase hoch in den Sommerwind, lächelte und sog die Luft tief in ihre Lungen.

Hart stieg sie in die Bremsen, als das Ortsschild *Flensburg* an ihr vorüberflog. Verdammt, sie hatte gar nicht bemerkt, wie schnell sie fuhr. Das fehlte noch, dass sie hier geblitzt würde. Die feixenden Gesichter der lieben Kollegen, die gern an dieser Stelle auf der Lauer lagen, sah sie schon vor sich. Argwöhnisch suchte sie den Straßenrand ab, doch nirgends war eines der betont unauffälligen Autos geparkt, in dessen Heck man eine Radaranlage vermuten konnte – gut getarnt hinter einer dunklen Scheibe.

Der Zauber des Augenblicks war schlagartig vorbei. Den Blick auf dem Tacho, steuerte Helene den kleinen, aber stark motorisierten Wagen brav mit fünfzig in die Stadt hinein.

Ed Sheeran sang gerade *Galway Girl,* als das Anrufsignal aus der Freisprecheinrichtung gnadenlos seine Stimme verdrängte.

»Moin, Frau Christ«, meldete sich Nuri Önal, ihr frisch beförderter Mitarbeiter in der Mordkommission.

»Moin, Herr Kriminalkommissar!«

Önal lachte verlegen auf. »Ach, nun lassen Sie mal …«

»Ich freu mich eben immer noch. So pünktlich wie Sie ist bisher kaum jemand Kommissar geworden, soweit ich mich erinnere. Hört sich doch auch viel besser an als ›Kriminalassistent‹, oder?«

»Na ja, das stimmt schon. Ich freu mich natürlich auch. Und meine Eltern und die Oma sind immer noch ganz aus dem Häuschen.« Er lachte auf.

»Mit Recht, Nuri, mit Recht! Immerhin bedeutet das nicht nur eine höhere Besoldungsstufe, sondern auch, dass Ihre Probezeit beendet ist. Ihre Familie hat allen Grund, stolz auf Sie zu sein. Und froh auch, schließlich sind Sie jetzt Beamter auf Lebenszeit.«

Außer einem verhaltenen Räuspern kam nichts von Önal. Helene konnte sich bildlich vorstellen, wie der kaum mittelgroße, muskulöse junge Mann am Schreibtisch in ihrem gemeinsamen Büro in der Polizeidirektion saß und tapfer mit seiner Verlegenheit kämpfte. Wahrscheinlich war sein Gesicht wieder rot angelaufen, eine Körperreaktion, die er noch nicht gänzlich unter Kontrolle hatte.

»Was ist denn eigentlich der Grund Ihres Anrufes?«, kam sie ihm zu Hilfe. »Wie Sie vermutlich hören, bin ich bereits auf dem Weg zur Dienststelle.«

»Ich hatte gehofft, dass Sie noch nicht allzu weit gefahren sind, weil ...«

»Ich bin schon in Flensburg, kurz hinter dem Ortsschild.«

»Dann drehen Sie besser gleich um. Wir müssen nämlich nach Estoft. Gerade wurde ein Leichenfund gemeldet, irgendwo in der Feldmark hinter dem Dorf. Man wartet auf uns.«

»Aha«, sagte die Oberkommissarin, bremste ab und ließ den Wagen auf dem Seitenstreifen vor einer Bushaltestelle ausrollen. »Wer hat das denn gemeldet – und wann?«

»Der örtliche Polizeiposten. Vor zehn Minuten.«

»Irgendwelche weiteren Angaben? Um wen es sich handelt, zum Beispiel?«

»Nein, keine Erkenntnisse bisher. Der Ortspolizist sagte etwas von einem starken Geruch und ...«

»Der Ortspolizist? Wer ist denn dort zuständig?«, hakte Helene nach. »Ach, ich weiß schon. Wenn ich mich nicht irre, gehört Estoft zum Revier von Hauptmeister Mommsen. Hat er ...«

»Ja, der war gerade am Telefon«, gab Önal zurück. »Wie gesagt: Er vermutet, dass die Leiche schon länger dort liegt, weil sich bereits Möwen daran zu schaffen gemacht haben. Näher angeschaut hat er sich das Ganze aber nicht – wegen der Spuren, sagt er. Er hat alles abgesperrt und wartet auf uns.«

»Also weiß er nicht einmal, ob es sich um einen Mann oder eine Frau handelt?«

»Doch, es ist eine männliche Leiche, hat er gesagt.« Önal hüstelte verlegen. »Habe ich das nicht erwähnt?«

»Nein, aber jetzt weiß ich's ja.« Helene grinste in sich hinein. »Und er hat sich das Gesicht nicht angesehen? Asmus Mommsen kennt doch jeden dort an der Küste. Eigenartig, dass er nicht neugierig ist, wer in seinem Revier tot herumliegt, finden Sie nicht, Nuri?«

»Nun, die Leiche riecht wohl stark. Nach meinem Eindruck war dem Hauptmeister nicht ganz wohl, als er eben anrief.«

»Armer Asmus«, kommentierte Helene glucksend. »Auf seine alten Tage muss er sich noch mit so was herumschlagen.«

»Er hat übrigens ein Gewehr erwähnt, das neben dem Toten liegt.«

»Hm. Hat Mommsen die Leiche selbst gefunden?«

»Nein, nein, das waren wohl irgendwelche Kinder, die hier Ferien machen. Die haben es ihren Eltern erzählt, und die haben bei der Polizei angerufen.«

»Okay, dann sagen Sie mir bitte noch, wo genau der Dorfsheriff auf uns wartet.«

Das tat der junge Kommissar, während Helene den Wagen wendete und in die Richtung zurückfuhr, aus der sie gerade gekommen war.

»Ach ja, Nuri, bevor Sie auch aufbrechen, müssen Sie noch die Kriminaltechnik …«

»Ist schon geschehen«, fiel Önal ihr sofort ins Wort. »Oberkommissar Nissen kommt mit seinem Team direkt zum Fundort.«

»Natürlich haben Sie das bereits erledigt, sorry. Hätte ich mir denken können«, erwiderte Helene Christ, der der leicht pikierte Tonfall ihres Kollegen aufgefallen war. »Was ist mit dem Gerichtsmediziner?«

»Ich habe Dr. Asmussen noch zu Hause erreicht, er kommt direkt.«

Der forensische Pathologe arbeitete zwar im Institut für Rechtsmedizin der Kieler Universität, das auch für die Fälle im Bereich der Bezirkskriminalinspektion Flensburg zuständig war, wohnte aber auf einem Resthof in der Nähe von Flensburg. Er hatte angeboten, ihn zu Hause anzurufen, wenn seine Gegenwart an einem Tatort außerhalb der normalen Dienstzeiten erforderlich war.

»Sehr gut. Das klingt ja nach einem ungeklärten Todesfall, da können wir nicht auf ihn verzichten«, erwiderte Helene und gab Gas. »Na, dann wollen wir mal. Bis gleich!«

Kaum hatte sie die Verbindung unterbrochen, tönte die Liedzeile »*Baby, I'm dancing in the dark*« von der CD. Helene drückte auf *Aus*. Der Tanz, den Ed Sheeran da besang, war ein anderer als der, den sie vor sich hatte. In die Dunkelheit würde sie aber wahrscheinlich auch geraten. Wie meistens, wenn ein Fall so begann.

2

Der Schweiß lief Polizeihauptmeister Asmus Mommsen in den Hemdkragen. Er streifte seine Schirmmütze ab und fuhr sich mit einem Taschentuch von beeindruckender Größe über den kahlen Kopf und den Nacken.

Seit über einer Stunde stand der alte Dorfpolizist nun schon in der prallen Sonne auf dem staubigen Feldweg, der aus kaum mehr als zwei tiefen Traktorfurchen im ausgetrockneten Boden bestand, und bewachte die Absperrung. Hinter dem rot-weißen Flatterband, etwa zwanzig Meter entfernt, lag die Leiche. Aufgeregt kreisten Möwen darüber, wild kreischend. Immer wieder schossen sie in abenteuerlichen Flugmanövern knapp über den toten Körper, den Mommsen nach einigem Überlegen mit einer Decke aus dem Kofferraum seines Dienstwagens vor den gefräßigen Attacken geschützt hatte.

Hoffentlich würde man ihm keinen Strick daraus drehen. Schließlich hatte er die Auffindesituation verändert. Aber er hatte es einfach tun müssen. Unmöglich konnte er den gierigen Möwen auch nur eine Minute länger gestatten, ihr grausames Werk an den sterblichen Überresten des Mannes fortzusetzen, dessen Gehöft nur etwa drei Kilometer entfernt lag.

Hatte der üble Geruch Mommsen anfangs noch daran gehindert, sich den Toten genauer anzusehen, dessen Kopf zur anderen Seite gedreht war, so hatte er zwangsläufig näher herantreten müssen, um die Decke über den Körper zu breiten. Mit angehaltenem Atem war er vorsichtig um die Leiche herumgegangen, immer begleitet von den wütenden Möwen. Erst als er in die Hocke ging, hatte er das Gesicht erkennen können.

Enno Brodersen. Kein Zweifel.

Der kurze Blick hatte genügt. Das Hemd des Toten war rund um das Loch in der Brust durch und durch mit schwarz verkrustetem Blut getränkt, jedoch hatten die scharfen Schnäbel der Möwen die Wunde offenbar immer wieder aufgerissen. Vor allem den Kopf hatten die Vögel übel zugerichtet. Am schlimmsten waren die leeren Augenhöhlen.

Mommsen schauderte. Dieses Bild würde er so schnell nicht vergessen. Aber etwas anderes beschäftigte ihn noch mehr: Hätte er nach dem gestrigen Anruf der Ehefrau vielleicht doch die Kripo informieren sollen? Er hatte das Telefonat schon wieder vergessen gehabt – bis er in das Gesicht des Toten blickte. Elke Brodersen selbst war nicht sonderlich beunruhigt gewesen, hatte es durchaus für möglich gehalten, dass der Alte wieder mal eine seiner Sauftouren unternahm. Hatte Mommsen mit seiner Entscheidung, noch ein, zwei Tage zu warten, bevor man eine offizielle Vermisstenmeldung aufnahm, dennoch einen Fehler gemacht?

»Offensichtlich«, brummte der Polizist vor sich hin. Der Beweis dafür lag im Gras. Allerdings wäre eh nichts mehr zu retten gewesen, besänftigte er seine Selbstzweifel. Nach dem Geruch zu urteilen, war Enno Brodersen gestern Abend längst tot gewesen.

Mommsen wischte sich noch einmal angewidert mit dem inzwischen pitschnassen Tuch über das Gesicht und sah hinüber zu dem Körper unter der pietätlos bunt karierten Decke.

Es war die Leiche eines Mannes, den er seit Jahrzehnten gekannt hatte. Nicht gemocht, sicher nicht. Gab es überhaupt jemanden, der Enno Brodersen gemocht hatte? Komisch, dass ihm auf einmal diese Frage in den Sinn kam, wunderte sich der alte Dorfpolizist. Nun, Brodersens Familie wahrscheinlich. Obwohl …

»Ei, Herr Wachtmeister, häjern Sie mol! Wie loang misse mer denn do noch waade? Die Sunn verbrennt oam joh do de Wersching«, kam es in zünftigem hessischem Dialekt von hinten, wo Mommsen das Ehepaar, von dem er angerufen worden war, mitsamt dessen drei Kindern in angemessenem Abstand postiert hatte.

Der Dorfsheriff, mit Plattdeutsch aufgewachsen und neben Hochdeutsch keiner weiteren Fremdsprache mächtig, drehte sich irritiert zu der kleinen Gruppe um. »Wie bitte?«

»Mit Wersching moant er soi Kopp«, erläuterte die Ehefrau und wies vorwurfsvoll auf den knallroten Schädel ihres Gatten. Dann rang sie klagend die Hände. »Ei, warum misse aa die Kinner do e Leich finne?«

Da sah der Polizeihauptmeister erleichtert, dass ein kleiner weißer Wagen etwa hundert Meter entfernt anhielt. An der Abzweigung der ausgefahrenen Ackerfurchen von einem sandigen Feldweg, den man mit dem Pkw gerade noch befahren konnte, hatte auch er seinen Dienstwagen abgestellt. Eine groß gewachsene junge Frau mit sehr blonden Haaren stieg aus dem Auto und sah sich suchend um.

»Hierher!«, rief Mommsen laut und winkte. »Das ist Kriminaloberkommissarin Christ aus Flensburg«, teilte er der Urlauberfamilie mit und fügte mit hörbarem Stolz hinzu: »Ich habe schön öfter mit ihr zusammengearbeitet.«

Helene hob kurz einen Arm, kam im Laufschritt heran und begrüßte die kleine Gruppe mit einem Nicken und einem knappen »Moin!«.

»Einen Augenblick noch, ich bin gleich bei Ihnen«, sagte sie und setzte ihr freundlichstes Lächeln auf. »Danke, dass Sie so lange hier ausgehalten haben.« Sie ging hinüber zum Hauptmeister, der den Feldweg hinuntersah und dann erstaunt fragte: »Sind Sie denn allein hergekommen, Frau Christ?«

»Moin erst mal, Herr Mommsen«, erwiderte Helene und gab dem alten Polizisten die Hand. »Kommissar Önal hat mich angerufen, als ich schon unterwegs nach Flensburg war. Er müsste jeden Moment auftauchen. Und die Kollegen von der Spurensicherung ebenfalls.« Sie warf einen Blick hinter die Absperrung und runzelte die Stirn. »Lag die Decke schon auf der Leiche, als Sie ...«

»Nein, nein«, beeilte sich der Hauptmeister zu erklären. »Die habe ich selbst drübergelegt. Wegen der Möwen ... äh, weil ... na, Sie können sich ja denken, was die Viecher mit dem Körper angestellt haben. Ich hoffe, dass das nicht ...«

Helene nickte. »Völlig okay, Herr Mommsen.« Sie sah, dass die großen Vögel noch immer aufgeregt in wilden Manövern dicht über die bunt karierte Erhebung im Gras hinwegflogen.

»Und ... äh, ich weiß nun auch, wer das ist«, murmelte der Dorfsheriff.

»Wie bitte? Sie konnten den Toten doch identifizieren?«

»Ja, als ich vorhin die Decke über ihn ... Also, das ist Enno Brodersen, ein Bauer aus dem Dorf«, erklärte Mommsen und holte tief Luft. »Es gab da übrigens einen Anruf gestern Abend bei mir auf der Dienststelle. Von seiner Frau.«

»Von seiner ...« Helene kniff die Augen zusammen. »Sie meinen, die Ehefrau des Toten hat gestern bei der Polizei angerufen?«

»Äh, ja. Sie hat gesagt, dass sie ihren Mann seit zwei oder drei Tagen nicht gesehen hat.« Nicht das erste Mal, dass so etwas vorgekommen sei, fuhr Mommsen fort. Jedenfalls hätte Elke Brodersen das behauptet. Ihr Mann habe stets getan, was er wolle, und niemanden jemals über seine Absichten informiert – im Gegenteil, er habe sehr unangenehm werden können, wenn jemand ihm ›auf die Nerven ging‹, wie er das auszudrücken pflegte. Und daher sei Mommsen sich mit der Ehefrau rasch einig geworden, dass es für die Aufnahme einer Vermisstenanzeige noch zu früh sei.

»Aha. Dann war Brodersen gestern also schon seit mindestens zwei Nächten nicht zu Hause«, sagte Helene nachdenklich. »Bitte erwähnen Sie dieses Telefonat in Ihrem Bericht für die Akte, Kollege Mommsen – Anrufzeitpunkt, was die Frau gesagt hat et cetera. So genau, wie Sie sich erinnern, ja?« Sie deutete auf die hessische Familie. »Und jetzt sagen Sie mir bitte noch etwas zu diesen Leuten.«

»Die machen Urlaub auf einem Ferienhof in der Nähe. Die Kinder sind vor dem Frühstück zum Spielen in die Feldmark raus, Schnitzeljagd oder so was Ähnliches.« Mommsen verzog das Gesicht. »Ich kann die nur schlecht verstehen. Jedenfalls haben sie dabei die Leiche gefunden. Dann ist der größere Junge wohl zu den Eltern gerannt. Die haben sich den Fundort angesehen und von hier aus mit dem Handy die 110 angerufen. Um halb sieben klingelte die Leitstelle bei mir durch und bat mich, herzufahren und mir die Sache einmal anzusehen. Im Anschluss habe ich dann sofort die Kripo …«

»Okay, danke. Kommissar Önal hat Ihren Anruf entgegengenommen, ich weiß.« Helene sah hinüber zu der Leiche. »Noch mal zu Brodersen – Sie kannten ihn also persönlich?«

»Klar.« Der Polizist schluckte. »Er war älter als ich, über siebzig. Hat hier schon gewohnt, als ich geboren wurde. Sein Hof liegt drüben am Ortsausgang, nicht allzu weit entfernt. Man soll ja nichts Schlechtes über die Toten sagen, aber er war kein sehr beliebter Mensch, soweit ich weiß. Hat ständig Streit im Dorf gehabt.«

»Ein schwieriger Zeitgenosse also.«

»Das ist höflich ausgedrückt«, bestätigte der Dorfpolizist.

»Na gut, falls hier tatsächlich ein Gewaltverbrechen vorliegt, werde ich mich wahrscheinlich noch näher mit seinem Charakter beschäftigen müssen. Aber das wissen wir ja bisher nicht.« Helene fiel plötzlich etwas ein. »Kommissar Önal hat ein Gewehr erwähnt.«

»Eine Jagdwaffe, ja. Sie liegt direkt rechts neben der Leiche. Brodersen war Jäger, das weiß ich.«

»Aha. Ich schaue mir gleich alles genau an.«

Mommsen zeigte zum Ende des Weges. »Sehen Sie mal, da kommen die Kollegen schon.«

Die Oberkommissarin wandte sich um und erkannte einen grauen Dienstpassat der Kripo Flensburg, aus dem gerade Nuri Önal stieg. Außerdem näherte sich von der Landstraße ein heller Kastenwagen – wahrscheinlich die Spurensicherung.

Helene sah den alten Polizeibeamten an. »Okay. Bevor die alle hier herumwuseln – der Rechtsmediziner ist auch schon unterwegs –, möchte ich Ihre Meinung hören. Sie haben schließlich in all den Jahren viel gesehen, Herr Mommsen, und Sie kannten den Toten. Können Sie sich vorstellen, dass er Selbstmord begangen hat?«

Der Dorfsheriff wiegte seinen kahlen Kopf hin und her. »Könnte sein. Es gibt Gerüchte im Ort. Der Hof soll in wirtschaftlichen Schwierigkeiten stecken. Obwohl ...« Er kratzte sich heftig die Glatze. »Das ist ja nichts Besonderes mehr. Welchem Bauern geht es schon gut in diesen Zeiten, wo sie für die Milch nicht mal genug bekommen, um ihre Kosten zu decken?«

»Finanzielle Probleme also«, sagte Helene und nickte. »Darum werden wir uns kümmern müssen.«

»Andererseits war das ein Schuss in die Brust, soweit ich gesehen habe – eigentlich sonderbar für Selbstmord mit einem Gewehr, oder? Auf jeden Fall liegt Brodersen nicht erst seit gestern hier, das steht fest. Grässlicher Geruch.«

Irritiert blickte Helene sich um, weil sie das immer lauter werdende Schimpfen in ihrem Rücken nicht länger ignorieren konnte.

»Häjern Sie mol, mer waade jetz nämäj länger!« Die Stimme

des Familienvaters klang aufgebracht. »Sou kennese mid uns nedd umdabbe!«

»Entschuldigung, ich bin gleich bei Ihnen!«, rief Helene. »Wir reden nachher weiter«, sagte sie leise zu ihrem Kollegen und ging mit ihm zu der kleinen Gruppe hinüber. »Tut mir leid, dass Sie so lange warten mussten. Nur noch ein paar Fragen, dann fährt Herr Mommsen Sie zu Ihrer Ferienunterkunft zurück.«

Der Dorfsheriff verdrehte die Augen.

3

»Drei Tage, würde ich sagen – natürlich erst einmal nur grob geschätzt«, erklärte Dr. Asmussen, der Gerichtsmediziner. »Wenn ich ihn in Kiel auf dem Tisch habe, kann ich es genauer bestimmen.« Er überlegte kurz. »Heute haben wir Donnerstag, also können Sie davon ausgehen, dass der Tod am Montag eingetreten ist. Wahrscheinlich schon vormittags. Die Leichenstarre hat sich bereits wieder vollständig gelöst. Bei diesen Temperaturen geht das schnell mit der Verwesung. Im Winter hätte er wesentlich länger hier liegen können und würde immer noch nicht derart muffeln.« Der schlaksige Mann, dem sein weißer Schutzanzug um die Knochen schlotterte, stand mit einem leichten Ächzen auf, nahm den Mundschutz ab und zog sich die Kapuze vom verschwitzten grauen Haar. »Wenn die Kollegen von der Spurensicherung fertig sind, lassen Sie die Leiche bitte sofort nach Kiel in die Rechtsmedizin bringen. Ich werde sie mir dann vornehmen.«

Helene Christ nickte. »Können Sie uns denn schon etwas sagen, Dr. Asmussen? Todesursache ist der Gewehrschuss, nehme ich an. Gibt es noch etwas Auffälliges?«

»Die Möwen haben ihn übel zugerichtet, wie Ihnen nicht

entgangen sein wird … Aber nein, ich konnte keine anderen prämortalen Verletzungen feststellen – ich nehme an, darauf zielt Ihre Frage. Der tödliche Schuss kam aus nächster Nähe. Sie haben ja selbst gesehen, wie dicht an der Leiche die Patrone liegt.« Er wandte sich an Oberkommissar Nissen, den Leiter des Spurensicherungsteams, der zugehört hatte. »Ihre Leute können jetzt loslegen.«

Der Kollege nickte und winkte die drei Beamten in weißen Schutzanzügen heran, die bei ihrem Fahrzeug standen. »Zuerst wird die Geschosshülse vor den Füßen des Toten fotografiert und die Entfernung vermessen, damit wir die Kugel aufsammeln und uns genauer ansehen können. Und wenn ihr mit der Spurensicherung fertig seid, macht euch gleich auf die Suche nach dem Projektil, wie vorhin besprochen.«

»Gut, dann fahr ich jetzt nach Kiel«, erklärte der forensische Pathologe und begann, sich aus seinem Overall zu schälen.

»Was meinen Sie, Doktor?«, versuchte Helene es wider besseres Wissen. »Hat er sich selbst getötet oder …«

»Keine Ahnung«, kam es knapp von Asmussen. »Könnte ja auch ein Unfall gewesen sein.«

»Tatsächlich?«

»Eher unwahrscheinlich«, räumte der Mediziner ein, als er Helenes zweifelnden Blick auffing. »Aber vielleicht hat er mit dem Gewehr herumhantiert, als es schon entsichert war, oder er ist gestolpert. Ich würde nichts ausschließen. Habe schon Jagdunfälle gesehen, bei denen ich mich fragte, wie blöd man sich eigentlich anstellen kann.«

»Sie werden feststellen können, ob Alkohol im Spiel war.«

Asmussen nickte. »Das wäre eine Möglichkeit, ja. Jedenfalls ist die Kugel sauber in den Körper ein- und hinten wieder ausgetreten. Das Loch im Rücken ist deutlich größer, und es gibt Schmauchspuren auf der Brust.« Er knüllte den Plastikanzug zusammen, sah sich suchend um und drückte ihn dann nach kurzem Zögern Nuri Önal in die Hand, der neben seiner Chefin stand. »Den können Sie entsorgen, junger Mann, danke. Und tschüss!« Damit griff der Rechtsmediziner sich seinen Koffer und stapfte den staubigen Weg zu seinem Wagen hinunter.

»Wir reden gleich noch über die Unfalltheorie und die Suizidfrage, Helene«, sagte Oberkommissar Nissen und grinste.

»Wieso?«, hakte sie erstaunt nach. »Ist dir etwas aufgefallen, was dem Doktor entgangen ist?«

»Nö, aber der denkt eben medizinisch. Es hat was mit dem Gewehr zu tun. Ich zeig's dir nachher, erst muss ich …«

Ein Spurensicherer, der etwa zwanzig Meter von der Leiche entfernt auf dem Boden kniete, rief: »Chef, kommen Sie doch bitte mal her!«

Helene folgte Nissen. »Was ist das denn?«, fragte sie, als sie das etwa drei Zentimeter große bunte Plastikfigürchen sah, auf das der Kollege zeigte. Es lag am Rande des Feldwegs im trockenen Sand.

»Micky Maus, wenn ich mich nicht irre«, sagte Nissen.

»Ja, und am Kopf ist eine kleine Öse aus Draht befestigt«, sagte der Spurensicherer. »Die wurde aber aufgebogen. Ein Schlüsselanhänger, wenn Sie mich fragen. Den hat wohl jemand hier verloren.«

»Okay, erst fotografieren, dann sichern und ab ins Labor damit. Daktyloskopie und DNA – das volle Programm, wenn ich bitten darf!«, verlangte Nissen. »Kann viel oder gar nichts bedeuten«, sagte er zu Helene.

Die holte ihr Handy aus der Tasche. »Ich rufe Hauptmeister Mommsen an und bitte ihn, die Urlauberkinder auf die Figur anzusprechen. Vielleicht hat eines von ihnen sie ja beim Spielen verloren.«

Der Fotograf, der in den letzten Minuten den Fundort und die Leiche von allen Seiten und aus unterschiedlichen Perspektiven abgelichtet hatte, machte Bilder von der Mickymaus und erklärte dann: »Ich bin fertig.« Damit stapfte er hinüber zum Einsatzwagen und begann, sich fluchend aus dem weißen Overall zu schälen.

»Aber nicht abhauen!«, rief Oberkommissar Nissen ihm zu. »Wenn wir das Projektil noch finden sollten, sind Sie wieder gefragt.«

»Wie wahrscheinlich ist das denn, Kay?«, fragte Helene.

»Was meinst du?«

»Na, dass ihr die Kugel findet.«

»Entweder wir haben recht schnell Glück oder gar nicht«, gab der Leiter des Spurensicherungsteams zurück und zeigte auf seine Kollegen, die in einiger Entfernung das Gelände absuchten. »Die Kugel ist förmlich durch den Mann hindurchgefahren. Kein Wunder bei dem Kaliber; und dann auch noch ein Schuss aus nächster Nähe. Die Wucht des Aufpralls hat ihn von den Beinen gerissen, und er ist auf den Rücken gefallen. Als er auf dem Boden auftraf, war er bereits tot, hat sich also nicht mehr bewegt, da bin ich sicher.« Nissen ging ein paar Schritte näher an den Leichnam heran und stellte sich vor dessen Füßen auf, die in derben Arbeitsschuhen steckten. Mit der rechten Hand wies er in gerader Linie über den Kopf des Toten ins Gelände, genau dorthin, wo seine Leute die Stämme eines kleinen Kiefernwäldchens absuchten. »In diese Richtung ist das Projektil geflogen, nachdem es aus dem Rücken wieder ausgetreten ist. Also müsste es dort zu finden sein – mit viel Glück. Falls die Kugel allerdings auf kein Hindernis getroffen ist, kann sie wer weiß wo im Sand stecken.«

Kommissar Önal hatte aufmerksam zugehört und fragte: »Kann ich jetzt die Kleidung des Toten durchsuchen?«

»Von mir aus«, knurrte Nissen.

»Und bringen Sie bitte auch die Waffe mit, Nuri«, sagte Helene.

»Aber Vorsicht, die müssen Sie erst sichern, bevor Sie sie in den Asservatenbeutel schieben!«, warnte Nissen.

Önal nickte. Sein Schutzanzug raschelte, als er hinüber zur Leiche ging. Dort kniete er sich hin und fuhr mit seinen Handschuhen in die Hosentaschen des Toten.

Helene wandte sich noch einmal an den Kriminaltechniker. »Das Gewehr nehmt ihr euch bitte so schnell wie möglich vor, Kay. Vielleicht helfen uns die Fingerabdrücke weiter.«

»Wenn welche drauf sind – also andere als die des Opfers.«

»Nicht sehr wahrscheinlich, oder?«

»Nee, der Täter wird Maßnahmen getroffen haben, um keine zu hinterlassen.«

»Verstehe ich dich richtig: Du bist dir sicher, dass der Mann sich nicht selbst erschossen hat?«

»Na ja, was heißt schon ›sicher‹?« Nissen zog sich die Kapuze vom Kopf. »Scheißhitze, und dann noch in diesem Kittel.« Er warf einen abschätzigen Blick auf Nuri Önal, der mit dem Jagdgewehr in einem durchsichtigen Plastiksack und mit einem kleineren Asservatenbeutel in den Händen herankam. »Ich überlege die ganze Zeit, woher ich den Typen kenne.«

»Den ›Typen‹? Was ist das denn für ein sonderbarer Ausdruck?«

Nissen grinste. »Warte, jetzt erinnere ich mich: der junge Hilfspolizist aus Anatolien. Ölhaar oder so ähnlich.«

»Önal heißt er, ist inzwischen Kriminalkommissar und übrigens in Husum geboren!«, bellte Helene den Kollegen wütend an.

»Oha, schon Kommissar – das ging ja schnell«, sagte Nissen ungerührt. »Der kam doch erst im letzten Jahr von der Akademie, oder? Na ja, der Ratschluss der Personalführung ist in diesen Zeiten unergründlicher denn je …«

»Wie darf ich das verstehen?«, fragte Nuri Önal, der den letzten Teil des Wortwechsels mitbekommen hatte. Vor Aufregung bebte seine Stimme. »Haben Sie etwas gegen mich, Herr … Oberkommissar?«

Helene legte dem jungen Mann sanft eine Hand auf den

Arm und sagte gepresst: »Der ›Herr Oberkommissar‹ gibt gern das Arschloch, Nuri. Nehmen Sie ihn nicht ernst. Macht niemand bei uns. Außer, wenn er etwas zu seinem Fachgebiet von sich gibt.« Mit zuckersüßer Stimme wandte sie sich an Nissen, der sie sprachlos anstarrte. »Nicht wahr, Kay, als Kriminaltechniker bist du ziemlich gut, das weiß jeder. Aber sonst …« Sie ließ die Worte einen Augenblick in der Luft hängen. »Du wolltest gerade etwas zum Thema eines möglichen Suizids sagen. Also los, tu dir keinen Zwang an.«

Vielleicht waren plötzlich noch ein paar Falten mehr im zerknitterten Gesicht des Kriminaltechnikers erschienen, doch er bekam sich schnell in den Griff. Ohne erkennbare Regung zeigte er auf das Gewehr und sagte neutral: »Das ist eine halbautomatische Langwaffe. Jäger benutzen solche Büchsen zum Beispiel für Rehe oder Wildschweine. Kaliber *.308 Winchester*, soweit ich sehe, und …«

»Was bedeutet das?«, unterbrach ihn Helene.

»7,62 x 51 mm – gängige Munition für die Jagd, aber auch in der gesamten NATO. Sehr hohe Durchschlagskraft. Ins Magazin passen drei Patronen, mehr sind gesetzlich nicht erlaubt. Wir werden nachher sehen, wie viele noch drin sind.«

»Und was soll uns das alles sagen?«, hakte Helene nach.

»Die Suizide mit einem Jagdgewehr, die ich kenne, waren immer Schrotschüsse. Dazu braucht man aber eine andere Waffe, eine Schrotflinte nämlich. Unterm Kinn ansetzen und dann eine Ladung nach oben in den Kopf jagen – peng! Bläst den halben Schädel vom Hals. Ekelhaft, aber sehr sicher.«

»Hm, du meinst also …«

»Hast du schon mal davon gehört, dass ein Jäger sich mit einer Kugel aus seinem eigenen Gewehr ins Herz geschossen hat, um sich umzubringen? Wie sollte das auch gehen, vor allem bei einem Schusswinkel wie in diesem Fall? Ein- und Austrittswunden liegen exakt auf gleicher Höhe. Sieh dir mal den langen Lauf des Gewehrs an und stell dir vor, du hältst es waagerecht mit der Mündung vor deine Brust. Wie willst du dann noch an den Abzug kommen? Unmöglich, wenn du mich fragst.«

»Hier ist sie, Chef«, schrie einer der Spurensicherer, der etwa dreißig Meter entfernt vor einer niedrigen, verwachsenen Kiefer kniete. »Die Kugel steckt ziemlich tief in der Rinde.«

»Gut gemacht! Ich komme«, rief Nissen zurück. »Siehste, sag ich doch«, wandte er sich feixend an Helene. »Glück muss man haben. Und logisches Denken beherrschen.«

»Krieg dich wieder ein«, erwiderte die Oberkommissarin ohne erkennbare Gemütsbewegung. »Aber okay: gute Arbeit, Kay! Deine Sozialkompetenz ist trotzdem ausbaufähig. Nur so als kollegiale Empfehlung.«

Der Kriminaltechniker räusperte sich und warf einen verstohlenen Blick auf Nuri Önal. Flüchtig zeigte sein Gesicht so etwas wie Verlegenheit. »Meine Güte, man wird doch wohl noch einen Scherz machen dürfen.« Kurz angebunden setzte er hinzu: »Ich seh mir das mal aus der Nähe an.« Dann machte er sich auf den Weg zu seinen Leuten.

»Der Mann ist gewöhnungsbedürftig«, stellte Önal trocken fest, als Nissen außer Hörweite war.

»Ich fürchte, er hält sein dummes Gerede tatsächlich für witzig.«

»Da ist er nicht der Einzige«, sagte der junge Kriminalkommissar mit den türkischen Wurzeln. »Solche Leute gibt's einige. Ich kann aber nicht drüber lachen.«

»Nö, ich auch nicht, wie Sie wohl bemerkt haben. War vielleicht sogar etwas heftig, meine Reaktion.« Helene schüttelte entschieden den Kopf. »Ach was, so was kann man einfach nicht durchgehen lassen. Niemandem, schon gar keinem Kollegen. Ich zumindest nicht.«

Nuri Önal lächelte. »Ich weiß, Frau Christ.« Nach einem kurzen Zögern fragte er: »Wie geht es eigentlich Hauptkommissar Schimmel?«

»Wie kommen Sie denn jetzt auf den?«, hakte Helene nach, obwohl sie die Antwort zu wissen glaubte.

»Ach, Ihre Reaktion eben … Die deutliche Sprache hat mich an unseren ehemaligen Chef erinnert.«

Die Oberkommissarin lachte auf. »Mich auch, Nuri, mich auch. Obwohl der Graue für solche diskriminierenden Sprüche noch ganz andere Kommentare auf Lager gehabt hätte.« Sie blickte Önal ins Gesicht. »Er hat sich inzwischen erholt, zumindest körperlich. Ansonsten … Er tut sich halt schwer damit, nicht mehr mitspielen zu dürfen, der Herr Hauptkommissar außer Diensten.«

Edgar Schimmel, bei allen Polizisten im Norden als ›der Graue‹ bekannt und gefürchtet, war vorzeitig in den Ruhestand versetzt worden, nachdem er während eines Einsatzes angeschossen worden war und nur knapp überlebt hatte. Helene hielt seither einen losen Kontakt zu dem alten Kriminalisten, dem sie so viel zu verdanken hatte. Was auch ihm ausgesprochen guttat – ohne dass er dies jemals zugegeben hätte.

Die Oberkommissarin musste bei diesem Gedanken unwillkürlich lächeln. Sie deutete auf den kleinen durchsichtigen Beutel, den Önal noch in der Hand hielt. »Ein Schlüsselbund?«

Der junge Kollege nickte. »Drei Schlüssel an einem Ring. Mehr habe ich nicht gefunden, außer einem Taschentuch aus Leinen. Unappetitliches Teil.«

Helene grinste, nahm den Beutel an sich und gab ihn einer weiß bekittelten Kollegin aus dem KTU-Team. »Bitte sichern Sie schnell mal die Fingerabdrücke, falls Sie überhaupt brauchbare finden. Ich nehme das Schlüsselbund dann gleich mit, wenn ich zum Haus des Opfers fahre.«

»Kriegen Sie sofort zurück«, sagte die Frau und griff in den Aluminiumkoffer, der zu ihren Füßen stand.

Die Oberkommissarin zog den Zettel aus der Tasche, auf dem sie sich vorhin Asmus Mommsens Wegbeschreibung zum

Brodersen-Hof notiert hatte. »Okay, Nuri, ich informiere jetzt erst einmal telefonisch Staatsanwalt Petersen über den Fall, und danach fahre ich zur Witwe des Opfers. Sie kümmern sich bitte um alles Weitere hier, auch um den Abtransport der Leiche, sobald die Spusi grünes Licht gibt.«

»Den Wagen habe ich vorhin schon bestellt, der muss gleich hier sein.«

»Gut. Ach ja, haben Sie eigentlich eine Idee, wie Brodersen hergekommen ist? Ich meine … Ein Auto ist ja nirgendwo zu sehen. Und auch kein Fahrrad.«

»Wahrscheinlich zu Fuß. Es sei denn …«

»Ja?«

»Nun, vielleicht gab es ein Auto, das der Täter weggefahren hat. Aber entsprechende Reifenspuren finden sich nirgends im Sand, nur solche von Treckern. Genauer gesagt, alle mit demselben Profil, soweit man das auf dem trockenen Boden feststellen kann. Fotografiert sind die Spuren schon, und die Spusi macht auch noch Abdrücke.«

»Na gut, wir sehen uns später im Büro. Sie können schon mal mit dem Protokoll anfangen, falls ich noch nicht da bin. Dann sprechen wir das weitere Vorgehen ab, einverstanden?«

»Alles klar.« Önal nickte. »Sind Sie sicher, dass ich nicht mitkommen soll? Ich meine nur … Ist ja immer so eine Sache, diese Nachricht zu überbringen.«

»Da haben Sie recht. Aber ich brauche hier jemanden, der alles unter Kontrolle hat, bis die Spezialisten mit ihrer Arbeit fertig sind und die Leiche weggebracht wird.«

»Wer kümmert sich eigentlich um die Kinder, die den Fund gemacht haben?«

»Ich habe Hauptmeister Mommsen gebeten, sie zu befragen, nachdem er sie in ihre Ferienwohnung gebracht hat. Wir bekommen seinen Bericht noch heute auf den Tisch.« Damit drehte Helene sich um. Nach ein paar Schritten rief sie über die Schulter: »Ach, Nuri, der Fotograf soll uns so schnell wie möglich seine Fotos mailen. Und, bitte, lassen Sie sich von Kay Nissen nicht provozieren, falls er noch einen Anfall seines speziellen Humors bekommt!«

Kommissar Önal gab ein unverständliches Grunzen von sich. Das hörte sich beinahe so an wie beim Grauen, fiel Helene auf.

4

Sie ließ ihren Wagen langsam vor dem Wohngebäude ausrollen, das am Kopfende des gepflasterten Hofes stand – ein altes Bauernhaus, zweistöckig, im Stil eines kleinen Gutshauses aus rotbraunen Ziegeln errichtet. Das Reet war offenbar schon vor längerer Zeit durch einfache graue Dachpfannen ersetzt worden, wie auf vielen landwirtschaftlichen Anwesen. Den hohen Preis für das natürliche Material und die kunstvolle Arbeit der Reetdachdecker konnten sich die wenigsten Bauern noch leisten.

Es handelte sich um einen klassischen Dreiseitenhof, das hatte Helene schon gesehen, als sie von der schmalen Kreisstraße auf die Zufahrt zum Anwesen der Brodersens abgebogen war. Links und rechts rahmten zwei Wirtschaftsgebäude den breiten Hofplatz ein. Hinter dem einen ragte ein offenbar neuer lang gestreckter Anbau auf, dessen Dach gänzlich mit Solarpaneelen bedeckt war, die in der Sonne funkelten. Im anderen Gebäude befand sich eine Garage, deren Tor hochgeklappt war und in der ein staubiger dunkelgrüner Mercedes stand.

Stille. Als Helene aus dem Wagen stieg, war dies das Erste, was ihr auffiel. Nirgends ein Mensch zu sehen. Keine Geräusche, außer dem fernen Brummen landwirtschaftlicher Maschinen von den Feldern ringsum. Ein mächtiger Traktor mit zwei hochbordigen Anhängern stand vor dem Stallgebäude rechts. Die Scheune auf der gegenüberliegenden Seite war bis auf ein paar landwirtschaftliche Maschinen leer, wie Helene durch das offene zweiflügelige Tor sah.

Als ihr Blick schließlich auf einen neben dem Haus geparkten metallicsilbernen Golf fiel, wurde die Tür zum Wohnhaus geöffnet, und ein Mann Mitte zwanzig in Jeans und T-Shirt sprang eilig die drei Stufen der steinernen Eingangstreppe herunter. Als er die Besucherin erblickte, blieb er überrascht stehen.

»Moin«, rief Helene.

»Moin«, antwortete er. »Hatte gar nicht bemerkt, dass jemand gekommen ist.«

»Kriminalpolizei Flensburg. Mein Name ist Christ. Ich möchte mit Frau Elke Brodersen sprechen.«

»Kriminalpolizei?« Der junge Mann kniff die Augen zusammen. »Was wollen Sie denn von meiner Mutter?«

»Ist sie zu Hause?«

»Ja, sicher. Ist was mit meinem Vater?«

»Wieso fragen Sie das?«

»Na, meine Mutter hat ihn seit drei Tagen nicht mehr gesehen. Sie hat sogar schon bei der Polizei angerufen. Sind Sie deswegen hier?«

»Sie sind der Sohn, nehme ich an?«

»Ja, Karsten Brodersen«, sagte er.

Helene nickte. Jetzt kam wieder dieser fürchterliche Teil ihrer Arbeit. Zu oft hatte sie schon Todesnachrichten überbringen müssen; die bedrückendste Aufgabe von Polizeibeamten.

Niemals Routine, im Gegenteil: eine Riesenchance, gleich zu Beginn der Ermittlungen wertvolle Erkenntnisse zu sammeln, selbst wenn, wie in diesem Falle, noch gar nicht sicher war, dass es sich überhaupt um ein Gewaltverbrechen handelte. ›Fahre alle Antennen aus‹, hatte Hauptkommissar Edgar Schimmel ihr immer eingeschärft. ›Selbst wenn du mitleidest, behalte dennoch einen klaren Blick für die Reaktionen der Menschen, denen du die Nachricht überbringst.‹

Wie recht ihr alter Lehrmeister hatte, war Helene bald klar geworden. Im Augenblick des Entsetzens, dem Moment, wenn die Worte zu zwingendem Verstehen wurden, in den Sekunden der unentrinnbaren Erkenntnis war sie für kurze Zeit da: die absolute Ausnahmesituation, die dem Kriminalisten so viel offenbaren konnte.

Wie reagierten die Angehörigen? Stellten sie Fragen? Und wenn ja, welche? Allzu viele Tötungsdelikte hatten einen familiären Hintergrund. Man musste ganz genau hinsehen: Wie benahmen sich die Menschen, wenn sie mit dem gewaltsamen Tod eines Familienmitglieds konfrontiert wurden, welchen Blick zeigten sie, wie veränderten sich ihre Gesichtszüge?

Und hinhören musste man. Manchmal entschlüpften den Angehörigen Worte, die sie sonst nie gesagt hätten und die einen Blick in Geheimnisse erlaubten, die später gewiss nicht ans Licht gekommen wären. War der erste Schock vorüber, die Nachricht verarbeitet, hüteten die Leute wieder ihre Zunge, überlegten sich genau, was sie der Kriminalpolizei offenbaren wollten. Deshalb war es in diesen ersten Minuten so wichtig, darauf zu achten, welche Fragen gestellt wurden. Versuchte jemand gar, Theater zu spielen, oder waren die Gefühle echt, die die Nachricht auslöste?

Fest sah sie dem jungen Mann in die grauen Augen. »Ihr Vater ist tot aufgefunden worden, Herr Brodersen. Es tut mir sehr leid, Ihnen das sagen zu müssen.«

Sein Gesichtsausdruck veränderte sich nur wenig, stellte Helene fest. Kein Entsetzen, kein Erschrecken, eher … Was war das? Verwunderung? Ja, vielleicht, aber da war noch etwas, das sie nicht greifen konnte.

»Er ist also tot«, sagte Karsten Brodersen, und es klang, als wäre der Satz unvollständig, als fehlte das Wort ›endlich‹

darin. »Was ist denn passiert? Ich meine, wie …« Er brach ab und blickte die Kriminalbeamtin fragend an.

»Ich denke, wir sollten ins Haus gehen. Ich möchte mit Ihrer Mutter sprechen.«

»Wo haben Sie ihn gefunden?«

»Können wir bitte hineingehen? Ich muss zunächst mit der Ehefrau des Toten sprechen. Dabei können Sie alles erfahren«, sagte Helene, machte eine kurze Pause und fügte hinzu: »Wenn Ihre Mutter es wünscht.«

»Warum sollte meine Mutter denn nicht …?« Er brach ab. »Entschuldigen Sie bitte. Sie haben natürlich recht. Kommen Sie, ich bringe Sie zu ihr.«

Nur wenig Sonnenlicht fiel durch die halb zugezogenen Vorhänge herein. Der Raum mit den wuchtigen alten Eichenmöbeln war trotz der strahlenden Helle draußen in Dunkelheit getaucht. Kühl war es in dem alten Haus, das hatte Helene bereits in der Diele festgestellt. Kaum war sie eingetreten, hatte sie ein Frösteln überfallen.

»Meiner Mutter geht es nicht gut«, hatte Karsten Brodersen gesagt, als er die Tür zur Wohnstube öffnete. »Bringen Sie ihr die Nachricht bitte so schonend wie möglich bei.«

»Ist sie krank?«, hatte Helene noch leise gefragt, bevor sie eintraten.

»Nun ja …« Der junge Mann hatte um Worte gerungen. »Sie ist im Kuhstall gestürzt. Sagt sie jedenfalls.«

»Sie glauben das nicht?«

»Ach, ich weiß nicht recht. Aber lassen wir das besser.«

Elke Brodersen war klein, verlor sich beinahe in dem massiven Sessel, in dem sie mit dem Rücken zu einem der Fenster saß und den Blick erstaunt zwischen ihrem Sohn und der fremden Frau hin- und hergleiten ließ.

Fast schon ein Greisengesicht, stellte Helene überrascht fest. Wie konnte das sein? Die schmale Person sah aus wie die Großmutter des jungen Burschen, der sich als ihr Sohn vorgestellt hatte. Ihr Haar unterstrich diesen Eindruck, war zwar noch voll, aber aschgrau. Auf der blassen Haut ihrer linken Wange klebte ein breites Pflaster, und Helene erkannte einen Bluterguss am Hals.

»Mutter, das ist eine Kriminalbeamtin aus Flensburg. Sie kommt wegen Vater«, sagte Brodersen.

Er war neben den Sessel getreten, ging nun in die Hocke und schob seine Hand auf den Arm der schmächtigen Frau. Die schlug das Buch zu, in dem sie gelesen hatte, und legte es auf den Beistelltisch neben ihrem Sessel.

»Helene Christ von der Kriminaldirektion Flensburg«, stellte die Oberkommissarin sich vor und warf einen Blick auf das Buch. Ein Sonnenstrahl zwischen den Vorhängen beleuchtete den ledernen Einband und das eingeprägte Kreuz darauf.

»Was ist denn mit meinem Mann?«

Eine flache Stimme, fand Helene, die Worte ohne erkennbare Betonung.

»Es tut mir leid, Ihnen mitteilen zu müssen, dass er tot ist, Frau Brodersen.«

Die Witwe schloss ihre Augen und erstarrte. Stocksteif und regungslos saß sie im Sessel, und ihre Gesichtsfarbe wurde noch blasser. Lähmende Stille hing im Raum, nur das Ticken einer Uhr und das Summen eines Insekts waren zu hören, das irgendwo hinter den Vorhängen herumflog und immer wieder aufbrummend an die Fensterscheibe stieß.

Eine gefühlte Ewigkeit später nickte Elke Brodersen zweimal, öffnete ihre Augen und sah die Oberkommissarin fest an, während ihre flache Hand nach dem Buch tastete und sich dann fest darauflegte. »Was ist denn geschehen? Ein Unfall?«

»Das können wir noch nicht sagen.« Helene holte Luft. »Verzeihen Sie bitte, aber ich muss Ihnen diese Frage stellen: Können Sie sich vorstellen, dass Ihr Mann sich selbst getötet hat?«

»Niemals!«, fuhr die Frau mit schriller Stimme auf. »So etwas hätte Enno nie getan!«

»Ach, ich weiß nicht«, kam es leise von dem jungen Mann, der noch immer neben seiner Mutter hockte.

»Karsten!« Schneidend klang dieses Wort, unüberhörbar eine Zurechtweisung. »Selbstmord ist gottlos, eine schwere Sünde gegen den Herrn, der uns das Leben geschenkt hat!« Dann fragte die Witwe mit immer noch festem Blick auf die Kriminalbeamtin, die vor ihr stand: »Was veranlasst Sie dazu, so etwas zu vermuten?«

»Darf ich mich setzen?«

»Bitte«, sagte Elke Brodersen leise und wies mit der freien Hand auf einen der Sessel. Die andere hielt sie weiterhin auf das lederne Buch gepresst.

5

»Wo steckt denn Frau Christ?«, wollte der dicke Hiesemann wissen, während er sich scheinbar suchend im Raum umsah, und Feld, sein dürrer Schatten, ergänzte listig: »Leitet sie nun eigentlich die Mordkommission oder kommt Hauptkommissarin Brennecke noch mal wieder?«

Nuri Önal blickte das seltsame Gespann misstrauisch an, das es sich auf den Sesseln am Besprechungstisch gemütlich gemacht hatte, jeder mit einem Becher Kaffee vor sich. Die beiden ungleichen Kriminalbeamten waren die Sonderlinge in der Flensburger Mordkommission.

»Sie wissen doch, dass Frau Christ derzeit die kommissarische Chefin ist«, sagte er. »Was mit Frau Brennecke passiert, entzieht sich meiner Kenntnis.«

Das entsprach allerdings nicht ganz der Wahrheit. Hauptkommissarin Brennecke war nur für ein paar Wochen in Flensburg gewesen und arbeitete inzwischen als Referentin für Öffentlichkeitsarbeit im Landeskriminalamt in Kiel. Ihre erstklassige Vernetzung mit einflussreichen Kräften der Landesregierung war kein Geheimnis. Doch Önal hatte nicht vor, den beiden Kollegen auf die Nase zu binden, dass Oberkommissarin Christ ihn kürzlich nach einem Gespräch mit dem Kriminaldirektor ins Vertrauen gezogen hatte. So hatte er erfahren, dass Brennecke sich auf einen Dienstposten beim BKA in Wiesbaden bewarb – offenbar mit Unterstützung einflussreicher Kreise in der Politik. Deutlicher hatte der Chef nicht werden wollen und nur erklärt, dass Helene Christ als kommissarische Leiterin zumindest so lange im Amt bleibe, wie sich das Personalkarussell noch drehe. Was danach geschehe, werde sich zeigen – was immer das heißen mochte.

»Eigentlich müssten die hohen Herrschaften sich langsam mal entscheiden«, erklärte Hiesemann, und Feld fügte hinzu: »Schließlich ist das ein Hauptkommissarsdienstposten, der uns gehört.«

»›Uns‹?«, hakte Önal nach und sah die beiden aus zusammengekniffenen Augen an.

»Na, der Bezirkskriminaldirektion Flensburg gehört doch die Dienststelle, oder etwa nicht?«, sagte Hiesemann. »Hauptkommissarin Brennecke besetzt sie, spielt aber in Kiel die Pressetante für die Kripo. Oder auch fürs LKA, wie man hört.«

»Und bedarfsweise für den Innenminister, so genau kann man das gar nicht unterscheiden«, setzte Feld grinsend hinzu.

Önal hob kurz die Hände und ließ sie wieder auf die Schreibtischplatte fallen. Was sollte er dazu sagen? Es stimmte ja alles. »Ich weiß nur, dass Oberkommissarin Christ derzeit die Abteilung leitet. Und Sie wissen das auch. Mehr braucht uns im Moment nicht zu interessieren, oder? Lassen Sie uns also bitte zur Sache kommen.«

»*Kommissarisch* leitet«, maulte Hiesemann leise, und Feld sagte: »Eben.«

Krimizeitreise
Petra Gabriel (Hg.)
DIE STADT, DAS SALZ & DER TOD
Mörderisches aus Halle an der Saale

CHRISTIANE ANTONS
YASEMINS KIOSK
ZWEI KAFFEE UND EINE LEICHE
ERFRISCHUNGEN

INGO BOTT
DAS RECHT ZU STRAFEN
THRILLER

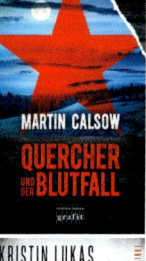

MARTIN CALSOW
QUERCHER UND DER BLUTFALL

EXIT
Lucie Flebbe
Totalausfall

ANDREAS HOPPERT
EIN EINDEUTIGER FALL
KRIMINALROMAN

Vollpfosten FANGO
Ein Kurort-Desaster
RIA KLUG

KRISTIN LUKAS
DER ZORN DER DICH TRIFFT

Sunil Mann
GOSSENBLUES

JAN MEHLUM
KRIMINALROMAN
KALTE WAHRHEIT

H. Dieter Neumann
BLUTMÖWEN
Ein Küsten-Krimi

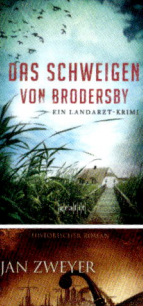

STEFANIE ROSS
DAS SCHWEIGEN VOM BRODERSBY
EIN LANDARZT-KRIMI

Gabriella Wollenhaupt
Grappa
in der Schlangengrube

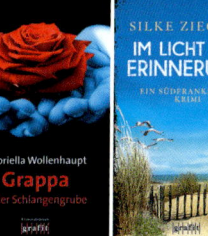

SILKE ZIEGLER
IM LICHT DER ERINNERUNG
EIN SÜDFRANKREICH-KRIMI

JAN ZWEYER
STARK STRØM
KRIMINALROMAN

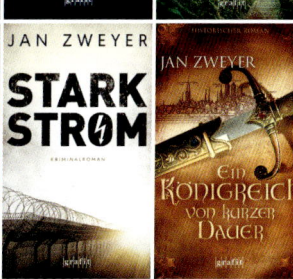

HISTORISCHER ROMAN
JAN ZWEYER
EIN KÖNIGREICH VON KURZER DAUER

☐ Ja, ich will mehr über das Krimiprogramm von Grafit wissen. Senden Sie mir kostenlos und unverbindlich weitere Informationen.

☐ Bitte senden Sie mir Ihren Newsletter an meine E-Mail-Adresse:

Meine Postanschrift:

Diese Karte entnahm ich dem Buch:

Mein Kurzkommentar:

g|r|a|f|i|t

Chemnitzer Str. 31
D-44139 Dortmund

Önal wurde es zu bunt. »Dann sage ich Ihnen jetzt mal, was unsere ›kommissarische‹ Chefin angeordnet hat, wenn's recht ist.«

»Schon gut, schon gut«, wehrte Hiesemann ab. »Man wird sich ja wohl noch seine Gedanken machen dürfen, oder etwa nicht?«

»Natürlich«, erwiderte Nuri Önal zuckersüß. »Mitdenken ist immer nützlich. Wenn's zu laut wird, kann's aber lästig werden.« Er lehnte sich vor. »Können wir jetzt mit der Arbeit anfangen oder haben Sie noch weitere Anmerkungen zur Personalpolitik dieser Behörde?«

Die beiden Kollegen zuckten mit den Schultern und starrten stumm in ihre Kaffeebecher.

»Zu Ihrer Frage, Kollege Hiesemann: Frau Christ ist vom Fundort der Leiche direkt zum Brodersen-Hof gefahren, um der Witwe die Nachricht vom Tod ihres Mannes zu überbringen. Sie wird vermutlich in ein, zwei Stunden ins Büro kommen. Jetzt bringe ich Sie erst einmal auf den aktuellen Stand. Es gibt einiges zu tun für uns.«

Zehn Minuten später hatte Kommissar Önal alles berichtet, was seit dem frühen Morgen passiert war, auch, dass die Leiche durch Hauptmeister Mommsen bereits eindeutig identifiziert worden war.

»Die Seriennummer des Jagdgewehrs wurde inzwischen ebenfalls zugeordnet. Es ist Brodersens eigene Waffe, so viel steht fest«, fuhr der Kommissar fort. »Das habe ich Frau Christ eben per SMS mitgeteilt. Sie wird sich den Waffenschrank im Haus ansehen. Vielleicht passt ja einer der Schlüssel dazu, die der Tote in der Tasche hatte.«

»Können wir eigentlich einen Suizid definitiv ausschließen?«, fragte Feld.

»Die Auffindungssituation von Leiche und Waffe deutet klar auf Fremdeinwirkung hin.«

»Also ein Mordfall?«, hakte Hiesemann nach.

»Ein Tötungsdelikt«, präzisierte Önal. »So sieht es aus, auch wenn die Kriminaltechniker bisher nur Brodersens eigene Fingerabdrücke auf dem Gewehr gefunden haben. Mal sehen, was die weiteren Tests ergeben, vor allem die Suche nach DNA-Spuren. Und dann müssen wir natürlich auf die Ergebnisse der gerichtsmedizinischen Untersuchungen warten.«

»Und bis dahin?«, fragte Feld.

»Bis dahin starten wir schon mal mit guter alter Kripoarbeit, Kollegen. Sie werden sich bitte im Dorf und in der Umgebung umhören, bei den Nachbarn, beim Landhandel, mit dem er seine Geschäfte abgewickelt hat, auf der Gemeindeverwaltung und so weiter. Wenn wir herausgefunden haben, bei welcher Bank Brodersen Kunde war, müssen wir uns auch da blicken lassen. Das volle Programm eben. Der Tote hat sein ganzes Leben dort verbracht, sagt Mommsen. Also fragen Sie einfach jeden, den Sie ausfindig machen können, nach ihm aus. Was für ein Mensch war er? Weiß man von Problemen, die er hatte? Lag er mit jemandem im Streit? Und so weiter. Ich muss Ihnen ja nicht sagen, worauf es ankommt, damit wir uns ein Bild von dem Mann machen können.«

»Nö, sicher nicht«, sagte Feld und Hiesemann nickte. Die Beamten standen auf.

Önal hob die Hand. »Eines noch: Wir machen keinerlei Angaben zum Ermittlungsstand, vor allem nicht zu der Frage, ob es ein Suizid war oder Fremdeinwirkung, lässt Frau Christ Ihnen ausrichten. Wenn Sie bei Ihren Befragungen auf etwas Wichtiges stoßen, rufen Sie bitte gleich an. Ansonsten sehen wir uns um sechzehn Uhr hier zu einer ersten Lagebesprechung. Staatsanwalt Petersen wird auch dabei sein.«

Die beiden Kriminalbeamten waren kaum fünf Minuten zur Tür hinaus, da klingelte das Telefon auf Helene Christs Schreibtisch.

Önal spurtete hinüber und nahm ab.

»Jacobi mein Name«, meldete sich eine jungenhafte Stimme. »Sie wissen schon, von der Presse. Kann ich Oberkommissarin Christ sprechen?«

»Nicht im Hause«, erwiderte Önal kurz angebunden.

»Sie leitet doch sicher die Ermittlungen, oder?«

»Welche Ermittlungen denn?«

»Na, die Sache mit dem Toten in der Feldmark bei Estoft natürlich.«

Woher, zum Teufel, mochte der Sensationsreporter schon Wind von diesem Fall bekommen haben? Önal kannte den hartnäckigen Pressemann natürlich. Wahrscheinlich hatte der wieder einmal den Polizeifunk gehackt. Schon für Hauptkommissar Schimmel war Jacobi mit seinem aufreizend grell orange bemalten alten VW-Bus ein ständiges Ärgernis gewesen. Nicht einmal die mittlerweile erfolgte Umstellung des Polizeifunks auf digitale Übertragung mit Ende-zu-Ende-Verschlüsselung hatte den Reporter, der für mehrere Boulevardblätter arbeitete, abschütteln können. Es lag auf der Hand, dass er die jeweils neuesten Hacker-Programme – allesamt höchst illegal – nutzte, um zuzuhören, wenn die Einsatzkräfte miteinander sprachen.

»Keine Ahnung, wovon Sie reden«, sagte Önal.

»Wer ist denn der Tote? Wurde er schon identifiziert?«

»Welcher Tote?« Der junge Kommissar ließ sich nicht aus der Ruhe bringen.

Jacobi lachte auf. »Sie sind ja ein ganz harter Knochen, Herr ... Özal? Habe ich das richtig verstanden?«

»Mein Name ist Önal. Und wenn Sie Fragen haben – wozu auch immer –, wenden Sie sich bitte an unsere Pressestelle. Die Nummer dürfte Ihnen geläufig sein.«

»Ich möchte gern mit der Urlauberfamilie sprechen, die die Leiche gefunden hat«, erklärte Jacobi unbeeindruckt.

»Woher wissen Sie denn ...?« Nuri Önal biss sich auf die Zunge. Verdammter Kerl!

Der Reporter lachte auf. »Man hat so seine Quellen. Schließlich hat die Öffentlichkeit einen Anspruch auf Information. Deshalb bin ich jetzt auf dem Weg nach Estoft. Bestimmt kriege ich ganz schnell heraus, wer diese Feriengäste sind. Ich möchte ein Interview mit ihnen machen. Muss ja ein Schock gewesen sein, so ein Leichenfund im Urlaub. Sie könnten mir helfen, indem Sie mir sagen, wo ich die Familie finde.«

Der junge Kommissar wurde unsicher. Plötzlich hatte er das Gefühl, einen Fehler zu machen, wenn er den Reporter allzu schroff abwies. Vielleicht sollte er …

»Ich glaube, es ist besser, wenn ich mit Oberkommissarin Christ spreche«, unterbrach Jacobi Önals Überlegungen. »Sie hat bisher immer Wert auf eine vertrauensvolle Zusammenarbeit mit der Presse gelegt.«

»Wenn Sie meinen. Die ist aber nicht im Hause, wie ich schon sagte.«

»Versteh ich doch. Wahrscheinlich ist sie in Ermittlungen unterwegs. Geben Sie mir einfach ihre Mobilfunknummer, dann rufe ich sie direkt an.«

Über so viel Frechheit musste Önal fast laut auflachen. Er konnte sich gut vorstellen, was passieren würde, wenn er die geheime Nummer seiner Chefin weitergäbe, ausgerechnet an diesen rasenden Reporter.

»Daraus wird nichts«, wehrte er ab, »aber rufen Sie von mir aus in zwei, drei Stunden noch mal an. Vielleicht ist Frau Christ ja bereit, Ihnen ein paar Informationen zu geben. Von mir werden Sie gar nichts …«

»Sie sind noch nicht sehr lange bei der Flensburger Mordkommission, habe ich gehört«, fiel Jacobi ihm ins Wort. »Önal ist ein türkischer Name, oder?«

»Was soll die Frage?«

»Ach, mir kam gerade eine prima Idee: Ich schreibe eine spannende Reportage! ›Ein Tag in der Mordkommission Flensburg‹ – so in der Art. Mit Ihnen als Hauptperson! Was halten Sie davon? Schließlich ist das eine tolle Sache, als ... äh, als Türkischstämmiger solch eine Karriere bei der deutschen Kripo zu machen. Man muss den Leuten zeigen, dass es das auch gibt. Gelungene Integration und so, Sie wissen schon.«

»Gehen Sie mir nicht auf die Nerven, Herr Jacobi. Und tschüss!«

Damit legte Önal auf. Das hätte ihm gerade noch gefehlt: Ein Artikel in der Yellow Press über den ach so türkischen Kriminalkommissar aus Husum an der Nordsee! Seiner Familie würde das allerdings gefallen, musste er sich eingestehen, vor allem der Oma, die so traurig war, dass ihr Enkel als ›Polizeioffizier‹, wie sie es nannte, in Deutschland keine schneidige Uniform trug.

Nuri Önal grinste. Oberkommissar Nissen und dessen Worte am Tatort fielen ihm plötzlich ein. Den Stinkstiefel von der KTU würde es wohl ziemlich ärgern, so etwas beim Friseur in den Illustrierten zu lesen.

6

Schon oft sei Enno Brodersen über Nacht fort gewesen, erzählte seine Witwe. Und niemals habe er es für nötig befunden, ihr mitzuteilen, wohin er ginge und wann er zurückkäme.

Nach wie vor lag die Hand der Frau, schwielig und mit kurzen Fingernägeln, auf dem Buch mit dem eingeprägten Kreuz, während sie mit klangloser Stimme sprach. Ihr Sohn hatte inzwischen einen der Sessel herangezogen und sich neben seine Mutter gesetzt.

»Und gestern, als Sie die Polizei anriefen, war Ihr Mann bereits seit drei Tagen nicht zu Hause gewesen, richtig?«, fragte Helene.

Elke Brodersen nickte.

»Haben Sie sich Sorgen gemacht?«

Der junge Mann lachte verächtlich, doch bevor er etwas sagen konnte, ließ ihn ein rascher Blick der Mutter verstummen.

»Nun, ich habe mich gewundert, das schon«, sagte die Witwe. »Heute kommt der Lohnunternehmer mit dem Mähdrescher. Wir müssen den restlichen Weizen vom Halm bekommen. Das hat Enno alles geplant und organisiert. Deshalb habe ich mich natürlich gefragt, wieso er nicht nach Hause kam. Die Arbeit ist kaum zu schaffen, wenn er nicht da ist.«

»Was hat Ihr Mann denn gemacht, wenn er länger nicht zu Hause war?«

»Gesoffen«, brach es aus Karsten Brodersen heraus, und trotz des vorwurfsvollen Blickes seiner Mutter wiederholte er: »Gesoffen hat er – und was weiß ich, was sonst noch alles.«

»Verzeihen Sie mir die direkte Frage, Herr Brodersen«, wagte sich Helene vor. »Kann es sein, dass Sie Ihren Vater nicht besonders mochten?«

Ihr entging der erschreckte Ausdruck auf dem Gesicht der Mutter nicht, und das plötzliche höhnische Auflachen des Sohnes ließ sie leicht zusammenfahren.

»Nein, ich mochte ihn nicht«, stieß der junge Mann hervor. »Da liegen Sie völlig richtig. Er war ein Tyrann, ein …«

»Karsten!«

»Lass gut sein, Mutter! Warum sollen wir der Kommissarin nicht sagen, dass es niemanden in dieser Familie gibt, der traurig über seinen Tod ist?« Trotzig fügte er hinzu: »Außer dir vielleicht.«

»Karsten, du versündigst dich!« Schneeweiß war nun Elke Brodersens Hand, die Finger krampfhaft um den Lederbezug der Bibel geklammert.

Um Himmels willen, was tat sich da auf? Helene schluckte.

Mit betont gleichmütiger Stimme richtete sie ihre Frage an den jungen Mann, dessen hübsches Gesicht rote Flecken bekommen hatte: »Wir wissen bereits, dass die Waffe, aus der der tödliche Schuss kam, auf Ihren Vater registriert ist. Warum sollte er sein Jagdgewehr mitgenommen haben, wenn er nur auf eine Kneipentour ging?«

Karsten Brodersen zuckte mit den Schultern. »Um sich hinterher umzubringen vielleicht. Nach ein paar Schnäpsen geht das …«

Seine Mutter fiel ihm ins Wort: »Ich habe vorhin erst von Ihnen gehört, dass er seine Büchse mitgenommen hat. Das wusste ich nicht, deshalb habe ich angenommen, dass er irgendwo hingefahren ist, wo er …« Sie biss sich auf die Lippe und sagte nichts mehr.

»Hm. Ist der dunkelgrüne Wagen in der Garage Ihrer?«

»Ja, sicher.«

»Wie konnten Sie vermuten, Ihr Mann hätte einen Ausflug gemacht, wenn das Auto die ganze Zeit hier gestanden hat?«

»Enno hat meistens ein Taxi kommen lassen, wenn er … also, für einen seiner ›Ausflüge‹, wie Sie das nennen«, erwiderte Elke Brodersen. »Und übrigens benutze ich den Wagen selbst auch. Zum Einkaufen im Ort zum Beispiel.«

»Haben Sie denn gar nicht bemerkt, dass Ihr Mann das Haus verlassen hat?«, hakte Helene nach. »Es müsste Ihnen doch aufgefallen sein, wenn er von einem Taxi abgeholt worden wäre.«

»Ich weiß nicht, wann er aus dem Haus gegangen ist. Und von einem Taxi habe ich nichts mitbekommen. Am Sonntag bin ich früh zu Bett gegangen, gleich nach dem Abendmelken. Montagfrüh«, sie fasste kurz an das Pflaster auf der Wange, »musste ich allein in den Kuhstall.«

»Ihr Sohn sagte, Sie hätten sich dort verletzt.«

»Ja, ich bin ausgerutscht und gestürzt. Nur ein kleiner Riss und ein blauer Fleck, aber ich war froh, dass Tomasz kam und mir das Melken abgenommen hat, denn …«

»Entschuldigung«, unterbrach Helene sie. »Wer ist Tomasz?«

»Unser landwirtschaftlicher Helfer«, schaltete sich Karsten Brodersen ein. »Ein Pole. Er wohnt mit seiner Familie im Dorf.«

Die Oberkommissarin nickte, und die Witwe sagte: »Zum Mittagessen war mein Mann immer noch nicht zu Hause. Ich habe ihn also seit Sonntagabend nicht gesehen. Mehr kann ich dazu nicht sagen.« Mit müden Augen sah sie die Kriminalbeamtin an, schüttelte langsam den Kopf und fügte hinzu: »Also wird er wohl irgendwann danach verschwunden sein – warum und wie auch immer.« Plötzlich lehnte sie sich mit einer heftigen Bewegung vor und ihr Blick blitzte auf, als sie atemlos feststellte: »Ich weiß ja nicht einmal, seit wann Enno schon tot ist!«

Faszinierend, dass der Frau die Bedeutung dieses Details erst jetzt klar wurde, dachte Helene. Dass Brodersens Tod bereits vor fast drei Tagen eingetreten war, hatte sie den beiden Hinterbliebenen bisher bewusst verschwiegen. Nun wurde es also Zeit, die Katze aus dem Sack zu lassen.

»Tut mir leid, Ihnen das sagen zu müssen, aber Ihr Mann ist nach Einschätzung des Gerichtsmediziners wahrscheinlich bereits am Montagvormittag zu Tode gekommen.«

Elke Brodersen zuckte zusammen. »Schon am … Dann ist er also gar nicht …« Sie brach ab.

»Was wollten Sie sagen?«, fragte Helene lauernd.

»Na ja, wenn das so ist, wird Enno wohl doch zur Jagd gegangen sein – früh am Montagmorgen, als ich noch geschlafen habe. Aber dann …« Noch einmal stockte sie und riss in plötzlichem Begreifen die Augen auf. »Mein Gott, dann lag er da ja schon seit …« Sie schlug die Hände vors Gesicht.

»Pfui Teufel, bei der Hitze!«, stieß ihr Sohn aus, und seine Stimme klang angewidert.

Helene musterte den jungen Mann genau. War das nur der Schreck, eine Taktlosigkeit oder sogar blanker Hass? Sie war sich nicht sicher, daher wechselte sie rasch das Thema.

»Können Sie mir sagen, wer außer Ihnen beiden noch zur Familie gehört?«

»Nur meine Schwester Rina. Sie ist zehn Jahre älter als ich.«

»Mein Gott, ja! Wir müssen sofort Rina benachrichtigen, Karsten!«, rief Elke Brodersen atemlos. »Sie muss doch wissen, dass ihr Vater tot ist!«

Der Sohn nickte, holte ein Smartphone aus der Brusttasche seines Hemdes, tippte etwas ein und hielt das Gerät an sein Ohr.

»Wo lebt Ihre Schwester denn?«, fragte Helene ihn. »Arbeitet sie nicht hier im Betrieb?«

»Nein, sie ist Verwaltungsangestellte bei der Gemeinde und hat eine eigene Wohnung im Dorf. Ich habe sie noch nicht gesehen, seit ich gekommen bin.«

»›Gekommen‹? Wie meinen Sie das? Wohnen Sie denn auch nicht auf dem Hof?«

»Ich studiere Landwirtschaft in Rendsburg. Dort habe ich eine Studentenbude. Bin heute Morgen erst hergekommen, um bei der Ernte zu helfen.«

»Dann waren Sie in den letzten Tagen nicht hier?«, hakte Helene noch einmal nach.

»Ich sage Ihnen doch, ich bin erst vor zwei Stunden ...«

»Aber jetzt im Hochsommer sind doch sicher Semesterferien, oder?«

Karsten Brodersen nickte. »Natürlich. Aber ich ziehe es vor, nur hierherzukommen, wenn es gar nicht anders ...« Er nahm das Handy vom Ohr. »Nur die Mailbox. Da mag ich ihr so eine Nachricht nicht draufsprechen, Mutter. Ich versuche es nachher noch mal.«

»Sie hat doch Urlaub und ist schon vor dem Wochenende zum Segeln gefahren«, sagte die Witwe.

»Ach ja, das hatte ich ganz vergessen. Da hat sie wahrscheinlich gerade kein Netz.«

»Wann genau ist Ihre Tochter denn weggefahren?«, schaltete sich Helene ein. »Also, bevor Ihr Mann verschwunden ist oder danach?«

Sie fuhr überrascht zusammen, als die alte Frau sich plötzlich mit einer heftigen Bewegung aus ihrem tiefen Sessel hochstemmte und in schrillem Ton rief: »Ich kann das nicht länger ertragen! Sie quälen uns! Nun muss ein Ende sein mit all den Fragen! Was soll denn diese schreckliche Vernehmung? Für heute haben Sie genügend schlimme …« Sie schluckte hart. »Gehen Sie endlich!«

»Verzeihen Sie bitte, Frau Brodersen«, erwiderte Helene ruhig. »Ich habe Sie wohl zu sehr aufgeregt, das tut mir leid.«

Karsten Brodersen trat zu der Frau, die er um zwei Köpfe überragte, und legte seine Hand auf ihren Arm. Zu Helene gewandt, sagte er leise: »Sie müssen das verstehen. Meine Mutter hatte es nicht leicht in ihrem Leben, obwohl sie niemals darüber klagen würde. Mein Vater war … Nun, sie waren sehr lange miteinander verheiratet und … ach, lassen wir das. Es gab viele … äh, unschöne Momente. Mehr ist dazu nicht zu sagen.«

»Und warum glauben Sie – im Gegensatz zu Ihrer Mutter –, dass Ihr Vater sich selbst umgebracht hat? Welchen Grund hätte er gehabt?«

»Was weiß ich? Die Schulden wahrscheinlich. Der Betrieb schreibt schon seit Jahren rote Zahlen. Obwohl …«

»Karsten, halt deinen Mund«, fuhr die Mutter dazwischen. »Das interessiert die Polizistin doch nicht.« Zu Helene gewandt, setzte sie hinzu: »Jetzt ist aber wirklich Schluss. Ich will endlich Ruhe haben.«

»Das verstehe ich, Frau Brodersen, aber ›die Polizistin‹ ist durchaus an allem interessiert, was sie erfahren kann, wenn sie es mit einem ungeklärten Todesfall zu tun hat«, gab Helene trocken zurück. »Nehmen wir einmal an, Sie haben recht, und es war kein Suizid – was denken Sie, wer hätte ein Motiv, Ihren Mann zu töten?«

Unvermittelt herrschte Stille im Zimmer. Lastendes Schweigen, wo Helene vom Sohn des Toten eher eine umfängliche Aufzählung der Feinde seines Vaters erwartet hätte. Aber nein, die Brodersens sahen sich nur kurz an und senkten dann beide den Blick. Das einzige Geräusch im Raum war das Ticken der dunklen eichenen Standuhr in der Ecke, plötzlich überlaut.

»Davon wissen wir nichts«, flüsterte Elke Brodersen. »Er … äh, er vertrug sich nicht gut, aber ich kann mir niemanden vorstellen, der ihn deshalb umgebracht haben sollte … Nein, nein, bestimmt nicht.«

Wieder Schweigen.

»Und Hauke Dierksen?«, stieß Karsten Brodersen plötzlich aus. »Was ist mit dem, Mutter? Der hat Vater doch auch gehasst, wie die Pest sogar.«

»Unsinn!«, wies ihn die Witwe zurecht. »Hauke mag alles Mögliche sein, aber sicher kein Mörder. Was hätte er denn für einen Grund, Vater zu …« Offensichtlich erschrocken über eine plausible Antwort, die ihr genau in dieser Sekunde auf die eigene Frage einfiel, riss sie kurz die Augen auf, verstummte und warf ihrem Sohn einen warnenden Blick zu, bevor sie die Kriminalbeamtin wieder ansah. »Bitte gehen Sie jetzt endlich!«

Helene stand auf. Fast körperlich spürte sie die unüberwindliche Mauer, die gerade vor ihr aufgerichtet worden war. »Lassen wir es für den Moment dabei. Ich werde später bestimmt noch ein paar Fragen stellen müssen – und zwar Ihnen beiden.« Sie drehte sich zur Tür um, hielt inne und sagte: »Ach ja, ich brauche die Adresse Ihrer Tochter, Frau

Brodersen. Und bitte zeigen Sie mir noch den Schrank, in dem Ihr Mann seine Jagdwaffen aufbewahrt hat.«

Elke Brodersen hatte sich wieder in ihren Sessel fallen lassen. »Den hat Enno immer abgeschlossen, da war er sehr genau. Ich hatte keine Veranlassung nachzusehen, aber ich bin sicher, dass er das auch diesmal tat, nachdem er sein Gewehr herausgenommen hatte.«

»Und Sie haben keinen Schlüssel?«

»Ich? Nein, wo denken Sie hin? Da hat mein Mann niemanden drangelassen. Er wird ihn wohl bei sich getragen haben.«

Helene zog das Schlüsselbund aus ihrer Jacke. »Das haben wir in seiner Hosentasche gefunden. Können Sie mir sagen, in welche Schlösser diese Schlüssel passen? Vielleicht ist der für den Waffenschrank ja dabei.«

»Der kleine da ist es!«, rief die Witwe und streckte ihren Zeigefinger aus. Ihre Stimme war schrill geworden. »Wieso fragen Sie mich, ob ich ihn hätte, wenn Enno ihn offensichtlich bei sich gehabt hat, wie ich schon vermutete?«

»Meistens gibt es nicht nur einen Schlüssel für ein Schloss«, erwiderte Helene trocken.

»Wenn es noch einen gibt, hat er ihn sicher in seinem Schreibtisch aufbewahrt. Ich jedenfalls habe keinen.«

»Na gut, ich möchte mir den Waffenschrank ansehen. Und den Schreibtisch Ihres Mannes auch. Dazu brauche ich allerdings Ihre Zustimmung. Einen gerichtlichen Durchsuchungsbeschluss habe ich nämlich nicht – jedenfalls noch nicht.«

»Muss das denn alles sein?«, fragte Elke Brodersen matt.

»Ja, durchaus. Leider ist noch völlig ungewiss, wie Ihr Mann zu Tode gekommen ist. Ich suche nach Hinweisen, die uns darauf eine Antwort geben könnten.«

»Dann suchen Sie von mir aus.« Resigniert zuckte die Witwe die Schultern. »Mach du das, Karsten«, wies sie ihren Sohn an. Alle Kraft schien auf einmal von ihr gewichen, und sie kauerte sich noch tiefer in ihren Sessel. »Schließ die Tür hinter dir. Ich will endlich allein sein.« Die Hand lag jetzt wieder fest auf dem Buch.

Bei dem Maschinenlärm, der sich plötzlich erhob, fuhr Helene Christ zusammen und warf einen raschen Blick durch den Gardinenspalt nach draußen. Mit zunehmendem Getöse rollte ein riesiger hellgrüner Mähdrescher auf der Straße heran und stoppte vor der Hofeinfahrt.

»Ich laufe kurz raus und sage ihm, wo er hinmuss«, sagte Karsten Brodersen. »Tomasz wartet auf dem Feld schon mit den ersten Anhängern. Bin gleich zurück. Aber dann muss ich schnell hinterher!«

7

Der schmale Stahlschrank im Flur war abgeschlossen, wie die Witwe gesagt hatte. Das Sicherheitsschloss wies keine äußere Beschädigung auf, stellte Helene fest. Der kleine Schlüssel passte genau, und sie öffnete die einflügelige Tür.

Nur zwei Gestelle für Langwaffen befanden sich in dem Hochschrank, eines davon leer. Im anderen stand eine Schrotflinte, die, soweit die Oberkommissarin das beurteilen konnte, offenbar schon ziemlich alt, aber in hervorragendem Zustand und mit kleinen Silberapplikationen verziert war. Obwohl es verboten war, Waffen und Munition zusammen zu lagern, entdeckte Helene oben im Schrank mehrere bunte Schachteln, drei davon mit Schrotpatronen.

Auf zwei anderen las sie den Aufdruck *.308 Win.*

Genau solch ein Geschoss hatte Enno Brodersen getötet.

»Sind Sie selbst auch Jäger?«, fragte Helene den jungen Mann, der zu ihr getreten war.

Karsten schüttelte den Kopf. »Nein. Zum Leidwesen meines Vaters kann ich dem nicht viel abgewinnen. Er wollte mir sogar den Jagdschein bezahlen, aber … Das ist nichts für mich.« Nervös wippte er auf und ab. »Ich habe es wirklich eilig, aufs Feld zu kommen!«

»Ja, klar. Zeigen Sie mir nur noch rasch, wo der Schreibtisch Ihres Vaters steht.«

Brodersen führte sie weiter den Gang hinunter, dessen Wände mit Jagdtrophäen vollgehängt waren. Am Ende stieß er die Tür zu einem kleinen Raum auf, der wohl eine Art Büro war. Auch hier waren die Wände über den Regalen und Schränken mit ausgestopften Tieren ›geschmückt‹ – wenn man das denn so nennen konnte, dachte Helene, die sich zwischen den vielen Kadavern nicht sonderlich wohlfühlte. Die toten Glasaugen im Kopf eines kapitalen Rothirsches starrten sie kalt an, als sie zu dem wuchtigen Schreibtisch aus Eiche ging, der vor dem Fenster stand. Das Sicherheitsschloss in der Schublade war ebenfalls unbeschädigt, und auch an der massiven Lade selbst konnte Helene keinerlei Spuren einer gewaltsamen Öffnung entdecken. Sofort sah sie, welcher der Schlüssel am Bund hier passte, und schloss auf.

»Brauchen Sie mich überhaupt noch? Sie können das doch auch allein …«

»Was können Sie mir zur wirtschaftlichen Situation des Betriebes sagen?«, fragte Helene ungerührt, während sie die Lade herauszog. »Sie sagten vorhin, die sei nicht gut?«

»Soviel ich weiß. Aber ich kenne keine Zahlen.«

»Wie ist denn die Hofnachfolge geregelt? Es gibt doch sicher ein Testament, oder?«

Unruhig trat Brodersen von einem Fuß auf den anderen. »Das nehme ich an, aber ich weiß nicht genau, was drinsteht.«

»›Nicht genau‹?«, hakte Helene nach, und ihre Stimme klang ungläubig. »Heißt das, Sie wissen nicht, welche Verfügungen Ihr Vater für den Fall seines Todes getroffen hat?«

»Nur, dass er immer gesagt hat, ich solle erben.«

»Nicht Ihre Mutter?«

Karsten Brodersen ballte die Fäuste und sagte in resigniertem

Ton: »Sie wissen nicht, wie der Alte war. ›Ein Hof gehört in Männerhand‹ und ›Weiber haben keine Entscheidungen zu treffen‹ – das habe ich zigmal von ihm gehört.« Er zuckte die Achseln. »Ich nehme an, Mutter erhält Wohnrecht und Rina wird finanziell abgefunden, aber mehr kann ich Ihnen nicht sagen.«

Helene sah ihn durchdringend an. »Stellen Sie sich doch nicht dumm, Herr Brodersen!«, wies sie den jungen Mann barsch zurecht. »Selbst wenn das Testament noch nicht er-öffnet wurde, wissen Sie immerhin, dass Sie der Hoferbe sind. Wollen Sie mir weismachen, Sie hätten keine Ahnung, was Sie da erben?«

»Sie verstehen einfach nicht, dass mein Vater sich von niemandem aus der Familie in die Karten gucken ließ«, stieß Karsten Brodersen ärgerlich hervor. »Alles, was ich weiß, ist, dass es in den letzten Jahren nicht so gut gelaufen ist. Schwie-rigkeiten haben derzeit aber fast alle Landwirte, das werden Sie bestimmt wissen. Vor drei Jahren hat mein Vater für viel Geld den neuen Kuhstall mit dem modernen Melkstand gebaut. Sie haben das große Gebäude mit den Solarpaneelen auf dem Dach vielleicht gesehen, als Sie auf den Hof gefah-ren sind. Und nun ist der Milchpreis völlig verfallen. Die Geschäfte mit Molkereiprodukten für Russland sind auch so gut wie tot wegen der Handelsbeschränkungen der EU. Aber …« Er brach ab.

»Ja? Fahren Sie fort! Was wollten Sie sagen?«

»Nun ja, trotz aller Verluste …« Brodersen wich dem scharfen Blick der Kriminalbeamtin aus. »Natürlich hat das Land einen gewissen Wert.«

»Was heißt das?«

»Ich sage Ihnen doch, dass ich keine genauen Zahlen kenne«, rief der junge Mann trotzig. »Aber ich kann mir denken, dass der Hof allein wegen des Verkehrswerts von Grund und Boden immer noch gut dasteht.«

»Aha.« Helene war schlagartig klar, dass sie auf einen entscheidenden Hinweis gestoßen war, beschloss aber, dazu erst einmal selbst Ermittlungen anzustellen. »Wer ist denn dieser Hauke Dierksen, dem Sie den Mord an Ihrem Vater zutrauen?«, wechselte sie daher das Thema.

Karsten Brodersen zuckte zusammen. Einen Augenblick lang schien er nicht zu wissen, wie er auf diese Frage reagieren sollte, dann stieß er ein abfälliges Zischen aus und sagte: »Vergessen Sie's. Er und der Alte waren zwar ihr ganzes Leben lang verfeindet und haben sich gegenseitig das Leben zur Hölle gemacht, aber dass Dierksen ihn getötet haben könnte, glaube ich eigentlich nicht wirklich. Dann schon eher umgekehrt, das wäre denkbar gewesen.«

»Hm.« Helene spürte, dass sie eben wieder an die Mauer gestoßen war. »Vorhin hörte sich das aber ganz anders an.«

»Mag sein, war aber dummes Zeug, was mir da eingefallen ist. Wie gesagt: Vergessen Sie's einfach.«

Ganz bestimmt nicht, mein Freund, dachte Helene, beließ es jedoch für den Moment dabei.

»Sagen Sie mir bitte noch etwas zu Ihrem Angestellten, diesem … wie heißt der noch mal?«

»Tomasz.« Karsten Brodersen lachte humorlos auf. »An dem hat sich der Alte die Zähne ausgebissen. Tomasz ist jetzt fünf oder sechs Jahre auf dem Hof. Kann alles, der Bursche, echt alles, was in der Landwirtschaft anfällt. Er ist gründlich und schnell, redet aber so gut wie gar nicht. Und er schert sich nicht die Bohne um die miese Stimmung des Alten. Macht einfach seine Arbeit – und gut. Wäre er nicht auf dem Hof, hätte ich nicht zum Studium gehen können.«

»Wann kann ich mit diesem Mann reden?«

»Im Moment ist das schlecht. Wie gesagt, er ist mit dem zweiten Trecker und zwei Anhängern auf dem Feld, um das Korn zu laden und zur Mühle zu fahren. Aber viel mehr als ›Moin‹ und ›Tschüss‹ werden Sie von dem sowieso nicht hören, das …« Brodersen stockte und rief: »Verdammt, was quatsche ich hier? Hören Sie, Frau Kommissarin, ich habe wirklich keine Zeit mehr.«

Hektisch nestelte er einen Kugelschreiber und einen Zettel aus der Brusttasche seines Hemdes. Das Papier legte er auf den Schreibtisch und kritzelte etwas darauf. »Adresse und Handynummer meiner Schwester«, erklärte er. »Die wollten Sie doch haben. Ich versuche nachher noch einmal, Rina zu erreichen.«

Helene nahm ihm den Zettel ab und warf einen kurzen Blick darauf. »Danke. Bevor Sie gehen, sagen Sie mir doch bitte noch, wo Sie am letzten Sonntagabend und am Montag waren.«

Der junge Mann starrte sie an, dann kniff er die Augen zusammen. »Wieso? Was soll denn so eine …« Unwillig schüttelte er den Kopf, als wollte er eine lästige Fliege verscheuchen. »Sie glauben doch nicht, ich hätte etwas mit seinem Tod zu tun?«

Mit einem kalten Lächeln erwiderte die Oberkommissarin: »Sie haben Ihren Vater gehasst, oder? Also reden Sie schon: Wo genau waren Sie und was haben Sie gemacht?«

»Ich war das ganze Wochenende in Rendsburg. Was genau ich wann gemacht habe …« Brodersen stieß einen unverständlichen Laut aus, der in Helenes Ohren nach einem Schimpfwort klang. »Verdammt, wie soll ich mich …« Plötzlich hob er die Hand. »Ach ja, ich erinnere mich: Am Sonntag war ich mit ein paar Freunden beim Bowling. Und danach sind wir noch um die Häuser gezogen.«

»Und was war am Montag?«

»Den habe ich fast komplett in meiner Bude verpennt. Der Abend vorher war ziemlich heftig.« Er grinste verlegen. »Es sind ja Semesterferien, da kann man schon mal ein bisschen sumpfen, oder?«

»Sie waren allein in Ihrer Wohnung, nehme ich mal an«, stellte Helene trocken fest.

Flog da ein kurzes Erschrecken über seine Miene? Vielleicht irrte sie sich auch, aber …

»Ja, da haben Sie recht. Was soll das denn alles?«, rief er jetzt wütend. »Klar war mein Vater ein elender Mistkerl, aber ich habe ihn doch nicht umgebracht. Das ist einfach absurd!«

Helene zuckte bloß mit den Schultern und lächelte unverbindlich. »Bestimmt ist es das, Herr Brodersen, bestimmt. Aber die Polizei stellt nun mal solche fiesen Fragen. Kein Grund zur Aufregung.«

»War's das jetzt endlich, Frau Kommissarin?«, fragte der junge Mann ungeduldig.

»Fast. Ich brauche noch die Namen der Freunde, mit denen Sie am Sonntag um die Häuser gezogen sind.«

»Das ist doch …« Er rang die Hände. »Na gut, lassen Sie mich mal überlegen.«

Zwei Minuten später hatte Helene die Namen von vier jungen Männern, die allesamt in Rendsburg und Umgebung wohnten.

»Ich muss jetzt sofort mit den anderen Hängern raus aufs Feld«, erklärte Karsten Brodersen noch einmal.

»Dann will ich Sie nicht länger aufhalten. Gehen Sie nur. Aber ich benötige noch etwas Zeit, um mich hier umzusehen.«

»Meinetwegen. Ich sage rasch meiner Mutter Bescheid, dass Sie noch länger im Haus sind.« Der junge Mann ging zur Tür, und Helene hörte ihn den Flur hinunterlaufen.

»Ich hoffe doch, ich finde Sie in den nächsten Tagen hier auf dem Hof«, rief sie ihm hinterher.

»Ich laufe Ihnen bestimmt nicht weg«, kam es zurück. Kurze Zeit später wurde die Tür zugeworfen.

Auch in dem düsteren Hausflur gab es offenbar irgendwo eine Uhr, unsichtbar von Helenes Standort. Monoton hallte ihr Ticken aus dem gefliesten Gang in das Zimmer. Sonst war nichts zu hören.

Helene fühlte ein unangenehmes Ziehen im Bauch. Ihr

war, als stünde plötzlich jemand dicht hinter ihr. Hastig fuhr sie herum.

Nichts. Nur der Hirsch starrte sie bösartig an.

Ein Satz fiel ihr wieder ein, den Elke Brodersen vorhin über ihren Mann gesagt hatte. Ein sonderbarer Satz, mehrdeutig: ›Er vertrug sich nicht gut.‹

Das konnte heißen, dass der Tote sich nicht gut mit anderen Menschen vertrug. Das würde zu Hauptmeister Mommsens Bemerkung passen, der alte Bauer habe mit vielen Leuten Streit gehabt. Aber auf einmal drängte sich Helene ein anderer möglicher Sinn dieser Worte auf, der nämlich, dass Enno Brodersen mit sich selbst nicht zurechtkam, sich selbst nicht aushielt.

Was Helene bisher gehört und gesehen hatte, mochte allerdings nicht zu dieser Deutung passen.

Etwa eine Stunde später trat sie wieder ins gleißende Sonnenlicht. Als sie die steinerne Treppe hinabstieg, schaute sie noch einmal hinter sich. Die Vorhänge zum Wohnzimmer, in dem die Witwe saß, waren nun ganz zugezogen. Trotz der brütenden Hitze überlief Helene erneut ein kurzes, heftiges Frösteln.

Brodersens Arbeitszimmer mit den ausgestopften Jagdtrophäen hatte sie abgeschlossen und die Tür mit einem amtlichen Aufkleber versiegelt, ebenso wie den Waffenschrank. Ihre Durchsuchung des Schreibtisches hatte zunächst nicht allzu viel erbracht. Ein paar Dokumente, einige Briefe und Rechnungen, vor allem aber die Grundbuchauszüge und die Steuererklärungen würde man sich noch genauer ansehen müssen. Das zerfledderte Notizbuch des Toten hatte sie gleich mitgenommen. Darin hatte Brodersen wichtige Telefonnummern aufgeschrieben, zum Beispiel die der Flensburger Niederlassung des Landwirtschaftlichen Buchführungsverbandes Schleswig-Holstein, der wahrscheinlich seine Steuerberatung gemacht hatte. Außerdem waren noch ein paar Visitenkarten in das Büchlein eingeklebt, unter anderem auch die eines Rechtsanwalts und Notars in Flensburg sowie die des Filialleiters der Ostseebank im Nachbarort.

Dann aber war Helene auf ein grünes, in Leder gebundenes Familienstammbuch gestoßen. Kaum hatte sie ein paar Seiten umgeblättert, war eine Ahnung in ihr aufgestiegen, warum die verhärmte Grauhaarige aussah wie fast achtzig, obwohl ihre Geburtsurkunde als Elke Jensen offenbarte, dass sie erst im dreiundsechzigsten Lebensjahr stand, somit acht Jahre jünger war als ihr Ehemann Enno. Die beiden hatten vor siebenunddreißig Jahren geheiratet, und ein Jahr später war ihre Tochter Rina zur Welt gekommen. Karsten war erst sechsundzwanzig Jahre alt, also offenbar das, was man einen Nachzügler nannte. Zumindest auf den ersten Blick.

Die Dokumente aber zeigten eine andere, entsetzliche Wahrheit: zwei weitere Geburten – und zwei Sterbeurkunden. Uwe Brodersen wäre heute vierunddreißig, sein Bruder Klaas zweiunddreißig. Geburt und Tod am selben Tag. Bei beiden.

In Gedanken vertieft, machte Helene die paar Schritte zu ihrem Cinquecento, der in der prallen Sonne stand. Sie war froh, das Faltdach vorhin offen gelassen zu haben. Nun würde sie zwar das heiße Lenkrad kaum anfassen können, aber nach ein paar Metern brächte der Fahrtwind angenehme Kühle.

Ihr Handy meldete sich. Sie holte es aus der Umhängetasche und schaute auf das Display.

Simon.

»Schatz, wir brauchen deine Hilfe!«, sagte er aufgeregt.

»Wir?«

»Na ja, Frau Sörensen und ich. Kannst du es einrichten, mit ihr zum Arzt zu fahren? Ich muss in einer Stunde auf der Baustelle in Heide sein. Du weißt schon: die neue Seniorenwohnanlage. Heute ist Endabnahmetermin mit dem Investor und den Leuten von der Bauaufsichtsbehörde. Das schaffe ich sowieso nicht mehr pünktlich.«

Helene erschrak. »Was ist denn mit Frau Sörensen?«

»Sie hat sich vorhin einen Zehenballen aufgeschnitten, ziemlich tief. Wahrscheinlich an irgendeiner Glasscherbe, die am Strand lag. Hat stark geblutet. Nichts wirklich Bedrohliches, aber sie leidet ausgiebig – du kennst sie ja. Ich habe ihr erst mal einen Verband gemacht, aber vielleicht muss das genäht werden.« Und noch mal eindringlich: »Ich sitze hier wie auf Kohlen. Kannst du weg? Ich will Frau Sörensen nicht allein lassen.«

»Da haben wir aber Glück«, sagte Helene schmunzelnd, fasste vorsichtig an den aufgeheizten Griff und öffnete die Fahrertür. »Bin ganz in der Nähe. In Estoft, um genau zu sein. Bis gleich, in zehn Minuten bin ich bei euch.«

»Danke, du bist ein Schatz«, rief Simon erleichtert.

Simon und Frau Sörensen … Helene lächelte. Schon als sie ihren Partner vor drei Jahren kennengelernt hatte, waren die beiden ein unzertrennliches Paar gewesen. Die kleine schwarz-weiße Hündin unbestimmbarer Rasse war inzwischen nicht mehr die Jüngste, aber noch immer fit. Und vor allem nach wie vor eine begeisterte Seglerin, die auf jedem Törn mit Simons *Seeschwalbe* an Bord war.

»Armes altes Mädchen«, murmelte Helene vor sich hin, während sie in den Wagen stieg und den Motor startete. »Dann wollen wir dich mal schnell zum Tierarzt bringen!«

Bis zur Besprechung mit ihren Kollegen hatte sie noch reichlich Zeit. Die kleine Pause würde ihr guttun, ahnte sie und warf beim Losfahren nochmals einen Blick auf die Fenster mit den zugezogenen Gardinen.

Unvermittelt überfiel sie wieder ein Schaudern. Sie würde sicher bald zurückkommen. Allzu viel lag noch an diesem Ort verborgen.

8

Die Hündin saß mit hängenden Ohren wimmernd hinter der Tür und hielt ihre dick mit weißem Mull umwickelte rechte Vorderpfote anklagend in die Höhe. Als ihr Frauchen den Flur betrat, steigerte sich das Wimmern zu einem herzzerreißenden Jaulen, und Helene hätte wetten können, dass Frau Sörensens dunkle Knopfaugen sogar ein paar Tränen absonderten – wie immer das Tier das auch hinbekam.

»Ja, ich weiß, du bist eine ganz arme, schwer verletzte Kreatur«, stimmte Helene in das Klagelied ein und streichelte der Hündin den Kopf. »Wir fahren jetzt zum Doktor, und dann wird es dir bald besser gehen. Da hat dir der Simon aber einen tollen Verband gemacht, das muss ich sagen!«

Simon Simonsen stürmte aus dem Badezimmer auf den Flur. »Ganz klasse von dir, dass du es einrichten konntest, mein Liebling!«

Er nahm Helene überschwänglich in die Arme und drückte ihr einen schmatzenden Kuss auf die Lippen. Dazu musste er, der über einen Meter und neunzig maß, sich sogar bei seiner groß gewachsenen Partnerin ein wenig herabbeugen.

»Ich muss sofort los. Der Architekt hat mich schon dreimal angerufen, und die Behördenleute werden sowieso sauer sein, dass ich zu spät komme.«

»Dann beeil dich mal besser«, sagte Helene und sah Frau Sörensen an. »Nicht wahr, meine Kleine, wir beide kriegen das auch allein hin, wenn das Rabenherrchen keine Zeit für dich hat.«

»Das ist gemein«, rief Simon lachend und lief zur Tür. »Macht's gut, ihr beiden!« Er stoppte und drehte sich noch einmal um.

»Ach ja, wieso warst du in Estoft?«

»Ein Tötungsdelikt. Ich erzähl dir heute Abend davon. Aber wahrscheinlich komme ich spät. Wir haben eine Besprechung zu diesem neuen Fall. Keine Ahnung, wie lange wir brauchen. Frau Sörensen nehme ich mit, nachdem der Tierarzt sie versorgt hat.«

»Okay, das wird ihr besser gefallen, als allein zu Hause zu sein. Hoffentlich ist es nicht so schlimm mit der Wunde. Bleibt es dabei, dass wir uns heute Abend auf dem Boot treffen?«

»Na klar. Ich rufe dich an, sobald ich in Flensburg losfahre. Kochst du uns denn was Gutes?«

»Gern. Und wenn die Herrschaften bei der Bauabnahme keine Probleme machen, werde ich uns sogar eine Flasche Wein aufmachen.«

»Na, dann übernachten wir am besten gleich an Bord«, sagte Helene und lächelte verheißungsvoll. »Für das weitere Abendprogramm fällt uns später bestimmt was Schönes ein.«

»Da bin ich mir absolut sicher. So eine laue Sommernacht bringt mich immer auf gute Ideen.« Simon schlang die Arme um Helene, drückte ihren Körper fest an sich und raunte ihr eine Anzüglichkeit ins Ohr.

Sie gab ihm einen langen Kuss. Dann wand sie sich aus der Umarmung und rief lachend: »Nun hau schon ab!«, nahm die Hündin auf den Arm, ging hinter ihrem Freund her und blieb auf dem Treppenabsatz stehen. »Viel Erfolg bei deinem Termin!«

»Danke, dir dasselbe!« Er winkte, stieg in seinen alten Landrover und fuhr schwungvoll vom Hof.

Nachdem das Motorgeräusch in der Ferne verklungen war, lauschte Helene in die Stille des Sommertages hinein, kraulte der Hündin den Kopf, den diese fest an ihre Brust gepresst hatte, und ließ den Blick am Reetdach des uralten Hauses entlang nach oben in den hellblauen Himmel gleiten. Einige weiße Schönwetterwölkchen zogen über dem gerade neu mit Heidekraut eingedeckten First dahin. Die Schwalben jagten in der flirrenden Hitze mit halsbrecherischen Manövern um das Dach, und das Meer, dessen Strand nur ein paar Hundert Meter entfernt lag, würzte die Luft mit seinem Duft.

Im Sommer des vergangenen Jahres hatten Helene und Simon dieses Haus gefunden. Es lag am Rande des kleinen Ortes, in dem Simon geboren und aufgewachsen war. Hier hatte auch seine Firma ihren Sitz, *Simonsen Hoch- und Tiefbau,* und die *Seeschwalbe,* sein altes Segelschiff, lag im kleinen Hafen des Ortes.

Inzwischen hatten sie neue Fenster und Türen einbauen lassen, Heizungsanlage und Elektrik des ehemaligen Bauernhauses erneuert. Dennoch standen noch viel zu viele Aufgaben auf ihrer Renovierungsliste. »Wir haben doch Zeit«, sagte Simon immer, wenn Helene beim Blick auf die Beträge, die hinter den einzelnen Positionen auf der Liste standen, in leichte Panik verfiel. »Das Haus steht seit über zweihundert Jahren, das hat viel Geduld.«

Frau Sörensens klägliches Fiepen holte Helene aus ihren Gedanken. »Ja, wir fahren jetzt zum Doktor, altes Mädchen. Und danach kannst du mal wieder Nuri besuchen. Der wird sich bestimmt freuen!«

9

»Es war kein aufgesetzter Schuss«, sagte Oberkommissar Nissen. »Die Waffe wurde in einem gewissen Abstand vom Körper abgefeuert, das zeigen die Spuren an der Kleidung eindeutig. Allerdings dicht davor.«

»Wie dicht denn?«, hakte Nuri Önal nach. »Zehn Zentimeter oder doch eher einen Meter?«

Nissen warf dem jungen Kommissar einen bösen Blick zu. »Wenn ich das wüsste, hätte ich es gesagt.«

»Na ja, es wäre schon wichtig, das genauer zu klären«, beharrte Önal gleichmütig. »Davon hängt ja ab, ob wir eine Selbsttötung definitiv ausschließen können oder nicht.«

»Das ist mir durchaus bewusst«, schnappte der Kriminaltechniker zurück. »Aber Sie müssen wohl noch lernen, dass wir bei unseren Ermittlungen nicht immer sofort eine hundertprozentige Antwort auf alle Fragen bekommen. Das dauert oft lang und manchmal gelingt es gar nicht.«

Helene Christ warf einen Blick auf das rot anlaufende Gesicht ihres Kollegen und fixierte dann den Kriminaltechniker scharf. »Lass diese Sprüche, Kay. Was Kommissar Önal sagt, ist absolut richtig. Und das weißt du auch.« Sie suchte aus den Papieren, die vor ihr auf dem Konferenztisch lagen, ein Blatt heraus. »Den vollständigen Bericht der Rechtsmedizin bekommen wir morgen früh, aber ich habe notiert, was Dr. Asmussen mir schon vorab gesagt hat. Danach deutet die Morphologie der Eintrittswunde, also zum Beispiel die Struktur der Wundränder, ebenfalls klar darauf hin, dass der Schuss keinesfalls aufgesetzt war.«

»Sag ich doch«, knurrte Nissen. Sein Handy brummte. Er nahm es von der Tischplatte, las die Kurznachricht auf dem Display, grinste kurz und steckte das Gerät in die Brusttasche seines Hemdes.

Hiesemann zuckte die Achseln und fragte: »Was macht es denn aus, ob die Waffe nun einen oder einen halben Meter vor seiner Brust abgefeuert wurde? Bei der festgestellten Schussbahn müsste er das Gewehr waagerecht auf sich gerichtet und dann abgedrückt haben. So lange Arme hat kein Mensch. Und überhaupt: Wer schießt sich denn auf diese Art mit einer Langwaffe im Stehen ins Herz? Das ist doch Quatsch.«

Die Tür ging auf, und Staatsanwalt Petersen trat ein. »Entschuldigung, ich habe mich verspätet«, sagte der kahlköpfige Mittfünfziger und blieb stocksteif stehen, als er den kleinen Hund erblickte, der neben der Tür auf einer Decke lag und hörbar schnarchte. »Was ist denn …«

»Das ist Frau Sörensen, unsere Hündin«, erklärte Helene. »Ich habe sie mitgebracht, weil der Tierarzt ihre Pfote hat nähen müssen. Sie schläft jetzt die Narkose aus.«

»Na, hoffentlich erholt sich die ›Frau Sörensen‹ – was für ein Name«, sagte Petersen lächelnd, nickte allen zu und ließ sich auf einem der freien Stühle nieder. »Was habe ich verpasst?«

Helene fasste knapp zusammen, was seit dem Auffinden der Leiche am Morgen geschehen war und was die Obduktion ergeben hatte. Dazu gehörte auch, dass ein ziemlich hoher Alkoholgehalt im Blut des Toten festgestellt worden war: 0,9 Promille. Die Leber des Toten war signifikant vergrößert, was auf jahrelangen regelmäßigen Alkoholmissbrauch schließen ließ.

»Wenn man berücksichtigt, dass der Tod am frühen Morgen eingetreten ist, sind 0,9 Promille ganz schön happig. Auch in seinem Schreibtisch standen ein paar Flaschen mit Weizenkorn, wie ich mich erinnere«, fügte Helene hinzu und erläuterte schließlich dem Staatsanwalt noch, warum sie einen Suizid praktisch ausschlossen.

Petersen fragte ein paarmal nach und nickte dann. »Scheint mir alles plausibel. Also haben wir es wohl mit einem Tötungsdelikt zu tun.«

Oberkommissar Nissen warf ein: »Allerdings konnten wir auf der Tatwaffe keinerlei Fingerabdrücke sichern außer denen des Toten.«

»Was heißt das aus Ihrer Sicht?«, hakte der Staatsanwalt nach.

Der Leiter der Spurensicherung setzte ein Lächeln auf, das Helene abstoßend selbstgefällig fand, und erwiderte: »Ich habe nur von Fingerabdrücken gesprochen. Es gab aber noch andere Spuren.«

»Ach ja?« Petersen lehnte sich vor. »Welche denn?«

»Jemand hat die Waffe mit Latexhandschuhen angefasst.«

Schlagartig herrschte atemlose Stille am Tisch. Nachdem sie ihre Wut niedergekämpft hatte, fragte Helene Christ gefährlich leise: »Warum sagst du uns das erst jetzt, Kay?«

»Ich wollte es gerade ansprechen, als Herr Petersen hereinkam«, verteidigte sich Nissen und setzte eine Unschuldsmiene auf. »Das Labor hat mir eben erst die SMS geschickt.«

»Es wurden also Spuren von Gummihandschuhen auf der Tatwaffe gefunden?«, hakte der Staatsanwalt nach.

»Latexmaterial, um genau zu sein. Vermutlich ganz normale Haushaltshandschuhe, die es in jedem Geschäft zu kaufen gibt. Die Eiweißverbindungen darin können wir nachweisen. Und die Spuren vom Maispulver, das man für die Innenseite der Dinger verwendet. Davon bleibt immer auch etwas außen haften.«

»Bemerkenswert«, murmelte der Staatsanwalt. »Konnten Sie denn auch DNA finden?«

Helene war beeindruckt. Petersen war auf dem aktuellen Stand der Kriminologie und wusste, dass man inzwischen auch DNA-Spuren auf den Puderpartikeln nachweisen konnte, die beim Überziehen der Handschuhe nach außen gerieten. Manchmal machten Täter sogar den Fehler, die Schutzhandschuhe außen zu berühren. Die winzigen Hautschuppen wurden dann auf den Gegenstand übertragen, der mit einem solchen Handschuh angefasst wurde. Heute konnten die Spezialisten bereits diese mikroskopisch kleine Menge an DNA-Material zuverlässig bestimmen.

»Nein, bisher noch nicht«, erwiderte Nissen. »Dazu braucht es aufwendige Laboranalysen, die Zeit kosten. Bisher haben wir nur die DNA des Opfers nachgewiesen. Und zwar sowohl auf dem Gewehr als auch auf dem Schlüsselbund, das er bei sich trug. Allerdings sind das erst die Ergebnisse der Schnelltests. Die gründlichen Auswertungen dauern noch ein paar Tage.«

»Umfassen die Untersuchungen auch die Mickymausfigur?«, hakte Helene nach.

»Die ... was?«, fragte der Staatsanwalt konsterniert.

Nissen klärte ihn kurz über den kleinen Schlüsselanhänger auf, den sie am Tatort gefunden hatten, und sagte dann: »Da sind verwertbare Spuren dran, so viel steht schon fest.« Er schenkte Helene ein provokatives Grinsen. »Wenn ihr also irgendwann einen Tatverdächtigen finden solltet, können wir ihm vielleicht nachweisen, dass er das Ding dort verloren hat.«

»Das wird uns bestimmt den Durchbruch bei den Ermittlungen bringen«, kommentierte Helene mit sarkastischem Unterton.

10

Erst kurz vor sieben Uhr waren Helene und Nuri Önal wieder allein in ihrem Büro. Auf dem großen Konferenztisch standen Gläser, eine offene Keksdose – leer bis auf das fettige Papier –, halb volle Mineralwasserflaschen und Kaffeebecher in fröhlichem Durcheinander zwischen verstreutem Zucker und aufgerissenen Portionsbehältern für Milch. Krümel klebten überall auf der Tischplatte in eingetrockneten Kaffeeflecken, und auch die herrlich duftenden Bourbonrosen, die Helene kürzlich zu Hause im Garten geschnitten und auf den Tisch gestellt hatte, warfen inzwischen ihre Blütenblätter ab. Traurig welk lagen sie um die Vase herum.

»Ich räum das nachher noch weg«, sagte Önal und deutete auf das Stillleben. »Die Putzkolonne beschwert sich sonst wieder.«

»Danke, Nuri«, sagte Helene, »aber das machen wir zusammen. Noch schläft Frau Sörensen ja.«

Sie kniete sich neben die Hündin und legte ihr eine Hand

auf den warmen Körper, der sich in tiefen Atemzügen auf und ab bewegte. Ganz kurz zuckte Frau Sörensen mit ihrem Kopf, öffnete die Augen für einen Moment, doch die Lider fielen gleich wieder zu, und das Schnarchen setzte erneut ein.

»Hauptsache, die Pfote verheilt gut«, sagte Nuri, der hinzugetreten war.

»Kein Problem, meinte der Tierarzt. Ein ziemlich tiefer Schnitt, der genäht werden musste, aber in ein paar Tagen soll sie schon wieder herumrennen, als wäre nichts gewesen.« Helene kam hoch und streckte sich mit einem leisen Stöhnen. »Anstrengender Tag heute. Wir sollten trotzdem noch einmal kurz die To-do-Liste durchgehen, damit wir nichts vergessen.« Sie setzte sich hinter ihren Schreibtisch.

Kommissar Önal zog einen Stuhl heran und nahm darauf Platz. »Hat der Pressefuzzi Sie eigentlich schon angerufen?«

»Sie meinen unseren Freund Jacobi? Ja, hat er. Noch vor dem Meeting. Ich habe ihn wieder mal an unsere Pressestelle verwiesen.«

»Er wird wohl nicht der einzige Zeitungsmann bleiben, der Informationen haben will.«

»Aber nicht von uns. Wir haben was anderes zu tun. Die Zeiten, in denen die sogenannte Öffentlichkeitsarbeit im Tagwerk der Mordkommission oberste Priorität hatte, sind vorbei.«

Önal grinste breit, sagte aber nichts zu dieser Anspielung auf das kurze Gastspiel von Hauptkommissarin Jasmin Brennecke im vergangenen Herbst und deren Vorliebe für exzessive Pressearbeit.

Helene blickte auf ihren Monitor. »Okay, ich habe hier Ihre Zusammenstellung dessen, was wir bisher wissen, Nuri. Kompliment übrigens! Für die kurze Zeit, die Sie hatten, ist das fast schon ein druckfähiger Bericht.«

»Ach, ich weiß nicht …« Eine rote Welle wogte über das Gesicht des jungen Mannes.

Gut, dass er von Haus aus so einen dunklen Teint hat, dachte Helene nicht zum ersten Mal. Bei einem blassen Typen hätte es ausgesehen, als wäre vor seinem Gesicht eine rote Lampe angeknipst worden.

»Also gut: Bevor wir den Tisch abräumen, halten wir noch fest, was wir eben besprochen haben und wer welche Aufgaben erledigt«, sagte sie forsch und begann, auf der Tastatur zu tippen. »Und dann geht's endlich nach Hause.«

Die hochsommerliche Hitze hatte kaum nachgelassen, als Helene kurz darauf mit Frau Sörensen aus dem Hintereingang des eindrucksvollen, stilvoll renovierten Gebäudes aus der Gründerzeit trat.

Das Haus rief in ihr immer noch sehr zwiespältige Gefühle hervor. Vor über einhundertzwanzig Jahren als Hotel *Flensburger Hof* erbaut und inzwischen ein Kulturdenkmal, war es einerseits nichts weiter als ihre Dienststelle, hatte aber andererseits die dunkelste Zeit der Stadt erlebt, war schon im NS-Staat als Polizeidirektion und darüber hinaus als Gestapozentrale im Norden genutzt worden. Auch die Reichspogromnacht in Flensburg war in diesem Hause organisiert worden, das am Ende sogar noch zum berüchtigten Treffpunkt flüchtiger NS-Verbrecher auf ihrem Weg auf der sogenannten Rattenlinie Nord wurde. Die schlimmsten Massenmörder hatten sich 1945 hier ein Stelldichein gegeben, darunter der ›Reichsführer‹ Heinrich Himmler, SS-Gruppenführer Walter Schellenberg und auch Rudolf Höß, der Kommandant des KZ Auschwitz.

Helene schauderte, als sie über den Innenhof zu ihrem Wagen lief. Genau auf diesem Platz waren nach der bedingungslosen Kapitulation die berühmten Fotos von Dönitz, Jodl und Speer entstanden, die damals um die ganze Welt gegangen waren.

Welch eine Hypothek, heute in einem solchen Gebäude zu

arbeiten, dachte Helene an manchem Tag. Hauptkommissar Edgar Schimmel hingegen hatte es immer ›eine besondere Verpflichtung‹ genannt – zumal für sie als Polizeibeamte in einem anderen Deutschland, in einer anderen Zeit. ›Aber gut, dass dir die Geschichte dieses Furcht einflößenden Schuppens so aufs Gemüt schlägt, Helene‹, pflegte er zu sagen. ›Allzu viele vergessen allzu schnell. Was ja immer deutlicher zutage tritt.‹

Das Faltdach glitt mit einem Knopfdruck elektrisch zurück, und sofort wehte Helene der Fahrtwind erfrischend um die Nase.

Erst nach einer guten Stunde hatten sie endlich das Protokoll abgeschlossen, die Computer heruntergefahren und schließlich noch die Unordnung auf dem Konferenztisch beseitigt. Auch Frau Sörensen war inzwischen aufgewacht, hatte sich schwankend von ihrer Decke erhoben und auf ihren drei gesunden Beinen gestanden, leise gefiept und die verbundene Vorderpfote anklagend ausgestreckt. Nachdem sie auch von Nuri Önal, dem sie schon seit ihrer ersten Begegnung in heißer Liebe zugetan war, angemessen bemitleidet worden war, hatte Helene die Hündin unter den Arm genommen und zum Auto getragen. Nun lag sie im Fußraum vor dem Beifahrersitz und schnarchte wieder.

Allmählich blies die frische Luft ihr den Kopf frei, spürte Helene und rief sich noch einmal die wichtigsten Ergebnisse der Konferenz in Erinnerung.

Der dicke Hiesemann und sein schlotternder Schatten Feld hatten bereits ein paar aufschlussreiche Informationen zusammengetragen. Offenbar hatte Enno Brodersen tatsächlich keine Freunde im Dorf gehabt. Besonders mit einer Person, die offenbar großen Einfluss in der ganzen Gegend hatte, lag der Altbauer im Dauerclinch. Den Namen hatte Helene schon auf dem Brodersen-Hof gehört: Hauke Dierksen. Der Mann war ein landwirtschaftlicher Großunternehmer, der riesige

Flächen im Kreis bewirtschaftete und seit Jahren immer neue und größere Ländereien aufkaufte oder hinzupachtete. In Zeiten, in denen mancher kleinere Betrieb an den Rand des Ruins gedrängt wurde, hatte Dierksens Geschäft Hochkonjunktur. Am Brodersen-Hof hatte sich der Großgrundbesitzer jedoch die Zähne ausgebissen. Immer wieder hatte er angeblich versucht, Enno zum Verkauf zu drängen. Dessen Felder und Wiesen lagen nämlich wie ein lästiges Hindernis genau zwischen Dierksens Ländereien. Das jedenfalls hatten die beiden ungleichen Kriminalbeamten von Nachbarn im Dorf und im *Estoft-Krog* erfahren.

»Hat uns ein paar Runden Korn gekostet«, hatte Feld sich erinnert. »Aber dann wurde der Wirt recht gesprächig.«

»Der war ja auch schon nachmittags um drei besoffen«, war Hiesemanns lapidare Erklärung gewesen.

Mit diesem Hauke Dierksen würden sie sich unterhalten müssen, das war Helene klar. Sie hatte noch im Ohr, was Karsten Brodersen über ihn gesagt hatte.

Das Gespräch mit dem Großbauern sollte Nuri Önal gleich morgen führen. Hier lag offenbar ein handfester Interessenkonflikt vor, noch dazu einer, bei dem viel Geld im Spiel war – und Hass, zumindest hatte der Sohn des Toten das zunächst behauptet. Da konnte durchaus ein handfestes Motiv vorliegen.

Außerdem stand noch ein Besuch bei Brodersens Notar an. Helene hatte sich entschieden, auch diese Aufgabe an ihren jungen Mitarbeiter abzutreten. Zum einen wollte sie sich zuerst voll auf die Familie des Opfers konzentrieren, zum anderen war Nuri so weit, auch wichtige Ermittlungsgespräche mit Geschick zu führen. Sie musste ihm allmählich mehr Verantwortung übertragen, davon war sie überzeugt. Mit dem Notar hatte sie vorhin telefonisch abgesprochen, dass Kommissar Önal Einblick in das Testament des Toten bekam – und zwar, bevor es der Familie eröffnet wurde. Die entsprechende gerichtliche Eilverfügung hatte Staatsanwalt Petersen bereits besorgt.

Hiesemann und Feld würden sich mit einer weiteren gerichtlichen Verfügung auf den Weg zu Brodersens Steuerberater und zu seiner Bank machen, um einen Überblick über die finanzielle Situation des Betriebes zu bekommen – und natürlich über die private.

Helene war sich bewusst, dass die Mordkommission bald einen Ansatzpunkt für ihre Ermittlungen finden musste. Irgendjemand hatte Enno Brodersen schließlich getötet, so viel stand inzwischen fest. Bisher kannten sie nicht einmal alle Personen aus dem Umfeld des Opfers. Und Spuren, die auf einen Verdächtigen hindeuteten, hatten sie auch noch keine gefunden.

Wer hatte tatsächlich ein Motiv gehabt, den alten Bauern umzubringen? Die Erben? Sein Erzfeind Dierksen? Oder jemand, den sie bisher noch überhaupt nicht auf dem Schirm hatten?

Die Antwort auf diese Frage war der Schlüssel zu allem und musste schnell gefunden werden. Mit jedem Tag wurden die Spuren kälter, die Gefahr der Vertuschung größer. Und Helene wurde das ungute Gefühl nicht los, dass es diesmal schwer werden würde, Licht ins Dunkel zu bringen.

›Licht ins Dunkel‹ – bei dieser Metapher stand ihr wieder die düstere Stube vor Augen, der riesige tiefe Sessel, in dem die Witwe gesessen hatte, die auf den ersten Blick wie Karsten Brodersens Großmutter ausgesehen hatte. Helene hatte etwas wie verzweifelte Hoffnungslosigkeit um sie herum gespürt, aber auch trotzigen Stolz. Und tiefe Traurigkeit.

Was mochte diese Frau in ihrem Leben durchgemacht haben? Gab ihr die Bibel, das lederne Buch, das sie so verzweifelt umklammert hatte, den Halt, den sie brauchte? So hatte es zumindest ausgesehen.

»Zieh bloß keine voreiligen Schlüsse«, ermahnte sich Helene

selbst. Sie wusste natürlich, dass sie tiefer graben musste, viel tiefer.

Das Handy meldete sich mit lautem Klingelton über die Freisprechanlage. Frau Sörensen hob den Kopf ein paar Zentimeter und knurrte verärgert.

Die Verbindung war gut, nur leises Hintergrundrauschen begleitete die Stimme, die sich meldete: »Rina Brodersen am Apparat. Sind Sie die Kommissarin, die heute bei meiner Mutter auf dem Hof war?«

»Ja, mein Name ist Helene Christ von der Kriminalpolizei Flensburg. Sie wissen also schon, was mit Ihrem Vater passiert ist?«

»Ja, mein Bruder hat mich vor ein paar Stunden erreicht und mir gesagt, dass Vater sich umgebracht hat.«

»Ach, das hat er gesagt?«

»Ja. Stimmt das denn nicht?«

Helene entschloss sich spontan, in diesem Punkt vage zu bleiben. »Es ist eine Möglichkeit, die wir in Betracht gezogen haben. Aber auch ein Verbrechen können wir nicht ausschließen.« Schnell fragte sie: »Von wo rufen Sie denn an?«

»Ich bin im Urlaub. Wir liegen mit unserem Boot gerade im Hafen von Odense. Ich komme natürlich sofort nach Hause. Mein Zug geht um kurz nach zwanzig Uhr. Karsten holt mich in Flensburg vom Bahnhof ab. Er hat mir ausgerichtet, dass Sie mit mir sprechen wollten. Stimmt das?«

»Ja, Frau Brodersen, am besten gleich morgen.«

Nur das schwache Rauschen war zu hören, unterbrochen vom tiefen Tuten eines Schiffshorns. Den belebten Hafen der Großstadt Odense im Norden der dänischen Insel Fünen kannte Helene gut. Oft schon hatten Simon und sie dort mit auf einem ihrer Törns ›rund Fünen‹ festgemacht.

Dann meldete sich Rina Brodersen wieder und sie klang plötzlich unsicher, fast ängstlich: »Warum? Ich meine, ich war doch gar nicht …« Sie brach ab.

»Wann haben Sie Ihren Urlaub angetreten?«

»Letzten Freitag. Karsten hat mir gesagt, dass Vater wohl am Montag ...« Wieder stockte sie.

»Ich möchte dennoch mit Ihnen sprechen. Es gibt eine Reihe von Fragen im Zusammenhang mit Ihrem Vater – mit Ihrer ganzen Familie, um genau zu sein. Lassen wir's für den Augenblick einfach dabei. Wir sehen uns morgen. Wo finde ich Sie, sagen wir: gegen Mittag?«

»Ich kann mir überhaupt nicht vorstellen, was so ein Gespräch bringen soll, aber bitte ...« Der nervöse Klang der Stimme war unüberhörbar. »Ich werde natürlich bei meiner Mutter sein, das können Sie sich doch wohl denken.«

Betont freundlich sagte Helene: »Das ist gut. Dann bis morgen, Frau Brodersen«, und beendete das Telefonat. Sie warf einen raschen Blick auf die tief schlafende Hündin. »Die hat ja regelrecht Panik vor unserem Gespräch. Sehr interessant, findest du nicht, Frau Sörensen?«

11

Schon als Helene das Tempo verlangsamte, um auf den schmalen, holprigen Weg hinunter zum kleinen Hafen abzubiegen, erwachte Frau Sörensen, schüttelte schlackernd ihre Ohren und sprang mit einem Satz auf den Beifahrersitz. Die genähte Schnittwunde an ihrer Pfote schien sie auf einmal vergessen zu haben.

Helene war davon überzeugt, dass die Hündin schon von hier oben das Schiff roch – und gewiss auch Simon. Aufgeregt fiepend, starrte das kleine Tier aus dem Seitenfenster.

»Ja, gleich sind wir bei der *Seeschwalbe*«, bestätigte Helene. »Aber das hast du längst bemerkt, altes Mädchen, was?«

Oft machten Simon und sie es im Sommer wie heute: Vor allem bei so herrlichem Wetter verabredeten sie sich gern für den Abend auf dem Schiff, statt nach Hause zu fahren. Und wenn es dann spät wurde, übernachteten sie an Bord. Beide hatten sie dort einen Vorrat an frischer Wäsche und Kleidung zum Wechseln in den Schapps. Als Inhaber eines festen Liegeplatzes konnten sie natürlich auch den Komfort des neben dem Hafenmeisterbüro neu gebauten Sanitärgebäudes mit sauberen Toiletten und modernen Duschkabinen nutzen.

Helene hatte diese Sommernächte im Hafen sehr gern. Sie waren zwar nur ein schwacher Ersatz für die Aufenthalte auf einem lauschigen Ankerplatz, die sie – natürlich neben dem Segeln selbst – an ihren gemeinsamen Törns mit der *Seeschwalbe* so mochte, aber wenn man keinen Urlaub hatte, war auch ein gemeinsamer Abend auf dem Liegeplatz im Hafen nicht zu verachten. Besonders, wenn es warm war und man stundenlang miteinander an Deck sitzen, im sogenannten Hafenkino die Lichter und die Manöver der ein- und auslaufenden Boote beobachten oder auch nur in den Sternenhimmel gucken konnte.

Sie liebte das alte Segelschiff inzwischen fast so sehr wie Simon. Er hatte es vor einiger Zeit in desolatem Zustand preiswert erworben und drei Jahre lang in seiner Freizeit von Grund auf renoviert. Der stäbige Rumpf des knapp vierzehn Meter langen Bootes, das Mitte des letzten Jahrhunderts nach einem klassischen Riss von Colin Archer aus Eiche gebaut worden war, hatte dabei die wenigsten Probleme gemacht. Aber die gesamte Elektrik, das laufende und stehende Gut, wie es in der Fachsprache für die vielen Drähte und Leinen an Bord hieß, hatte Simon komplett erneuern müssen. Auch einen neuen Mast, einen grundüberholten modernen Diesel und natürlich einen Satz Segel hatte die *Seeschwalbe* bekommen.

Der Colin Archer war kein Leichtwindschiff, brauchte schon eine etwas stärkere Brise, um in Fahrt zu kommen, aber Helene schätzte die unerschütterliche Kursstabilität des Schiffes, das auch bei Starkwind und rauer See noch unbeirrt mit acht oder neun Knoten unter Segeln lief, ohne wie eines der modernen Plastikboote in den Wellen zu bocken oder zu stampfen.

Vorsichtig lenkte sie das Auto um einen am Wegrand abgestellten Bootsanhänger und erreichte gleich darauf den Parkplatz hinter dem Kai. Natürlich war er voll, wie im Hochsommer nicht anders zu erwarten. Das waren die Situationen, in denen Helene sich immer wieder freute, dass sie ein kleines Auto fuhr. Mühelos zwängte sie den Cinquecento auf der Böschung am Rand des Platzes neben einen Müllcontainer und stieg aus. Frau Sörensen sprang hinter ihr aus dem Wagen und lief, leicht humpelnd, die wenigen Meter hinunter zum Steg, an dem die *Seeschwalbe* lag. Simon stand an Deck. Er hatte den Wagen wohl schon gesehen und winkte herüber.

Die Abenddämmerung hatte eingesetzt. Über dem Wasser der Außenförde schimmerte der Himmel rosafarbig und violett, und die Luft hatte sich ein wenig abgekühlt. Die Lichter der Schiffe draußen leuchteten in der hereinbrechenden Dunkelheit rot, grün und weiß, und Helene erkannte auch das starke Gleichtaktfeuer des Leuchtturms Kalkgrund, der etwa drei Meilen voraus mitten im Wasser stand.

»Schön, dass ihr endlich da seid«, freute sich Simon und hob Frau Sörensen über die Reling. »Das war ja eine Marathonbesprechung, was?«

»Ach, du kennst das doch«, gab Helene zurück, stieg an Bord und gab ihm einen Kuss. »Ist bei jedem neuen Fall dasselbe: Erst einmal versuchen wir, die Spuren auszuwerten und Verdächtige zu sortieren. Alles noch sehr vage.«

»Das hört sich so an, als hättet ihr einen Selbstmord immerhin schon ausschließen können«, sagte Simon und setzte Frau Sörensen an Deck ab.

Sie humpelte sofort hinüber zum Niedergang und blickte sehnsüchtig hoch zur Sprayhood, unter der sie auf einer Decke ihren Stammplatz hatte, sah dann wieder herüber zu Simon und gab einen fordernden Laut von sich.

»Du Ärmste! Dass ich das vergessen konnte, du bist schließlich schwer verletzt. Entschuldige, ich helfe dir.«

Simon nahm die Hündin hoch und setzte sie auf ihre Decke. Sofort rollte sie sich zufrieden ein, hob den Kopf leicht an und warf einen wachsamen Blick den Kai entlang. Von ihrem erhöhten Platz aus hatte sie einen guten Überblick über alles, was sich im Hafen abspielte. Selbst wenn sie dort schlief, kam niemand unbemerkt an Bord der *Seeschwalbe*, wenn Frau Sörensen etwas dagegen hatte.

»Ich muss runter in die Kombüse, das Essen wartet«, sagte Simon und setzte einen Fuß auf die Niedergangstreppe. »Ach ja: Was sagt denn der Tierarzt?«

»Alles in Ordnung. War ein tiefer Schnitt, das hast du ja gesehen, aber es wird keine Komplikationen geben, meint er. In ein paar Tagen hat sie's vergessen.« Helene hob den Kopf und schnüffelte in Richtung Niedergang. »Was rieche ich denn da Gutes?«

»Ich dachte mir, du hättest nach diesem Tag vielleicht Lust auf was richtig Feines. Bei Oma Olsen am Fischwagen konnte ich zwei fangfrische Schollen kaufen. Das gab herrliche Filets, sage ich dir. Ich hab sie in die Pfanne gelegt, als ich euch kommen sah – sie sind so gut wie fertig. Dazu gibt's Kartoffelsalat.«

»Oma Olsens hausgemachten?«, fragte Helene, der schon das Wasser im Mund zusammenlief.

»Welchen sonst?«, rief Simon lachend, während er die steile Treppe hinabstieg und kurz danach begann, in der Kombüse herumzurumoren.

»Also definitiv kein Suizid«, stellte Simon fest, schob den leeren Teller beiseite und lehnte sich sichtlich zufrieden in seinem Decksstuhl zurück.

Helene nahm einen Schluck von ihrem Lieblingssommerwein, einem gut gekühlten Riesling aus dem Rheingau, und nickte. »Stimmt«, bestätigte sie dann. »Ein klarer Fall für die Mordkommission.«

»Bin gespannt, was da noch alles ans Tageslicht kommen wird«, sinnierte Simon. »Was du über die Witwe gesagt hast, klingt schon etwas sonderbar, geradezu geheimnisvoll.«

»Ja, ein bisschen. Etwas an dieser Familie durchschaue ich noch nicht. Ich hoffe aber, dass es mir bald gelingen wird. Könnte gut sein, dass wir erst dann der Lösung des Falles näher kommen.«

Für Helene war es mittlerweile ganz selbstverständlich geworden, ihren Lebensgefährten ins Vertrauen zu ziehen, was ihre Fälle betraf. Simon war absolut verschwiegen, das wusste sie. Niemals würde er mit Dritten über das sprechen, was sie ihm über ihre Arbeit erzählte. Dennoch achtete sie stets darauf, bei Ortsbeschreibungen vage zu bleiben und möglichst keine Namen zu nennen. Aber sein Urteil als jemand, der nicht selbst in die Ermittlungen eingebunden war, hatte sich schon oft als hilfreich erwiesen. Manchmal kam er, nachdem sie ihm ein Problem geschildert hatte, auf eine verblüffende Idee zu dessen Lösung, die weder ihr selbst noch ihren Kollegen eingefallen wäre. Außerdem waren diese Gespräche mit Simon eine hervorragende Gelegenheit, das, was ihr an Gedanken zu einem Fall im Kopf herumging, sauber zu ordnen und zu strukturieren. Nicht selten hatte allein das Helene schon geholfen, neue Ansätze für die Ermittlungsarbeit zu entdecken. Früher, als Hauptkommissar Edgar Schimmel noch im Dienst gewesen war, hatte auch er solches Brainstorming häufig mit ihr betrieben.

Ach, Edgar ...

Wehmütig dachte Helene an ihre Zeit mit diesem schwierigen, scheinbar stets abweisenden, hochbegabten Kriminalisten zurück. Es hatte nicht allzu lang gedauert, bis sie er kannte, wie viel verzweifelte Menschenfreundlichkeit hinter der schroffen Fassade des Grauen steckte.

»Wir haben erst Tag eins seit Auffinden der Leiche«, sagte sie, trank ihr Glas leer und streckte es Simon zum Nachfüllen hin. »Wenn die Tochter des Opfers heute zur Verfügung gestanden hätte, wäre sie auch noch befragt worden. Aber sie kommt erst heute Nacht aus Dänemark zurück. Morgen Vormittag fahre ich gleich zu ihr.«

»Meinst du, wenigstens sie trauert um ihren Vater?«, fragte Simon, nahm die beschlagene Flasche aus dem Weinkühler und füllte Helenes Glas auf. »Dem Sohn schien sein Tod ja herzlich gleichgültig zu sein, wenn ich dich richtig verstanden habe.«

»Mindestens das, ja. Wenn er darüber nicht sogar froh war.«

»Ist vielleicht gar nicht so selten, so was, aber trotzdem bemerkenswert. Seine Reaktion wirst du sicher im Hinterkopf behalten?«

»Worauf du dich verlassen kannst. Da war heftige Abneigung zu erkennen, vielleicht sogar richtiger Hass. Und Hass wäre nicht zum ersten Mal das Motiv für einen Mord.«

»Hat der Sohn denn ein Alibi?«

Helene wiegte den Kopf hin und her. »Wie man's nimmt. Wir überprüfen das gerade. In der Zeitspanne, in der das Opfer zu Tode gekommen ist, lag er angeblich im Bett und hat die Nachwehen einer langen Nacht ausgeschlafen. Allein natürlich.«

Simon lachte auf. »Das dürfte kein allzu belastbares Alibi sein.«

»Nö, eher nicht. Aber er ist nicht einmal der einzige Verdächtige. Es hat sich bei den Befragungen im Dorf ergeben, dass es mindestens einen weiteren gibt. Und wer weiß, wie viele noch dazukommen werden?« Entschlossen stellte sie ihr Glas auf die Tischplatte. »So, mein Schatz, Schluss für heute!«

»Womit denn?«, fuhr Simon scheinbar alarmiert auf. »Ich

dachte, es gibt noch ein aufregendes Abendprogramm!« Er konnte sein Grinsen sichtlich schwer unterdrücken.

»Schluss mit dem Kriminalgedöns, meinte ich natürlich, du Lustmolch!« Helene stand auf, ging um den Tisch herum, setzte sich auf Simons Schoß und legte ihre Lippen auf seine.

12

»Meine Mutter fühlt sich nicht wohl«, sagte Rina Brodersen. »Wir setzen uns am besten in die Küche. Karsten wird erst in ein paar Stunden kommen. Er ist mit Tomasz und den Leuten vom Lohnunternehmen draußen bei der Ernte.«

Die Tochter des toten Bauern war eine stattliche Person mit kurz geschnittenen mittelblonden Haaren, nicht ganz so groß wie Helene mit ihren eins achtzig, aber kräftiger gebaut. Eine sportliche Erscheinung in halblanger Leinenhose, einer hellen, locker darüberhängenden Sommerbluse und weißen Bootsschuhen.

»Einverstanden.« Helene folgte Rina Brodersen und setzte sich nach einem Marsch über den langen düsteren Flur schließlich ihr gegenüber an einen blank gescheuerten Küchentisch. Der Raum war genauso, wie man ihn sich in einem alten Bauernhaus vorstellte, nicht sehr hoch, aber groß, mit schwarzweißen Fliesen auf dem Fußboden, einem gewaltigen Herd neben einer steinernen Spüle mit zwei tiefen Becken, ein paar Geschirrschränken und dem Esstisch in der Mitte. Helene zählte zwölf Stühle. Einstmals, als noch viel mehr Arbeitskräfte in der Landwirtschaft erforderlich waren, hatten sie wohl alle hier gemeinsam nach ihrer harten Arbeit die Mahlzeiten zu sich genommen.

»Was fehlt Ihrer Mutter denn?«, fragte Helene. »Ich meine, braucht sie vielleicht professionelle Hilfe?«

»Sie meinen einen Arzt?« Rina Brodersen zog scharf die Luft ein. »Sie will keinen sehen. Und körperlich ist ja auch nicht viel, außer dass sie total abgearbeitet ist.« Sie senkte ihren Blick. »Das meiste ist psychischer Natur.«

»Dafür gibt es auch Profis.«

»Sie hat ja Pastor Franke. Der war heute Morgen schon zwei Stunden bei ihr.«

Der pensionierte Pastor sei schon seit vielen Jahren Elke Brodersens einziger Vertrauter, fuhr die Tochter fort. Auch wenn sie keinen Gottesdienst in der Kirche des Dorfes verpasse, habe ihre Mutter doch keinen näheren Kontakt zu Frankes junger Nachfolgerin gewollt.

»Der Pastor ist schon Mitte siebzig. Sie kennt ihn seit ihrer Jugend. Er wohnt auch im Dorf, und Mutter sitzt oft mit ihm zusammen.«

»Aha«, sagte Helene und nahm sich vor, den alten Mann so bald wie möglich aufzusuchen.

»Sie halten gemeinsam Andachten ab. Beten oft miteinander, die beiden.«

»Mir ist aufgefallen, dass Ihre Mutter eine Bibel hat, die ihr offenbar viel bedeutet.«

Plötzlich stützte Rina Brodersen die Ellenbogen auf den Tisch und nahm ihren Kopf zwischen die Hände. »Sie ist … sie ist … völlig am Ende. Kaputt, erledigt, zerstört. Man kann es nicht anders nennen. Und das ist seine Schuld.«

»Die des alten Priesters?«

»Mein Gott, nein!« Der Schrei ließ Helene zurückzucken. »Ihr Mann hat sie so weit gebracht!« Der Satz hallte scharf in der Küche wider. Leise fügte die junge Frau dann hinzu: »Mein Vater ist an allem schuld.«

»Was meinen Sie damit?«

»An allem eben!«, rief Rina Brodersen und nickte heftig. »Wie ist das denn nun: Hat er sich selbst umgebracht oder nicht?«

»Halten Sie es für möglich, dass Ihr Vater Suizid begangen hat?«

»Als Karsten es mir gestern am Telefon sagte, war mein erster Gedanke: der doch nicht! Das würde irgendwie überhaupt nicht zu ihm passen. Selbstzweifel oder gar die Einsicht, dass er etwas falsch gemacht hat, habe ich nie bei ihm erlebt.«

Helene sagte nichts, sah sie nur abwartend an.

»Dabei trug er allein die Schuld daran, dass Mutter ein bloßer Schatten ihrer selbst ist, eine verhärmte Frau, halb wahnsinnig, die zwanzig Jahre älter aussieht, als sie ist. Und nicht nur daran. Diese Familie ...«, Brodersen stockte. »Das ganze Elend hier ...« Wieder hielt sie inne, dann schien sie einen Entschluss gefasst zu haben, denn plötzlich stand sie mit einem Ruck auf. »Ich denke, ich mache uns einen Tee. Sie müssen erfahren, was ich am Freitag hier miterlebt habe. Und überhaupt ...« Sie schluckte heftig. »Das Schweigen in diesem verfluchten Haus muss endlich ein Ende haben. Wollen Sie eine Tasse?«

»Sehr gerne, danke«, antwortete Helene.

Rina Brodersen ging hinüber zur Spüle, ließ Wasser in einen Kessel laufen und setzte ihn auf den Herd. Während sie eine bauchige Teekanne aus dem Schrank nahm, sagte sie: »Wissen Sie, es ist nicht leicht und ich muss mich erst daran gewöhnen, aber jetzt, wo er tot ist, kann man hier endlich frei reden und muss keine Angst mehr haben.«

»Sie trauern also auch nicht um Ihren Vater, wenn ich Sie richtig verstehe.«

»*Auch* nicht?«

»Nun, Ihr Bruder tut das jedenfalls nicht, im Gegenteil.«

Lange kam keine Antwort. Erst als die Kanne auf dem Tisch stand und Rina Brodersen zwei Tassen mit dem aromatisch duftenden Tee füllte, sagte sie leise: »*Sie* trauert um ihn, das können Sie mir glauben.«

»Meinen Sie Ihre Mutter?«

»Ja. Sie hat ihn geliebt, trotz allem. Und liebt ihn noch über seinen Tod hinaus. Niemand kann das begreifen.« Die junge Frau starrte abwesend in die Tasse und flüsterte: »Das ist alles ... Ach, Sie haben ja keine Ahnung. Wie sollten Sie auch?«

»Dann helfen Sie mir bitte. Ganz egal, wer oder was Ihr Vater war, er starb vielleicht durch ein Gewaltverbrechen. Und sollte das der Fall sein, muss ich seinen Mörder finden. Das ist mein Job.«

Die Tochter des Toten nippte an dem heißen Getränk, sichtlich in Gedanken versunken. Endlich sagte sie: »Gut, das verstehe ich natürlich.« Noch einmal schien sie nachzudenken, nickte dann entschlossen, wie um sich selbst Mut zu machen, sah der Kriminalbeamtin offen ins Gesicht und erklärte: »Also, dann werde ich Sie mal informieren.« Sie setzte die Tasse ab. »Haben Sie genug Zeit?«

Helene nickte.

»Mal eben schnell erzählt ist die nämlich nicht, die traurige Geschichte dieser Familie.«

»Nehmen Sie sich so viel Zeit, wie Sie brauchen.«

Und das tat Rina Brodersen dann auch.

13

Elke war sechsundzwanzig Jahre alt, als sie Enno Brodersen heiratete. Der war damals vierunddreißig, ein großer, wortkarger, kontaktscheuer Mann, den sie kennengelernt hatte, weil sie dank ihrer Arbeit immer mal wieder auf seinen Hof kam.

Sie selbst war als sechstes Kind der Familie zur Welt gekommen. Der Vater, ein immer zu Späßen aufgelegter, aber völlig unzuverlässiger Hilfsarbeiter, hatte nicht selten seinen gesamten Wochenlohn vertrunken. Seine Kinder mussten allesamt direkt nach dem letzten Schuljahr das elterliche Haus verlassen. An den Besuch einer weiterführenden Schule war nicht zu denken. Elke wurde mit fünfzehn Jahren bei einem Bauern im Nachbardorf ›in die Wirtschaft‹ gegeben, wie es damals für Mädchen aus einfachen Verhältnissen üblich war. Eine Lehre, die zu einem handfesten Beruf führte, war das nicht, sondern knochenharte Arbeit auf einem Bauernhof und im dazugehörigen Haushalt von früh bis spät gegen Essen und Logis in einer zugigen Dachkammer. Eine trostlose Existenz in Armut und Rechtlosigkeit, abhängig allein vom Willen und den Launen der Familie, in deren Dienst man stand.

Als Elke achtzehn Jahre alt war, ergriff sie die Chance, diesem Leben zu entrinnen, und heiratete einen freundlichen älteren Mann, den Futtermittelhändler, der regelmäßig die Höfe im Kreis belieferte. Der Witwer hatte ein Auge auf die blutjunge Frau geworfen, die seine Tochter hätte sein können. Kinder, die sie sich so wünschte, wollte der Mann nicht, aber sonst hatte Elke keinen Grund, sich über ihn zu beklagen. Sie verfügte über eine rasche Auffassungsgabe und lernte schnell, ihn bei seiner Korrespondenz und den Abrechnungen zu unterstützen, lebte in einer gemütlichen Wohnung und musste keine allzu schweren Arbeiten mehr verrichten.

Fünf Jahre währte dieses bescheidene Glück, dann starb ihr Mann völlig überraschend an einem Herzinfarkt. Die kleine Summe Geldes, die nach seiner Beerdigung übrig blieb, war schnell aufgezehrt, und Elke musste sich nach einer Stellung umsehen, um sich ihren Lebensunterhalt zu verdienen.

Fabriken, die händeringend nach Arbeitskräften für ihre Fließbänder suchten, gab es damals zwar durchaus, vor allem in Neumünster und natürlich in Hamburg. Wie so viele Menschen, die an der Küste aufwachsen, konnte sich aber auch Elke nicht vorstellen wegzuziehen. So landete sie schließlich wieder in Estoft. Ihr Vater war inzwischen gestorben, und sie zog in die alte Kate zu ihrer Mutter, die wegen eines Schlaganfalls ständiger Pflege bedurfte.

Bald las Elke in der Zeitung, dass im Kreis Milchkontrolleure gesucht wurden, stellte sich beim Verband vor, bestand eine Aufnahmeprüfung, wurde eingestellt und ausgebildet. Nun fuhr sie – erst mit ihrem Moped, später dann mit einem alten VW-Käfer – auf die Milchhöfe der ganzen Umgebung und führte die vorgeschriebenen Qualitätskontrollen durch. Auch auf dem Brodersen-Hof, der in der Feldmark vor Estoft lag.

Ennos Eltern, mit denen er keinen Kontakt hielt, hatten ihm den Hof zwei Jahre zuvor übergeben und waren aufs Altenteil gezogen. Der Bauer mochte schroff und kurz angebunden bis zur Unhöflichkeit sein, war ganz sicher ein Eigenbrötler, der auf den ersten Blick wenig Liebenswertes an sich hatte – und dennoch: Elke verliebte sich in den hochgewachsenen, starken und ernsten Mann. Und ihre Liebe wuchs mit jedem Treffen.

14

»Außer regelmäßigen Besuchen in irgendwelchen Bordellen in Flensburg hatte er kaum Kontakt zu Frauen«, sagte Rina Brodersen und trank ihre Tasse aus. »Zumindest zu solchen, die als Bäuerin auf einem Hof infrage gekommen wären. Da kam meine Mutter ihm natürlich gelegen, jung wie sie war. Sie arbeitete seit ihrem fünfzehnten Lebensjahr in der Landwirtschaft, kannte sich in Haus und Hof bestens aus. Und dass sie ihn mochte, warum auch immer, wird ihm nicht entgangen sein.« Sie griff zur Teekanne und schenkte nach. »So fing das damals an, ihr ganzes schreckliches …« Ihre Worte erstarben in einem unverständlichen Murmeln.

»Sie kamen dann im Jahr nach der Hochzeit zur Welt, entnehme ich dem Stammbuch«, drängte Helene sie weiter.

»Wo haben Sie das denn …?«

»Im Schreibtisch Ihres Vaters lag es.« Helene überlegte kurz, dann sagte sie: »Darin gibt es zwischen Ihrer Geburt und der Ihres Bruders zehn Jahre später allerdings noch weitere Eintragungen. Wissen Sie etwas darüber?«

»Sie meinen die beiden Totgeburten, die meine Mutter hatte?« Rina Brodersen schluckte hart. »Ja, ich weiß davon. Zwei Jungen waren es. Mein Vater wollte immer einen männlichen Hoferben, etwas anderes kam für ihn nicht infrage. Als auch der zweite Sohn tot zur Welt kam …« Sie brach ab und ihre Augen wurden feucht.

»Tut mir leid, dass ich Sie so bedränge«, murmelte Helene und fühlte sich auf einmal schlecht.

Rina holte ein Taschentuch hervor. »Schon gut. Sie sollten wissen, dass meine Mutter danach noch dreimal hintereinander schwanger wurde. Und dreimal waren es Fehlgeburten. Immer zwischen dem vierten und fünften Monat.« Sie faltete das Taschentuch auf und drückte es sich gegen die Augen. »Sie hat so furchtbar gelitten. Die Ärzte haben schon nach dem ersten Abort dringend von weiteren Schwangerschaften abgeraten. Aber mein Vater wollte unbedingt einen Sohn. Wie es ihr ging, war ihm völlig gleichgültig. Beim letzten Mal ist sie fast gestorben. Ist das zu fassen?« Jetzt zuckte ihr Körper, und die Stimme war schrill geworden.

Helene schwieg betreten. Sie sah wieder die verhärmte, scheinbar uralte Frau in ihrem Sessel vor sich. Nun war endgültig klar, warum Elke Brodersen so aussah.

Nach einer langen Zeit völliger Stille, die zäh und bedrückend in der Küche hing, sagte die Kommissarin leise: »Aber Ihre Mutter hat dann doch noch einen Sohn geboren.«

»Ja. Da hatte der Alte endlich seinen Hoferben. Zwischen der Schwangerschaft mit Karsten und der letzten Fehlgeburt lagen vier oder fünf Jahre. Meine Mutter hat immer gesagt, sie wäre sicher gewesen, keine Kinder mehr bekommen zu können. Bis sie dann doch noch einmal schwanger wurde. Es war eine entsetzliche Tortur, vor allem die letzten Monate. Dreimal wurde sie ins Krankenhaus gebracht, weil ein Abort drohte. Die letzten vier Wochen bis zur Geburt hat sie sogar stationär dort gelegen. Und wissen Sie, was mein lieber Vater zu ihr gesagt hat, als Karsten zur Welt kam?« Die nächsten Worte kamen wie ein Aufschrei: »›Hast du endlich doch noch deine Pflicht erfüllt.‹« Stellen Sie sich das mal vor!«

Minutenlang herrschte dumpfes Schweigen. Dann wagte Helene die Frage: »Aber … wie kann Ihre Mutter ihn dennoch geliebt haben?«

»Das weiß ich nicht. Niemand weiß das. Trotzdem ist es so, glauben Sie mir.« Rina seufzte ratlos. »Und sie wird bis zu ihrem Ende um ihn trauern.«

15

Nachdenklich steuerte Kommissar Nuri Önal den grauen Dienstpassat über die Kreisstraße Richtung Estoft. Geradezu elektrisiert war er nach seinem Termin bei Enno Brodersens Notar in Flensburg in den Wagen gestiegen. Was er erfahren hatte, bedeutete nämlich, dass sie nun einen dringend Tatverdächtigen hatten. Einen mit handfestem Motiv.

Fast schien es ihm überflüssig, jetzt überhaupt noch mit Hauke Dierksen zu sprechen, dem landwirtschaftlichen Großunternehmer, dem Erzfeind des Toten – zumindest, wenn man dem Glauben schenkte, was Feld und Hiesemann im Dorf gehört hatten.

Aber es war inzwischen Mittagszeit, und Nuri Önal hatte Hunger. Vielleicht würde er im *Estoft-Krog* etwas zu essen bekommen, bevor er Dierksen einen Besuch abstattete. Dann konnte er auch noch einmal versuchen, seine Chefin zu erreichen, um zu berichten, was er in der Kanzlei erfahren hatte.

Zweimal hatte er es schon auf ihrem Handy versucht, vergeblich. Sie unterhielt sich offenbar immer noch mit Brodersens Tochter und hatte ihr Gerät stumm geschaltet. Auf die Mailbox mochte er nicht sprechen. Ein bisschen schämte er sich zwar dafür, dass er die Oberkommissarin unbedingt persönlich mit seinen spektakulären Neuigkeiten überraschen wollte, aber wirklich nur ein bisschen.

Schon immer hatte er Gefallen an etwas Theatralik gefunden – eine Schwäche, zweifellos, aber eine, die ihm viel zu viel Spaß machte, als dass er energisch gegen sie ankämpfen wollte. Seine alte Großmutter hatte ihn bereits in seiner Schulzeit als *aktör* bezeichnet und behauptet, er sei der Schauspieler in der Familie. Und auch als Nuri beschlossen hatte, Kriminalpolizist zu werden, waren die Önals sich einig, dass ein gewisses schauspielerisches Talent als ›Polizeioffizier‹ von Nutzen sein konnte, zum Beispiel bei Vernehmungen. Man wusste schließlich aus all den Kriminalfilmen im Fernsehen, wie überaus trickreich diese immer geführt wurden.

Nuri Önal musste lächeln, während er den Wagen auf den Parkplatz vor dem stattlichen Gebäude lenkte, an dem das Schild *Estoft-Krug* hing.

Die Gaststube mit den alten Eichenbohlen unter der niedrigen Decke war ebenso unmodern wie gemütlich. An den vergilbten Wänden hingen einige Gemälde, allesamt Motive des Nordens. Stürme über dem Meer, in aufgewühlten Seen kämpfende Schiffe, Leuchttürme im Nebel und bang wartende Fischerfrauen am Strand. Viel Wasser überall, in jedem denkbaren Farbton.

Im ganzen Raum hing der Duft von guter Hausmannskost. Auf den weißen Tischdecken standen kleine Vasen mit nicht mehr ganz frischen Blumen. Etwa ein Dutzend Menschen, die meisten von ihnen offensichtlich Urlaubsgäste, saßen beim Essen. In der hinteren Ecke des Raumes, dicht beim wuchtigen Tresen, gab es einen länglichen Holztisch, auf dem keine Decke lag. Der Blumengruß war hier durch das blank polierte Messingschild *Stammtisch* ersetzt worden. Es hing an zwei Kettchen von einem wuchtigen Ständer herab, einer außergewöhnlich plumpen schmiedeeisernen Scheußlichkeit.

Vier Männer, erkennbar Einheimische, saßen dort. Nach der Lautstärke ihrer Unterhaltung zu schließen, hatten sie ein anregendes Thema zu diskutieren.

Der Kommissar nahm an einem freien Tisch direkt neben den Stammgästen Platz. Die Urlauber interessierten ihn nicht. Wenn es etwas zu hören gab, was für ihn interessant sein könnte, dann genau hier. Dass die Männer, die bis auf einen Latzhosen und Arbeitsschuhe trugen, miteinander Platt sprachen, störte Önal nicht. Er verstand jedes Wort, schließlich war er in Husum geboren und aufgewachsen, wenn auch sein Stammbaum nicht gerade ein typisch nordfriesischer war.

Die Männer sahen nur kurz hinüber zu dem südländisch aussehenden Tischnachbarn und setzten dann ihre Diskussion unbeeindruckt fort.

Die Speisekarte war übersichtlich. Önal wählte die Rinderrouladen mit Rotkohl und Kartoffeln – eine seiner Leibspeisen, wenn auch bei diesen hochsommerlichen Temperaturen ein eher unpassendes Gericht –, bestellte sich eine Cola dazu und lauschte den Stammgästen, während er auf sein Essen wartete.

Schon nach wenigen Minuten wusste er, dass es sich gelohnt hatte, in dieser Gaststätte seine Mittagspause einzulegen. Das Gespräch am Nachbartisch drehte sich nur um ein einziges Thema: den Tod Enno Brodersens.

Man fragte sich, ob der Bauer sich tatsächlich selbst getötet habe, denn dann bliebe doch die Frage, warum die Kripo sich für den Fall interessieren sollte. Und dem sei definitiv so, schließlich hätten ja gestern Abend noch die Spurensicherer sein Arbeitszimmer durchsucht, und heute sei die

Flensburger Kommissarin schon wieder auf den Brodersen-Hof gekommen.

Der Mann, den sie Barne nannten, erzählte, er habe den kleinen weißen Wagen der Beamtin eben noch vor dem Haus der Brodersens gesehen. Ob Friedhelm als Gemeindebeamter denn Näheres über den Einsatz ›der Kriminaler‹ wüsste, wandte er sich an den Einzigen am Tisch, der ein weißes Hemd mit Krawatte trug. Doch Friedhelm winkte ab. Die Polizei melde sich schließlich nicht vorher auf dem Amt an, wenn sie bei irgendwelchen Privatleuten ermittele, sagte er. Er wisse ebenso wenig wie alle anderen auch.

Das Essen kam. Wie nicht anders zu erwarten, eine gewaltige Portion. Nuri Önal ließ es sich schmecken und lauschte weiter der aufschlussreichen Unterhaltung.

»Ick glöv ja, datt datt een glatte Mord wesen is«, meinte der Mann namens Jess und nickte bedeutungsvoll.

Auf die Frage der anderen, wen er denn in Verdacht habe, der Mörder zu sein, wollte Jess jedoch nicht mit der Sprache herausrücken, sondern meinte vielsagend, jeder wisse doch, wem Brodersens Tod am meisten nütze. Noch vor Kurzem habe man schließlich hier am Tisch selbst miterlebt, welche Drohungen dieser Mann ausgestoßen habe. Kein Name fiel, aber bald stellte sich heraus, dass auch die anderen sich ›ihn‹ durchaus als Täter vorstellen konnten.

Showtime, dachte Önal, warf einen wehmütigen Blick auf die Roulade, von der noch ein gutes, saftiges Stück übrig war, und stand auf.

»Moin, die Herren«, sagte er fröhlich, zog seinen Dienstausweis aus der Tasche und trat an den Stammtisch. »Ich bin Kommissar Önal von der Kripo Flensburg. Wie ich gerade zufällig gehört habe, ist Ihnen bekannt, dass wir im Todesfall Enno Brodersen noch ermitteln. Anscheinend haben Sie jemanden in Verdacht, etwas mit der Sache zu tun zu haben. Das interessiert mich natürlich, wie Sie sich sicher denken

können. Darf ich mich einen Augenblick zu Ihnen setzen?«
Die Antwort der Männer, die ihn verblüfft anstarrten, wartete
er nicht ab, sondern nahm mit einem freundlichen Lächeln
Platz. »Sie glauben also nicht, dass es ein Selbstmord war?«

»War es denn einer?«, fragte Barne listig zurück. »Sie sind
von der Kripo und werden es sicher genau wissen.«

Weiß ich auch, mein Freund, dachte Önal, werde ich dir
aber nicht auf die Nase binden.

Lächelnd blickte er in die Runde und rettete sich in die
abgedroschene Phrase: »Im Augenblick ermitteln wir in alle
Richtungen.« Dann fasste er Friedhelm fest in den Blick und
fragte: »Wer ist denn nun dieser Unbekannte, dem Brodersens Tod am meisten nützt?«

Betreten senkte der Mann die Augen und starrte angele-
gentlich in sein Glas. Schließlich zuckte er mit den Schultern
und murmelte: »So genau kann man das natürlich nicht sagen.«

»Na, eben schienen sich hier aber alle einig zu sein.« Önal
lehnte sich zurück und blickte vergnügt in die Runde. »Sagen Sie mir doch einfach, wer Brodersens Mörder ist. Das
würde unsere Arbeit kolossal vereinfachen, und wir müssten
nicht unnötig weiter das Geld der Steuerzahler vergeuden.«

»Also geht auch die Kripo von Mord aus«, stellte Jess
trotzig fest.

»Vor allem gehen *Sie* alle davon aus, so viel scheint mir si-
cher«, gab Önal scharf zurück und beugte sich wieder vor.
»Und Sie kennen offenbar auch den Täter. Also raus mit der
Sprache: Wer ist es?«

Der Beamte Friedrich räusperte sich verlegen und sagte:
»Nun ja, wer ihn umgebracht hat – wenn überhaupt –, kann
Ihnen natürlich niemand mit Gewissheit sagen. Aber dass
Enno mit Hauke Dierksen verfeindet war, steht nun mal
fest. Mehr gibt es dazu nicht zu sagen.«

»Genau!«, rief Barne und die anderen nickten heftig.

»Wir wissen, wer Herr Dierksen ist«, erwiderte der Kommissar. »Der Streit hier am Tisch, von dem Sie vorhin sprachen, hat also zwischen ihm und Brodersen stattgefunden?«

»Ja, letzte Woche«, bestätigte Jess, und der vierte Mann ergänzte: »Am Mittwoch. Nach dem Skatturnier, um genau zu sein.«

»Da waren aber alle schon ziemlich voll«, machte Barne leutselig klar und erntete ein Lachen von seinen Freunden.

»Was genau hat sich abgespielt? Worum ging es?«, wollte Önal wissen.

»Um das Land, wie immer«, sagte Friedhelm. »Also um die Ackerfläche, die Enno Brodersen partout nicht an Dierksen verkaufen wollte.«

»Und deswegen kam es zu einer wüsten Drohung? Kaum zu glauben.«

»Na ja, da war natürlich auch noch die Sache mit Ennos Tochter Rina und Jörn, dem Sohn des alten Dierksen«, räumte Jess ein.

»Die ›Sache‹? Welche ›Sache‹?«

»Die sind doch verlobt, seit einem Jahr etwa. Enno hat Rina deswegen enterbt. Ihr bleibt jetzt nur ihr Pflichtteil.«

»Und das Haus verboten hat er ihr auch«, fügte der vierte Mann hinzu.

»Blanker Hass herrschte zwischen den beiden Alten, Herr Kommissar«, sagte Friedhelm. »Und der ist eben am letzten Mittwoch wieder einmal aufgeflammt. Schlimm war das, ganz schlimm.«

»Die haben sich angebrüllt, das glauben Sie nicht«, ergänzte Barne. »Und am Ende hat Hauke Dierksen Enno Brodersen ein Glas Bier an den Kopf geworfen und gesagt, dass er ihn abknallen wird, wenn er ihm das nächste Mal im Revier begegnet. Hauke ist Jäger, müssen Sie wissen, genau wie Enno.«

So ein Mittagessen im Dorfkrug hatte schon was, fand Nuri Önal, als er in den Dienstwagen stieg. Zufrieden startete er den Motor und machte sich auf den Weg zu seiner nächsten Verabredung. Jetzt sollte er also den Mann treffen, den die Stammtischbrüder für Enno Brodersens Mörder hielten.

16

Rina hatte eine frische Kanne Tee gekocht. Über zwei Stunden saß Helene nun schon mit ihr in der Küche und hörte sich die traurige Familiengeschichte der Brodersens an. Sie war sich jedoch absolut sicher, dass sich der Zeitaufwand lohnte, auch wenn sie sich viel über das Elend und die Grausamkeit dieser Ehe hatte anhören müssen. Noch stand zwar keineswegs fest, dass die Lösung des Falles im privaten Umfeld des Opfers zu finden war, aber in der letzten Stunde hatte Helene mehr Informationen erhalten, als sie sich erhofft hatte. Wer konnte zu diesem frühen Zeitpunkt der Ermittlungen schon wissen, wohin diese letztlich führten, in welche menschlichen Abgründe sie noch würde blicken müssen?

So aufschlussreich das alles war, was sie gehört hatte – sie brauchte trotzdem vor allem Fakten, die ihre Ermittlungen voranbrachten.

»Lassen Sie uns jetzt mal zu den letzten Tagen kommen«, sagte sie deshalb. »Sie sind also am Freitag in Urlaub gefahren, richtig?«

»Ja, wir wollten drei Wochen einfach dahin segeln, wohin der Wind uns weht und wo es uns gefällt. Bis zur Nordküste von Fünen waren wir schon gekommen. Nun weiß ich natürlich nicht, ob aus unserem Urlaub überhaupt noch was wird. Ich kann ja meine Mutter mit den ganzen Formalitäten, der Beerdigung und so nicht alleinlassen.«

»Ihr Verlobter ist noch auf dem Boot?«

»Ja, er wartet in Odense darauf, dass ich zurückkomme, wenn hier alles … na ja, wenn eben alles erledigt ist, falls ich das so sagen darf.« Rina Brodersen verzog das Gesicht. »Wenn's ganz blöd läuft, muss er allein nach Hause segeln.«

»Hm. Die nächste Frage wird Ihnen nicht gefallen, aber ich muss sie stellen: Können Sie mir sagen, wo genau Sie am Sonntagabend und am Montag gewesen sind?«

»Lassen Sie mich kurz überlegen«, sagte Rina Brodersen. »Wir haben am Freitagnachmittag die Leinen losgeworfen und einen kurzen Schlag nach Sonderburg gemacht. Wir hatten es ja nicht eilig. Sonntag waren wir bis Assens gekommen. Da sind wir am nächsten Morgen zum Einkaufen in die Stadt gegangen und erst gegen Mittag weitergefahren. Nach Fredericia.«

»Danke. Wir werden das vielleicht überprüfen müssen, das verstehen Sie bestimmt. Fürs Erste wird es aber genügen, wenn Sie mir nachher die Handynummer Ihres Verlobten geben.«

Rina Brodersen nickte.

»Noch ein anderes Thema«, sagte Helene. »Sie wohnen nicht hier auf dem Hof, hat mir Ihr Bruder gesagt?«

Ein kurzes, bitteres Auflachen. »Sicher nicht. Ich habe mir eine kleine Wohnung gesucht, sobald ich mein erstes eigenes Geld verdient hatte. Seither wohne ich im Dorf zur Miete, direkt über der Gemeindeverwaltung, wo ich im Bürgerbüro arbeite – und das auch nur, weil ich nicht allzu weit von meiner Mutter wegwollte. Sonst hätten mich keine zehn Pferde hier gehalten.«

»Verstehe. Was ist denn nun genau am letzten Freitag passiert? Sie hatten da vorhin etwas angedeutet.«

Rina Brodersen wurde schlagartig blass und lehnte sich auf ihrem Stuhl zurück. »Es war so … so entsetzlich. Gestern noch wollte ich nicht darüber sprechen. Aber jetzt, wo ich Ihnen schon so viel erzählt habe … Ich bin nicht stolz darauf, wie ich mich verhalten habe.« Traurig schüttelte sie ihren Kopf. Dann straffte sie sich und sagte entschlossen: »Sie müssen es dennoch erfahren, denke ich.«

Normalerweise riefe sie immer vorher an, um sich zu vergewissern, dass ihr Vater nicht im Hause sei, wenn sie die Mutter besuchte, fuhr Rina fort, aber am Freitagmittag wären sie und ihr Verlobter auf dem Weg zu seinem Segelboot gewesen. Es war ihr erster Urlaubstag, und am Nachmittag wollten sie auslaufen. Als sie am Hof vorbeikamen, hätte sie sich spontan entschlossen, hereinzuschauen und sich zu verabschieden.

»Der neue Trecker, den nur mein Vater fuhr, war nirgends zu sehen. Also hat Jörn, mein Verlobter, mich an der Zufahrt aussteigen lassen, und ich bin rasch ins Haus, um Mutter Tschüss zu sagen.« Sie holte tief Luft. »Aber Vater war eben doch da. Der verdammte Trecker stand hinter der Scheune, wir haben ihn einfach übersehen. Kaum hatte ich die Tür aufgemacht, da hörte ich den Alten schon schreien.«

Wie angenagelt habe sie in der Diele gestanden, erinnerte sich Rina Brodersen, und gehört, dass ihr Vater in der Stube herumbrüllte.

»Ich habe nicht verstanden, was genau er geschrien hat, nur ein paar Fetzen, Schimpfwörter halt. Nicht, dass ich die nicht alle schon zigmal gehört hätte«, fuhr sie fort. »Die Vorwürfe, mit denen er Mutter ständig überhäuft hatte, die wüsten Beschimpfungen, seine Anklagen, sie sei nichts wert – all das eben. Aber diesmal geschah etwas Unglaubliches, etwas, was ich noch nie erlebt hatte: Plötzlich hörte ich auch die Stimme meiner Mutter.«

»Was hat sie gesagt?«

»Das konnte ich auch nicht verstehen, aber es war tatsächlich das erste Mal, dass ich mitbekam, wie sie ihm lautstark entgegentrat.« Sie hielt inne, und Helene sah, dass sich ihre Augen wieder mit Tränen füllten, während sie leise weitersprach: »Und dann …« Wieder stockte sie, und ein Beben durchlief ihren Körper. Mit tränenerstickter Stimme vollendete sie schließlich den Satz: »Dann hörte ich auf einmal die Schläge. Klatschend. Und von ihr kam …«

Helene wartete.

Nachdem sie sich wieder gefasst hatte, sagte die Frau, die ihr gegenübersaß: »... kein Wort. Können Sie sich das vorstellen? Er hat sie verprügelt, doch sie hat keinen Laut von sich gegeben.«

»Und was haben Sie gemacht?«, fragte Helene scharf.

Da brach Rina Brodersen zusammen. »Nichts!«, schrie sie verzweifelt. »Nichts habe ich gemacht. Abgehauen bin ich, raus aus dem Haus, voller Panik zurück zum Auto. Ich habe mein Leben lang solche Angst vor ihm gehabt, dass ich nur noch an Flucht denken konnte.« Sie blickte Helene aus rot geweinten Augen an und flüsterte: »Ich habe versagt, meine Mutter im Stich gelassen. Ich schäme mich so.«

Vom Flur her erklang eine tiefe, dreitönige Glocke.

»Da ist jemand an der Tür.« Rina Brodersen fuhr sich hastig mit dem Taschentuch über das Gesicht und stand auf. »Ich sehe rasch mal nach, wer das ist, damit er nicht noch einmal klingelt. Meine Mutter braucht Ruhe.«

Helene folgte ihr, als sie die Küche verließ, blieb im Flur stehen und blickte hinüber zur Eingangstür. Kaum war die einen Spalt weit geöffnet, drang eine sonore Stimme herein.

»Moin, mein Name ist Jacobi. Ich bin Journalist und würde gern mit Frau Brodersen sprechen«, erklärte der Reporter.

»Ich nehme an, damit meinen Sie meine Mutter«, sagte Rina.

»Ach, Sie sind die Tochter des Opfers?«

»Das hat Sie nicht zu interessieren«, schnappte die junge Frau. »Ich habe nicht vor, mich mit Ihnen zu unterhalten, worüber auch immer. Und das gilt ebenfalls für meine Mutter. Auf Wiedersehen!« Damit versuchte sie, die schwere Tür zuzudrücken, was allerdings unmöglich war, da Jacobi bereits halb im Eingang stand.

»Die Öffentlichkeit ist sehr an diesem Fall interessiert, müssen Sie wissen, und will natürlich Informationen haben über den schlimmen Schicksalsschlag, der Ihre Familie getroffen hat«, sprudelte es aus dem Reporter heraus. »Mein herzliches Beileid zu dem schweren Verlust eines geliebten Menschen! Sagen Sie mir doch bitte kurz ...«

»Halten Sie die Klappe, Herr Jacobi, und verschwinden Sie!«, rief Helene laut und trat näher.

Der Reporter grinste. »Ach, da sind Sie ja, Frau Oberkommissarin. Ich sah Ihr Auto vor der Tür.«

»Sie trauen sich was, das muss man Ihnen lassen«, sagte Helene. »Sie wissen, dass die Kripo im Hause ist, und wagen trotzdem einen solchen Überfall auf die Hinterbliebenen? Nicht zu fassen.«

»Nein, nein, so ist das nicht!«, wehrte Jacobi ab. »Ich recherchiere bloß für meinen Artikel. Mit den Kindern aus Süddeutschland, die die Leiche entdeckt haben ...« Er stockte und warf einen betretenen Blick auf Rina Brodersen. »Äh, bitte entschuldigen Sie, das war nicht sehr einfühlsam von mir.« Er setzte noch einmal an: »Also, die Urlauberfamilie habe ich schon interviewt und mich im Dorf ein wenig umgehört. Als ich den Cinquecento hier vor dem Haus habe stehen sehen, dachte ich mir, ich könnte auch ein paar Worte mit Ihnen wechseln, Frau Christ. Und natürlich mit der Witwe des ...«

»Die Witwe will aber nicht mit Ihnen sprechen«, wiederholte Rina Brodersen. »Niemand aus der Familie will das.«

»Und ich auch nicht«, erklärte Helene. »Es gibt sowieso nichts zu berichten, was für die Presse von Interesse sein könnte. Unsere Ermittlungen laufen noch.«

»Keine Erkenntnisse bisher?«, hakte Jacobi ungerührt nach. »Nicht einmal die Pressestelle will mir irgendetwas Konkretes sagen. Und der Staatsanwalt schon gar nicht.«

»Weil es nichts Konkretes gibt«, kam es nochmals von Helene. »Jedenfalls nichts, was Sie schreiben könnten. Heute Abend wird eine Pressemitteilung herausgegeben, das ist bereits mit der Staatsanwaltschaft abgesprochen. Bis dahin müssen Sie leider noch warten.«

»Aber Sie könnten mir doch schon jetzt ein paar …«

Der Reporter konnte gerade noch einen Schritt zurücktreten, bevor Rina Brodersen mit Schwung die Tür vor ihm zuschlug.

Wenig später saß Helene wieder in ihrem Auto und fuhr langsam und tief in Gedanken versunken durch die Mittagshitze.

Die Verletzungen der Witwe stammten also nicht von einem Sturz im Kuhstall, wie sie behauptet hatte. Nach Meinung Rina Brodersens war ihre Mutter bestimmt der Ansicht, es gehöre sich nicht, derartige Familieninterna nach außen zu tragen. So wie sie jahrzehntelang alle Erniedrigungen ihres Mannes erduldet hatte, ohne je zu klagen.

Warum taten viel zu viele Frauen das?, fragte sich Helene nicht zum ersten Mal. Und fand keine Antwort.

Verdammt, wenn man nur wüsste, worum es bei diesem Streit gegangen war! Es musste sich um etwas besonders Schlimmes gehandelt haben, wenn es sogar diese leidensfähige Frau zu heftigem Widerspruch gezwungen hatte. Doch trotz Helenes mehrfachem Nachfassen hatte Rina Brodersen keine Antwort darauf geben können. Oder wollen.

Dass ihr nächster Gesprächspartner ein wenig Licht ins Dunkel bringen würde, wagte Helene auch nicht zu hoffen. Ortwin Franke war zwar Elke Brodersens einziger Vertrauter – zumindest hatten ihre Kinder das behauptet –, aber es war unklar, ob der Pastor im Ruhestand sich bereitfinden würde, ihr bei den Ermittlungen zu helfen. Geistliche waren der Polizei gegenüber mindestens so verschlossen wie Ärzte und Rechtsanwälte. Um ehrlich zu sein: Sie waren die Schlimmsten von allen, denen man eine konkrete Aussage entlocken wollte.

Helene kannte den Pastor noch gar nicht, aber ihre Erfahrung sagte ihr, dass sie bei dem Mann wahrscheinlich auf Granit beißen würde.

17

»Die Polizei scheint im Dunkeln zu tappen. An einen Selbstmord glaubt die Kommissarin aber nicht, so kommt es mir jedenfalls vor. Sie drückt sich absichtlich unkonkret aus, lässt alles offen, um die Leute zu verunsichern, die sie verhört.«

»Hat sie dich ausgefragt? Ich meine, was hast du ihr denn erzählt?«

»Sie wollte wissen, wie es um den Hof steht, wo ich Sonntag und Montag gewesen bin und …«

»Mich hast du hoffentlich nicht erwähnt? Du weißt ja, dass ich mit der Polizei lieber nichts zu tun habe.«

»Nein, nein, keine Sorge.«

»Gut. Was die Bullen glauben, kann uns doch egal sein. Hauptsache, der Kerl ist tot. Du weinst ihm keine Träne nach, oder?«

»Nein, sicher nicht. Aber ich frage mich schon …«

»Was denn? Was fragst du dich?«

»Es ist nur … Ach, ich wäre so gern bei dir. Du fehlst mir.«

»Dann setz dich ins Auto und komm her.«

»Du weißt doch, dass das nicht geht. Die Ernte. Außerdem kann ich meine Mutter jetzt nicht allein lassen.«

»Sie ist bestimmt froh, dass sie den Kerl endlich los ist – nach allem, was du mir erzählt hast.«

»Sollte man meinen, ja. Aber du kennst sie nicht. Irgendwie hat sie ihn doch geliebt. Sie trauert um ihn, das ist sicher. Schließlich haben die beiden lange Zeit zusammengelebt.«

»Während er sie gedemütigt und misshandelt hat. Und nicht nur sie, sondern auch dich, seine ganze Familie eben. Ich hab's ja selbst erlebt. Mein Gott, wenn ich daran denke, wie er auch mich beschimpft hat ...«

»Ja, es war schrecklich. Am liebsten hätte er dich auf der Stelle totgeschlagen.«

»Das hätte er mal versuchen sollen, dann wäre er schon ein paar Tage früher abgekratzt.«

»Du warst so aufgebracht nach dieser schlimmen Szene vor dem Haus, so furchtbar wütend.«

»Klar war ich wütend. Er hat solche widerlichen Sachen über uns gesagt, solche ekelhaften Wörter gebraucht. Dafür habe ich ihn gehasst. Du denn nicht?«

»Doch, aber ...«

»Aber was, Karsten? Nun red schon!«

»Ich frage mich, ob wir alles richtig gemacht haben. Du bist manchmal sehr ... wild.«

»Das liebst du doch an mir, oder? Und nun Schluss mit der Grübelei! Mach dich nicht verrückt!«

»Na gut, du hast ja recht. Ach, ich möchte jetzt so gern bei dir sein.«

»Ja, das wäre wundervoll. Wann kannst du endlich herkommen?«

»Das weiß ich noch nicht. Ich muss erst mal hierbleiben, um den Betrieb am Laufen zu halten, jetzt, wo der Alte tot ist.«

»Hauptsache, er hatte keine Zeit mehr, sein Testament zu ändern. Du bist und bleibst der Erbe. Er ist gerade noch rechtzeitig zur Hölle gefahren. Das allein ist im Moment wichtig, mach dir das klar.«

»Stimmt. Es tut gut, mit dir zu reden! Ich komme so schnell wie möglich zu dir. Schließlich muss ich hier nicht auch noch schlafen, sondern kann abends nach Rendsburg fahren und in meiner Bude übernachten.«

»Toll, Liebster, ich freue mich auf dich. Es fällt mir so schwer zu warten!

»Und mir erst. Ich liebe dich!«

18

Beeindruckt von der Größe der Gebäude und Hallen auf dem ausgedehnten Gelände, das einen Kilometer abseits von Estoft lag, stieg Kommissar Önal aus seinem Wagen. Frei herumlaufende Hühner wären hier völlig fehl am Platze gewesen, fiel ihm sofort auf, und erst recht ein dampfender Misthaufen. Nichts hatte überhaupt noch Ähnlichkeit mit einem herkömmlichen landwirtschaftlichen Betrieb. Alles machte einen geradezu industriellen Eindruck.

Dennoch herrschte auf dem weiten Platz wenig Betriebsamkeit. Die meisten der riesigen Hallentore standen offen, und Nuri Önal sah, dass im Inneren nur vereinzelte Maschinen standen. Vor einem Tor war ein haushoher Mähdrescher abgestellt, an dem sich mehrere Mechaniker zu schaffen machten, und ein nagelneuer Traktor mit gewaltigen Zwillingsreifen auf der Hinterachse, an den zwei hochbordige Anhänger gekuppelt waren, verließ gerade dröhnend das Gelände.

Der Kommissar ging über den Platz zu einem flachen Zweckbau mit vielen Fenstern hinüber. Neben der Eingangstür hing ein kleines Messingschild an der Wand, auf dem *Hauke Dierksen und Sohn GmbH* stand.

Ein Bauer der neuen Zeit, kam es Önal in den Sinn, einer, der auf Expansion, auf immer mehr Fläche und immer größere Viehbestände setzte. Und der seinen Betrieb sogar als GmbH führte. Nichts Romantisches mehr, nirgends eine Spur alter bäuerlicher Kultur.

Alles hier strahlte Effizienz aus. Und Kälte. Kein Urlauber würde sich hierher verirren, um Ferien auf dem Bauernhof zu erleben, kein Fernsehteam käme auf die Idee, hier für *Land und Leute* zu drehen.

Dierksen schien ein Mensch von der Sorte zu sein, die

man gern völlig falsch einschätzte. Zumindest bis sie einen so heftig über den Tisch gezogen hatten, dass man ein blutiges Kinn davontrug. Von kleinem Wuchs und mit einem gewaltigen Wanst ausgestattet, das rote Gesicht strahlend vor Leutseligkeit, wuchtete er sich ächzend aus seinem ledernen Schreibtischsessel, als der Kriminalbeamte aus Flensburg in sein Büro trat, und watschelte ihm mit ausgestreckter Hand entgegen.

»Hallo, Herr … Önal, wenn ich es mir richtig gemerkt habe? Hauke Dierksen mein Name.« Er warf einen kurzen Blick auf die Visitenkarte, die der Kriminalbeamte ihm reichte, dann ergriff er dessen Hand und schüttelte sie ausgiebig. »Kommen Sie, nehmen wir hier Platz, da haben wir's bequem.« Laut schnaufend, ließ er sich in einen der vier Sessel fallen, die in der Mitte des Raumes rund um einen Opalglastisch drapiert waren. »Wollen Sie etwas trinken? Ein kaltes Bier vielleicht? Bei der Bullenhitze da draußen ist das immer noch das beste Getränk für uns Männer, nicht wahr? Ich meine, natürlich nur, wenn Sie das im Dienst …«

»Danke vielmals«, unterbrach Önal den beflissenen Wortschwall und lächelte verbindlich. »Ich habe gerade etwas im *Estoft-Krug* getrunken.«

»Ach, Sie haben unserer Dorfkneipe einen Besuch abgestattet? Sehr schön, sehr schön. Bisschen angestaubt, der Laden, aber sie kochen ein gutes Essen, das muss man ihnen lassen.«

»Ganz bestimmt. Mir hat's geschmeckt.« Nuri machte eine ausladende Handbewegung über das Gelände hinweg, das draußen vor den Fenstern lag. »Beeindruckender Betrieb, den Sie da haben.«

»Freut mich, dass Sie das sagen, Herr Kommissar. Natürlich ist kaum ländliche Romantik übrig geblieben, aber die kann man sich auch nicht mehr leisten, wenn man heutzutage als Landwirt nicht auf der Strecke bleiben will.« Er lehnte sich

vor, sein Gesicht strahlte vor Selbstzufriedenheit. »Ach ja …«
Ein gefühlvoller Seufzer. »Wenn man bedenkt, dass ich vor
dreißig Jahren nichts weiter als einen kleinen, ziemlich ab-
gewirtschafteten Hof von meinen Eltern geerbt habe …«

»Bemerkenswert, ganz sicher.« Önal nickte freundlich.
»Da steht *und Sohn* auf dem Schild vor der Tür, habe ich gesehen.«

»Ja, mein Sohn Jörn hat Agrarwissenschaften studiert und ist
schon vor ein paar Jahren ins Geschäft eingetreten. Als mein
Stellvertreter hat er inzwischen volle Prokura. Im Moment
ist er aber im Urlaub. Muss ja auch mal sein, nicht wahr?«

»Mitten in der Erntezeit? Ungewöhnlich, finde ich«, bohrte Önal
Önal nach.

»Stimmt, damit war ich auch nicht ganz einverstanden,
aber Sie wissen ja, wie die jungen Leute sind – gehören
schließlich selbst noch dazu.« Krampfhaft fröhlich lachte
Dierksen auf. »Jörn hat ein Segelboot, müssen Sie wissen.
Da will er gern das schöne Wetter nutzen. Haben wir leider
nicht so oft hier.«

»Wie dem auch sei, ich will Sie gar nicht lange aufhalten.
Also lassen Sie uns zum Grund meines Besuches kommen.
Ich …«

»Ach ja, der alte Enno.« Dierksen seufzte wieder und hob
theatralisch seine fleischigen Hände. »Schreckliche Sache, ganz
furchtbar. Wir waren nicht gerade das, was man Freunde
nennt, aber sein Tod hat mich doch schockiert. Er soll sich
selbst getötet haben, hört man.«

»So, hört man das?«, antwortete Önal in sarkastischem Ton.
»Es wird viel geredet, wenn der Tag lang ist. Aber ich möchte von Ihnen etwas Genaues hören, Herr Dierksen, nämlich
warum Sie Brodersen gedroht haben, ihn zu erschießen.«

Erschrocken fuhr der Mann zurück und kniff die Wülste
um seine Augen zusammen, während sich feine Schweißper-
len auf seiner hohen Stirn bildeten. »Aber ich bitte Sie, Herr

Kommissar! Das soll ich … Also wirklich, das habe ich doch nicht …«

»Doch, haben Sie«, sagte Önal ungerührt. »Mehrere Zeugen haben bestätigt, dass Sie erst in der letzten Woche genau diese Drohung gegen Enno Brodersen ausgestoßen haben. Und wenige Tage später war er tot. Erschossen.«

»Ich kann mich kaum erinnern, was ich da …« Er holte tief Luft. »Ja, doch, ich weiß schon, was Sie meinen. Das war am Mittwoch, nach unserem Skatabend. Wir hatten alle ein bisschen zu viel getrunken. Da habe ich mich mit Enno wieder mal in die Haare gekriegt. Er hat mich übel beschimpft. Und auch über meinen Sohn ist er heftig hergezogen, obwohl der gar nicht anwesend war. Da sagt man schon mal was Unüberlegtes. Das hat doch keine Bedeutung! Außerdem war's ja eh Selbstmord, nicht wahr?«

Ohne auf die Frage einzugehen, stellte Önal fest: »Sie und Herr Brodersen waren verfeindet, das wissen wir aus verlässlichen Quellen. Sie wollten Land von ihm kaufen, um Ihren Betrieb zu erweitern, aber er hat kategorisch abgelehnt. Ging es bei Ihrem Streit darum?«

»Nein, nein, ich hatte mich längst damit abgefunden, dass er nicht verkaufen würde, jedenfalls nicht an mich.«

»Worum denn dann?«

»Wieder mal um unsere Kinder«, sagte Dierksen und wischte sich mit der flachen Hand den Schweiß von der Stirn. »Seine Tochter Rina und mein Sohn Jörn sind miteinander verlobt, gegen Ennos Willen natürlich. Er hat das Mädel deswegen sogar enterbt, müssen Sie wissen.«

»Weiß ich schon«, gab Önal zurück.

»Ach, tatsächlich?« Erstaunen stand dem Großbauern ins Gesicht geschrieben.

Der Kommissar hatte nicht die Absicht, näher auf diesen Punkt einzugehen. Stattdessen fragte er: »Wie stehen Sie denn zu dieser Verbindung?«

»Rina ist eine feine junge Frau. Ein paar Jahre älter als Jörn, aber das hat ja heutzutage keine große Bedeutung mehr, wenn man sich liebt.« Ein herzliches Auflachen ließ den feisten Leib kurz erbeben. Die Leutseligkeit war zurückgekehrt. »Und die beiden lieben sich wirklich. Ich sehe so was, das können Sie mir glauben. Warum sollte ich mich also nicht freuen? Sie kann ja nichts für ihren Vater, nicht wahr?«

»Und außerdem ist nach dessen Tod die Frage des Landverkaufs nun quasi zu einer Familienangelegenheit geworden«, stellte der Kommissar fest und blickte dem kleinen dicken Mann aufmerksam ins Gesicht.

Dierksen hielt nicht lange stand, dann senkte er seine Augen.

Alles ganz interessant, vielleicht auch nützlich für den Fortgang der Ermittlungen, aber nichts davon aufregend – zumindest seit seinem aufschlussreichen Mittagessen im Dorfkrug –, befand Kommissar Önal nüchtern, als er eine halbe Stunde später nach Flensburg zurückfuhr. Das Gespräch mit dem landwirtschaftlichen Unternehmer hatte eigentlich nur das bestätigt, was er ohnehin bereits am Stammtisch erfahren hatte.

Natürlich hatte er Dierksen auch nach seinem Alibi befragt. Angeblich hatte der Großbauer den ganzen Sonntag in seinem Betrieb gearbeitet, bis in die Nacht hinein – wegen der Ernte. Eine Menge Leute könnten das bestätigen. Und Montagfrüh um sechs habe er schon wieder mit der Arbeit begonnen. Seine Angestellten hätten ihn mit Sicherheit gesehen. Mit den meisten von ihnen habe er auch gesprochen. Schließlich galt es, die Aufgaben für den Tag einzuteilen. Ab acht Uhr habe er dann Besuch von einem Vertreter für landwirtschaftliche Maschinen gehabt.

Nuri Önal hatte sich zwar die Liste von Dierksens Mitarbeitern ausdrucken lassen und die Visitenkarte des Vertreters mitgenommen, wenn er aber seinem Bauchgefühl vertraute, gab es jemanden, der ein weitaus gewichtigeres Motiv dafür hatte, Enno Brodersen zu ermorden. Davon war er bereits seit seinem Gespräch mit dem Notar am Vormittag überzeugt. Sicher würde sich bei der Überprüfung von Dierksens Alibi herausstellen, dass der Großbauer die Wahrheit gesagt hatte – jedenfalls in diesem Punkt.

Natürlich traute Nuri dem Mann dennoch nicht über den Weg. Abgesehen davon, dass er ein schleimiger Typ war und Önal von Herzen zuwider, brachte es niemand als Erbe eines heruntergewirtschafteten Hofes ohne List und Rücksichtslosigkeit zielstrebig zum erfolgreichen Großunternehmer. Nicht in diesem ländlichen Umfeld, nicht inmitten all der auf ihren uralten Höfen fest verwurzelten Familien mit ihrer sturen, erzkonservativen Haltung, mit ihrer tiefen Liebe zur eigenen Scholle.

Auch Dierksens Schilderung der langen Geschichte seiner Feindschaft mit Enno Brodersen würde bei der Aufklärung des Falles wohl kaum weiterhelfen. Letztlich hatte er nur das bestätigt, was Frau Christ gestern schon ansatzweise von der Bauernfamilie selbst gehört hatte.

Missgunst, auch uralte Feindschaften – manchmal gesteigert bis zu archaischem, von Generation zu Generation weitergegebenem Hass zwischen den eingesessenen Familien – kamen nicht einmal so selten vor auf dem Land. Wenn diese Fehden jedoch immer gewaltsam ausgetragen würden, lägen eine Menge Leichen in der Gegend herum, kam es Önal in den Sinn und er musste schmunzeln.

Nein, sein Hauptverdächtiger war Dierksen sicher nicht.

Da stand ein anderer ganz oben auf der Liste.

19

Das Alte Pastorat, in dem der emeritierte Geistliche wohnte, lag, weit von der Straße zurückgesetzt, auf einem prachtvollen Grundstück mitten im Ort. Helene Christ parkte den weißen Fiat direkt vor dem Gartentor und schaute auf ihr Handy.

Nuri Önal hatte dreimal versucht, sie zu erreichen, jedoch keine Nachricht hinterlassen. Sie sah auf ihre Uhr und stellte fest, dass sie spät dran war für ihre letzte heutige Verabredung in Estoft. In einer guten Stunde würde sie ihren Kollegen sowieso auf der Dienststelle treffen. Bestimmt früh genug, um alles zu erfahren, was er ihr zu sagen hatte. Jetzt galt es erst einmal, sich auf das bevorstehende Gespräch zu konzentrieren.

Entschlossen stieg sie aus dem Wagen und öffnete das schmale hölzerne Gartentor. Entlang des gewundenen, mit alten Pflastersteinen befestigten Weges zum Haus stand eine hohe Rosenhecke. Genüsslich sog Helene den herrlichen Duft der vielen Blüten ein.

Auf den letzten Metern bis zur Tür kam ihr ein alter Mann in einem kurzärmligen beigefarbenen Hemd und einer ausgebeulten braunen Cordhose entgegen. Helene schätzte den schlanken, mittelgroßen Mann auf Ende siebzig.

Er strich sich eine Strähne seines vollen grauen Haares aus der Stirn und sagte: »Sie sind bestimmt die Kriminalbeamtin aus Flensburg, stimmt's?«

Sie ergriff seine ausgestreckte Hand. »Ja, genau. Ich heiße Helene Christ. Wenn Sie Pastor Franke sind, waren wir verabredet.«

»Pastor im Ruhestand, um genau zu sein. Aber alle benutzen immer noch den Titel.« Er lachte kurz auf und musterte die groß gewachsene junge Frau aufmerksam. »Ich hoffe, ich kann Ihnen helfen. Allerdings habe ich nicht recht verstanden, was Sie sich von einem Gespräch mit mir versprechen, Frau Christ. Zu Enno Brodersen habe ich so gut wie keinen Kontakt gehabt. Ein Kirchgänger war er nicht. Eigentlich kannte ich ihn kaum.«

»Dafür kennen Sie aber seine Ehefrau umso besser, nicht wahr?«

Sofort verschloss sich die Miene des alten Pastors. »Wie meinen Sie das?«

»Nun, beide Kinder haben mir erzählt, ihre Mutter würde Sie oft aufsuchen, hätte ein besonderes Vertrauensverhältnis zu Ihnen.«

»Elke Brodersen ist ein aktives Mitglied der Kirchengemeinde und eine gläubige Christin«, sagte Franke, und plötzlich klang er abweisend. »Wir sprechen in der Tat häufiger über religiöse Fragen.«

Helene sah ihn eine Zeit lang schweigend an. »Nur über religiöse?«, hakte sie dann nach. »Ich meine, Sie …«

»Kommen Sie erst einmal mit«, unterbrach er sie. »Setzen wir uns doch in den Garten. Ich muss Ihnen etwas sagen, was Ihnen nicht gefallen wird.«

Helene folgte ihm um das Haus herum. An einem Gartenteich, auf dessen Wasserfläche weiße und rosafarbene Seerosen blühten, stand eine Holzbank.

Franke setzte sich darauf und deutete neben sich. »Nehmen Sie Platz, Frau Christ. Hier haben wir Muße.«

Schönes Wort, dachte Helene, lauschte auf das Flirren und Summen der Insekten, das im Hintergrund die Stille füllte, und beobachtete im Sonnenlicht schillernde Libellen, die wie winzige Hubschrauber, hektisch zuckend, über die Wasserpflanzen huschten.

Elke nähme ihre Religion sehr ernst und ja, sie beteten auch oft miteinander, sagte der alte Pastor nach einer Weile.

Sie sprächen über Gott, den Glauben, das ewige Leben. »Über alles, was für einen Christen eben wichtig ist«, setzte er hinzu. »Und es eigentlich für jeden Menschen sein sollte.« Aber richtig sei, dass Elke Brodersen sich ihm auch privat anvertraue, wenn sie Sorgen oder Probleme habe. »Und davon hatte sie einige. Oder besser: eigentlich immer dieselben. Aber leider auch immer wieder.«

»Welche waren das?«, versuchte es Helene.

Franke lachte leise. »Sie wissen ganz genau, dass ich Ihnen das nicht sagen werde, oder?«

Natürlich wusste sie das. »Sehen Sie, Herr Franke, es geht hier um einen ungeklärten Todesfall. Ich habe die Aufgabe herauszufinden, was mit Enno Brodersen geschehen ist. Da wäre mir jede Hilfe …«

»Ich hörte im Dorf, er hätte Suizid begangen?«

»Hat auch die Witwe Ihnen das gesagt?«

»Elke meinte, das wäre noch nicht abschließend geklärt.«

»Aha.« Helene überlegte kurz. »Ich sage Ihnen jetzt aber – und das muss bitte vorerst unter uns bleiben –, dass wir inzwischen von einem Mordfall ausgehen.«

Der Pastor warf ihr einen überraschten Blick zu. »Danke für Ihr Vertrauen.« Eine Weile sagte er nichts, starrte nachdenklich auf die spiegelglatte Wasserfläche des Teiches, die von keinem Windhauch gekräuselt wurde. »Jetzt begreife ich natürlich, warum Sie das Umfeld des Opfers ausleuchten müssen.« Wieder verfiel er in Schweigen. Dann drehte er seinen Kopf zur Seite und sah seine Banknachbarin offen an. »Ich werde Ihnen aber keine große Hilfe sein können, da muss ich um Ihr Verständnis bitten. Das hat etwas mit meiner Aufgabe als Geistlicher zu tun. Sagen Sie … Darf ich Sie in diesem Zusammenhang etwas Persönliches fragen?«

»Bitte.«

»Wie stehen Sie zur Religion?«

Helene räusperte sich. »Ich fürchte, an einen Gott kann

ich nicht mehr glauben. Und zwar an keinen von den vielen, die die Menschen auf der Welt anbeten, auch nicht an den christlichen. Ich bin zwar getauft und konfirmiert und auf dem Papier sogar immer noch Mitglied der Kirche, aber ...« Sie hielt kurz inne und warf einen schnellen Seitenblick auf den alten Pastor. Der sah sie nur freundlich an und nickte aufmunternd. »Na ja, das ist etwas, auf das ich keinen Einfluss habe. Ich habe die Zeit wirklich genossen, in der ich all das für wahr hielt, was in der Bibel steht. Die Weihnachtsgeschichte zum Beispiel. Was gibt es Schöneres, an das man glauben kann? Dass da jemand ist, der sagt: ›Fürchtet euch nicht!‹, der einem verspricht, man brauche keine Angst zu haben. Nie mehr und vor gar nichts.« Unwillkürlich hob sie den Kopf und blickte in den wolkenlosen Himmel. »Und eines Morgens bin ich aufgewacht und habe gemerkt, dass mir dieser Glaube abhandengekommen war. Quasi über Nacht. Ich weiß nicht, ob Sie das verstehen können.«

Franke lächelte. »O doch, Sie ahnen nicht, wie gut ich das kann.« Nach einer kleinen Pause fragte er behutsam: »Und Sie finden nicht mehr zurück?«

Langsam schüttelte Helene den Kopf. »Nein. Und wenn ich ehrlich bin: Ich denke, das will ich auch nicht mehr. Irgendwie ist es, als hätte der Glaube seine Zeit gehabt. Nun hat wohl der Zweifel die seine. Oder besser: die Hinwendung zur Realität.« Leise fügte sie hinzu: »Aber der Abschied tut immer noch weh.«

Stille. Eine dicke Hummel, die Hinterbeinchen vollgestopft mit Blütentracht, setzte sich zur Erholung einen Augenblick auf Helenes rechtes Knie, dann flog sie taumelnd und brummend wieder davon.

»Sie brauchen von mir keine Bekehrungsversuche zu befürchten, Frau Christ«, sagte Franke und lachte leise auf. »Aber eines muss klar sein: Es gibt ein Beichtgeheimnis, auch in der evangelischen Kirche. Und alles, aber auch wirklich alles, was mir Elke Brodersen jemals anvertraut hat, steht unter dessen Schutz. Tut mir leid.«

»Das muss Ihnen nicht leidtun. Ich habe nichts anderes erwartet. Dennoch versuche ich es mit einer einzigen Frage: Wissen Sie aus den Gesprächen mit ihr irgendetwas – Sie müssen mir nicht sagen, was –, das uns zu Enno Brodersens Mörder führen könnte?«

Der Pastor stand mit einer heftigen Bewegung auf und griff sich flüchtig an die Brust. »Sie machen das sehr geschickt, aber Sie werden mich nicht dazu bringen, das Beichtgeheimnis zu verletzen.« Er atmete einmal schwer auf. »Ich muss mich jetzt hinlegen, es geht mir leider nicht so gut.«

Erschrocken erhob sich Helene ebenfalls, warf einen besorgten Blick auf den alten Mann und sagte: »Natürlich. Ich bedaure sehr, dass ich Sie aufgeregt habe.«

»Machen Sie sich keine Gedanken. Nur Gott weiß, wann meine Zeit gekommen ist.« Verschmitzt blitzten seine Augen auf. »Meiner unmaßgeblichen Meinung nach wird er mir noch ein paar Jährchen zugestehen.«

»Das wünsche ich Ihnen von Herzen«, sagte Helene, ließ ihren Blick noch einmal über den herrlichen Garten schweifen und reichte dem alten Mann die Hand.

Franke begleitete sie bis zur Gartenpforte. Gerade als Helene diese öffnen wollte, legte sich die Hand des Pastors sanft auf ihren Arm, und er sagte: »Ich ahne, welche Probleme Sie mit meiner Haltung in dieser Sache haben. Und ich weiß, dass Sie weiterermitteln und Fragen stellen müssen. Aber bitte, Frau Christ, quälen Sie sie nicht. Elke hat viel durchgemacht. Ihre starke Religiosität mag manchem befremdlich erscheinen, aber eins ist sicher: Ohne ihren Glauben wäre sie schon längst zugrunde gegangen.«

20

»Er wollte sofort sein Testament ändern und damit seinen Sohn enterben«, sagte Nuri Önal und blickte zu seiner Chefin hinüber, die am weit geöffneten Fenster ihres Büros stand, über die sommerliche Stadt blickte und die warme Luft des Nachmittags einatmete.

»Das wäre natürlich ein überaus starkes Mordmotiv für Karsten Brodersen«, sagte sie, drehte sich zu Önal um und lehnte sich an die Fensterbank. »Zumindest, wenn der Hof trotz der wirtschaftlichen Probleme einen Wert hätte – was wir dringend herausfinden müssen.«

»Die Kollegen Hiesemann und Feld haben das auf ihrem Zettel.«

Helene nickte. »Aber zurück zum Thema Enterbung: Was hat der Rechtsanwalt genau gesagt?«

»Am Donnerstag der letzten Woche habe Enno Brodersen nachmittags wutschnaubend bei ihm angerufen und sofort für den nächsten Tag einen Termin verlangt, um sein Testament zu ändern. Der Kalender des Notars sei da aber bereits voll gewesen, und so hätten sie sich auf Montag um elf Uhr geeinigt.«

»Den Termin hat Brodersen allerdings verpasst, denn da lag er schon tot neben seinem Kornfeld«, sagte Helene trocken.

»Richtig. Der Anwalt hat sich natürlich gewundert, warum der Bauer nicht kam, wo er es doch so dringend gemacht hatte, hat aber weiter keinen Gedanken darauf verschwendet.« Önal fuhr sich in einer Art Übersprungsgeste mit einer Hand durch das gegelte schwarze Haar, und seine Augen sprühten vor Eifer. Ganz offensichtlich konnte er es kaum erwarten, ihr all seine Ermittlungsergebnisse zu präsentieren, stellte Helene amüsiert fest – noch dazu mit einer gewissen

Theatralik, die sie schon früher hin und wieder bei ihm beobachtet hatte.

Jetzt holte er tief Luft und fuhr dann in einem verschwörerischen Tonfall fort: »Aber das ist noch längst nicht alles!« Er machte eine Kunstpause. Offensichtlich genoss er seine Rolle als Überbringer all dieser erstaunlichen Neuigkeiten.

Helene schmunzelte. »Nun hauen Sie schon raus, was Sie auf Lager haben, Nuri. Womöglich platzen Sie sonst gleich. Die eigentliche Sensation kommt erst noch, das sehe ich Ihnen doch an.«

Die virtuelle rote Lampe vor Önals Gesicht schaltete sich wieder an, doch tapfer hielt er dem spöttischen Blick seiner Chefin stand und erklärte: »Karsten Brodersen ist schwul, was kaum jemand weiß. Jedenfalls hat keiner der Dorfbewohner es erwähnt oder auch nur angedeutet. Weder gegenüber Feld und Hiesemann – ich habe sie dazu vorhin befragt –, noch in der Gastwirtschaft haben die Leute davon gesprochen. Er hat daraus anscheinend ein Geheimnis gemacht. Niemand im Dorf durfte es erfahren, sein Vater schon gar nicht. Aber der Alte hat irgendwas geahnt, das erwähnte er dem Notar gegenüber am Telefon, und ist am letzten Donnerstag nach Rendsburg gefahren. Und da hat er dann seinen Sohn mit dessen Freund gesehen. Der Notar sagt, der Alte sei noch Stunden später völlig außer sich gewesen und hätte mit den übelsten Schimpfwörtern um sich geworfen.«

Helene richtete sich auf und ballte unwillkürlich die Faust. Hier war sie also, die Antwort auf die Frage, wer einen triftigen Grund dafür gehabt hatte, den alten Bauern umzubringen. Donnerwetter, diesmal könnte es mit der Aufklärung des Falles zur Abwechslung mal richtig schnell gehen! Wenn das alles belastbar war, würden sie schon bald …

Sie bremste ihren plötzlichen Überschwang, zwang sich zur Ruhe und fragte so sachlich wie möglich: »Was genau hat sich in Rendsburg denn abgespielt? Wissen wir das? Hat

Enno Brodersen das seinem Notar gegenüber näher geschildert?«

»O ja, der soll seinen ganzen Abscheu gegenüber Karsten herausgebrüllt haben. Sein Sohn wäre ein ›Perverser‹, ein ›abartiges Schwein‹, so hat er sich ausgedrückt. ›Die schwule Sau wird meinen Hof niemals bekommen‹, soll er gesagt haben. Und dass er Karsten und seinen ›Hengst‹ zur Rede gestellt hätte, nachdem er aus dem Auto beobachtet habe, wie sie sich vor der Haustür geküsst hätten.« Önal schüttelte den Kopf. »Muss für den Notar wohl ein schrecklich unangenehmes Telefonat gewesen sein. Er sagte mir, er sei am Montag ganz erleichtert gewesen, als der Kerl nicht bei ihm aufgetaucht ist.«

Schweigend hatte Helene ihrem Kollegen zugehört. Unvorstellbar, dass es heutzutage noch diesen tief sitzenden, völlig irrationalen Hass gegen Homosexuelle gab. Aber nein, korrigierte sie sich, unvorstellbar war das keineswegs. Mochten sich auch die Gesetze geändert haben, mochte inzwischen sogar die Ehe unter Gleichgeschlechtlichen möglich sein – an den dumpfen Vorurteilen allzu vieler Menschen gegenüber offen gelebter Homosexualität hatte sich dadurch nicht viel geändert. Dass ein schwuler Jungbauer im erzkonservativen Umfeld eines Kuhdorfes wie Estoft niemals voll akzeptiert würde, war jedenfalls ziemlich sicher.

»Okay, dann werden wir uns ab sofort vor allem mit Karsten Brodersen beschäftigen. Wie weit sind eigentlich Hiesemann und Feld mit der Überprüfung seines Alibis? Die sind doch schon den ganzen Tag unterwegs.«

»Sie wollten sich bei uns melden. Ist wohl besser, ich frage mal nach.« Önal holte sein Handy aus der Tasche und wählte eine Nummer aus dem Kurzwahlspeicher. »Hallo, Kollege Hiesemann. Es gibt noch mehr konkrete Hinweise darauf, dass Karsten Brodersen unser Mann sein könnte. Die Chefin möchte wissen, was Sie über die Angaben herausgefunden haben, die er zu seinem Alibi gemacht hat. Sind die belastbar? Augenblick bitte, ich schalte den Lautsprecher ein, damit Frau Christ mithören kann.«

»Für den von der Gerichtsmedizin errechneten Todeszeitpunkt hat er ja sowieso kein Alibi, oder? Er sagte doch, am Montag habe er zu Hause allein im Bett gelegen«, kam es von Hiesemann.

»Stimmt«, bestätigte Helene. »Mir geht es aber darum, ob jemand tatsächlich bestätigen kann, ihn am Sonntag zu später Nachtstunde noch in Rendsburg gesehen zu haben. Und in welchem Zustand. Das hatte ich Ihnen beiden schon gesagt, bevor Sie sich auf den Weg gemacht haben, oder?«

Der kleine Lautsprecher transportierte eine unverständliche Bemerkung aus dem Hintergrund, die wahrscheinlich von Feld kam, dann sagte Hiesemann pikiert: »Wir erinnern uns durchaus an das, was Sie gesagt haben, Frau Christ. Um es kurz zu machen: Einen der vier Bekannten, die mit Karsten zusammen waren, haben wir noch nicht sprechen können. Wir sind aber auf dem Weg zu ihm. Die anderen drei wurden einzeln befragt, und sie sagen übereinstimmend, dass Brodersen am Sonntag angeblich schon gegen Mitternacht behauptet hat, er fühle sich nicht wohl und müsse ins Bett.«

»Obwohl er keineswegs betrunken war, sagen die«, rief Feld aus dem Hintergrund.

»Genau«, fuhr Hiesemann fort. »Er sei dann vor einer Kneipe in ein Taxi gestiegen. Ob er tatsächlich in seine Wohnung gefahren und direkt ins Bett gegangen ist, wussten sie natürlich nicht.«

»Danke, Kollegen«, sagte Nuri Önal.

Helene rief: »Sie brauchen sich nur noch zu melden, wenn sich bei der Befragung des Vierten irgendetwas gänzlich anderes ergeben sollte. Sonst kommen Sie anschließend bitte her und schreiben Ihren Bericht. Haben Sie die Zeugenaussagen aufgezeichnet?«

»Selbstverständlich.«

»Welche Erkenntnisse zu Enno Brodersens finanzieller Lage gibt es eigentlich?«, schaltete sich Nuri Önal dazwischen. »Was hat die Bank Ihnen dazu gesagt?«

»Die schicken umgehend eine Übersicht der Kontostände«, erwiderte Hiesemann. »Was man uns dort gezeigt hat, sah schlimm aus, allerdings nur auf den ersten Blick.«

»Was soll das heißen?«, fragte Helene ungeduldig.

»Brodersens Hof steht mit mehr als hundertfünfzigtausend Euro in den Miesen, aber die Schulden sind durch Hypotheken abgesichert. Der Banker sagte uns, der Grund und Boden sei erheblich mehr wert. Das Kreditinstitut hat ein Verkehrswertgutachten erstellen lassen, das wir ebenfalls bekommen.«

»Das werde ich mir genau ansehen, wenn ich es auf dem Tisch habe«, sagte Helene. »Okay, es wäre gut, wenn die Protokolle zu Ihren Befragungen morgen Vormittag vorliegen würden. Gute Arbeit, danke, die Herren!«

Ein flüchtiges Schmunzeln flog über Önals Gesicht. Er beendete das Gespräch und steckte das Handy wieder ein. Helene wanderte gedankenversunken im Raum umher. Nach einer Weile stoppte sie vor Önals Schreibtisch. »Ist Karsten Brodersen unser Mann, Nuri?«

»Sieht ganz so aus.«

»Für einen Haftbefehl sind unsere Informationen aber noch zu dünn, fürchte ich. Auf jeden Fall laden wir ihn jetzt ganz offiziell für morgen um neun Uhr vor. Übernehmen Sie das bitte?«

»Geht in Ordnung«, sagte der junge Kommissar und machte sich eine Notiz auf dem kleinen Schreibblock, den er immer bei sich trug.

Dieses schmale Teil mit dem nach oben umklappbaren Pappdeckel hatte Helene ansonsten nur noch beim legendären Inspektor Columbo in den Krimis der Achtzigerjahre gesehen. Sie selbst tippte wichtige Details oder Termine in ihr Smartphone ein. Irgendwann würde sie ihren jungen Kollegen einmal fragen, was ihm an seiner prähistorischen Erinnerungsstütze so gut gefiel, aber sie wartete besser, bis sich seine Neigung zum Rotwerden etwas gelegt hätte.

Önal räusperte sich. »Äh, ich war noch nicht ganz fertig mit meinem Bericht, Frau Christ.«

»Tatsächlich? Gibt's etwa noch weitere Sensationen?«

Sofort tat Helene diese bissige Frage leid. Den Sarkasmus hatte sie wohl vom Grauen übernommen, gestand sie sich reuig ein. Es gab überhaupt keinen Grund, den jungen Kollegen immer wieder mit kleinen Sticheleien zu verunsichern. Er lieferte schließlich hervorragende Arbeit ab.

Blöde Ziege, schalt sie sich und sagte: »Verzeihung für meine dumme Formulierung, Nuri. Wenn ich angespannt bin, rutschen mir manchmal dämliche Bemerkungen heraus. Die sollten Sie nicht ernst nehmen, sind nicht bös gemeint.«

Auch wenn er wieder rot anlief, bewies Önal Souveränität. »Ich fand's eigentlich ganz witzig«, sagte er grinsend. »Also: Sie sollten noch wissen, dass auch Brodersens Tochter schon vor einiger Zeit vom Vater enterbt wurde. Das hat mir der Anwalt gesagt, und die Stammtischbrüder im *Estoft-Krug* haben heute Mittag ebenfalls davon gesprochen. Ihr bleibt jetzt nichts als ihr Pflichtteil.«

Davon hatte Rina Brodersen ihr kein Wort gesagt, stellte Helene verärgert fest. Warum nicht? Dass von ihrem Vater ein Hausverbot über sie verhängt worden war, hatte sie zwar erzählt, jedoch hatte Helene angenommen, das hinge mit dem Zerwürfnis mit seinen Kindern und deren klarer Parteinahme für die Mutter zusammen.

Wieder einmal zu viel gedacht und zu wenig nachgefragt, warf sie sich wütend vor.

»Wollen Sie mir noch sagen«, kam es von Önal, »was Sie bei Ihrem Gespräch mit der Tochter des Toten erfahren haben,

Frau Christ? Ich meine, nur damit ich auch auf dem aktuellen Stand bin.«

»Klar.« Helene nickte und trotz ihrer Verstimmung darüber, bei Rinas Befragung nicht gründlicher nachgehakt zu haben, musste sie unwillkürlich lächeln.

›Frau Christ‹ und ›Nuri‹ – diese sonderbare Form der gegenseitigen Anrede hatte sich schon zwischen Ihnen entwickelt, als Edgar Schimmel noch ihr gemeinsamer Chef gewesen war. Eines Tages hatte Önal sie gebeten, ihn Nuri zu nennen. Das hatte sie zwar gern getan, allerdings war sie eisern beim Sie geblieben, da sie eine unüberwindliche Abneigung gegen die seuchenartig um sich greifende Duzerei unter Arbeitskollegen hegte. Und ihr junger Kollege sprach sie weiterhin ganz selbstverständlich mit ›Frau Christ‹ an.

»Aber vorher sagen Sie mir bitte: Wissen Sie etwas über den Grund für Rina Brodersens Enterbung? Hat sich jemand dazu geäußert?«

»Der Grund dafür war der Verlobte der Tochter, mit dem sich der Alte nicht abfinden wollte. Das haben mir wiederum sowohl der Anwalt als auch die Leute aus dem Dorf gesagt.« Er machte eine Kunstpause und fragte fast treuherzig: »Sie wissen sicher, um wen es sich dabei handelt?«

»Nö, ist das denn wichtig?«, schnappte Helene. »Moment mal …«

Ihr schwante plötzlich, dass ihr etwas entgangen war. Rasch nahm sie ihr Smartphone zur Hand und rief die SMS auf, in der ihr Rina Brodersen gestern noch die Mobilfunknummer ihres Verlobten geschickt hatte. Heute hätte Helene ihn angerufen, um die Angaben zu Rinas Alibi zu überprüfen – auch wenn seiner Aussage angesichts der persönlichen Verbindung zur Tochter des Ermordeten natürlich nicht allzu viel Bedeutung zukäme.

Sofort sah sie es: Rina Brodersen hatte mit der Telefonnummer natürlich auch den Namen gemailt. Mist, das hätte ihr früher auffallen müssen! So langsam ärgerte sie sich maßlos über sich selbst. Fehler über Fehler!

Jörn Dierksen stand da.

»Verdammt, das ist wohl ein Verwandter des hiesigen Großbauern, nehme ich an«, knurrte Helene und bemühte sich, nicht mit den Zähnen zu knirschen.

»Sein Sohn, um genau zu sein«, gab Önal mit wachem Blick auf seine Chefin in neutralem Ton zurück. »Und Prokurist in dessen Betrieb, wie ich erfahren habe.«

Helene schäumte innerlich. Warum, zum Teufel, hatte Rina ihr nicht gesagt, dass sie mit dem Sohn des Todfeinds ihres Vaters verlobt war? So viel hatte sie über ihre Mutter, über die ganze Familie erzählt, doch diese bemerkenswerte Tatsache hatte sie verschwiegen. Konnte sie sich nicht vorstellen, dass das eine wichtige Information für die Kripo war, oder hatte sie diese absichtlich verheimlicht? Andererseits: Durfte man ihr bewusstes Verschweigen überhaupt unterstellen? Schließlich hatte Rina Brodersen den Namen ganz selbstverständlich in die Mail getippt. Nun, sie würde dieser Frage ganz sicher noch nachgehen, nahm Helene sich vor.

Plötzlich fiel ihr etwas ein und sie kniff die Augen zusammen. Hastig sagte sie: »Wissen Sie was, Nuri? Ich denke, wir ändern unseren Plan. Sofort. Einen Haftbefehl werden wir noch nicht bekommen, aber wir schalten einen Gang höher und setzen Karsten Brodersen unter Druck. Am besten laden wir ihn ganz offiziell sofort zur Vernehmung. Noch werden wir ihn auf dem Feld bei der Ernte antreffen.«

Überrascht starrte der junge Mann sie an. »Was … äh, wieso denn auf einmal?« Er schluckte. »Gibt es vielleicht etwas, was ich wissen sollte, bevor wir das machen?«

»Es ist zwar immer noch kein Beweis für seine Schuld, aber mir ist gerade klar geworden, dass Karsten Brodersen mich angelogen hat, als ich ihn danach fragte, ob er das Testament seines Vaters kenne. Er hat behauptet, seine Schwester würde ›abgefunden‹, wenn er als Sohn den Hof bekomme. Dabei muss er gewusst haben, dass sein Vater Rina bereits enterbt hatte. Das war ja dem halben Dorf bekannt.«

»Das ist merkwürdig, da haben Sie recht, aber …«

»Er hat also gelogen, was das betrifft. Was aber weitaus bedeutsamer ist: Wenn stimmt, was der Notar sagt, dann hat Karsten Brodersen schon vor dem Wochenende von der Absicht des Alten gewusst, ihn wegen seiner Homosexualität zu enterben. Der wird ihm das in seinem Wutanfall sicher vor der Wohnung auf offener Straße ins Gesicht geschleudert haben, oder was denken Sie, Nuri?«

Önal überlegte kurz. »Kein Zweifel, aber hieb- und stichfeste Beweise haben wir damit dennoch nicht. Es gab keine Spuren von ihm auf der Tatwaffe und nichts, was seine Anwesenheit zur fraglichen Zeit am Tatort beweisen würde.« Der Kommissar stockte kurz, als ihm offenbar etwas einfiel. »Wenn diese Mickymausfigur allerdings ihm gehört …«

»Das sollten wir ihn fragen, oder? Von den hessischen Kindern stammt sie jedenfalls nicht, das ist geklärt. Wir werden Karsten Brodersen klarmachen, dass uns eine DNA-Probe oder auch nur seine Fingerabdrücke Gewissheit über diese Frage bringen werden.«

»Ja, das könnte klappen.« Önal nickte.

»Versuchen müssen wir's. Er hatte ein starkes Motiv und, wie die Kollegen Hiesemann und Feld festgestellt haben, auch die Gelegenheit zur Tat. Er könnte ohne Weiteres in der Nacht zu Montag mit seinem Auto nach Estoft gefahren sein, das ist nicht mehr als eine Dreiviertelstunde von Rendsburg entfernt.«

»Und er hat für diese Zeit kein Alibi«, wiederholte Önal.

»Hatte zudem aber allen Grund, den Alten zu beseitigen!« Helene hob die Hände. »Ja, ich weiß, das ist alles noch etwas dünn, aber denken Sie auch daran, dass er der Einzige aus der Familie war, der mir zunächst weismachen wollte, sein Vater hätte Selbstmord begangen – aus Verzweiflung über seine finanzielle Lage. Als Täter hätte Karsten natürlich Interesse an dieser Version. Er konnte ja nicht wissen, dass Sie sofort den Gerichtsmediziner hinzugezogen haben. Was gut war.«

»Mir kam die Auffindesituation irgendwie sonderbar vor. Ein Gefühl nur, weiter nichts«, wiegelte Önal ab.

»Der Tod des Alten hätte vielleicht auch als Selbstmord durchgehen können, wenn Sie nicht misstrauisch geworden wären. Es wäre nicht das erste Mal gewesen, dass so was passiert. Wir können hier sitzen und hoffen, dass sich noch irgendein forensischer Beweis findet, oder aber wir nehmen uns Karsten Brodersen vor. Was wir brauchen, ist sein Geständnis, sonst …«

Önal stand auf. »Dann versuchen wir es. Holen wir ihn her.«

21

Neonleuchten an der Decke tauchten den fensterlosen Verhörraum in kaltes Licht. Keine Möbel standen an den leeren weißen Wänden. Nirgendwo hing ein Bild, nicht einmal ein Foto oder ein Plakat. Mitten im Raum gab es einen Tisch mit Metallbeinen, auf dem ein Aufzeichnungsgerät und zwei Mikrofone standen. Davor wartete ein einfacher Metallstuhl, dessen Sitzfläche mit glattem grauem Kunstleder bezogen war, geduldig auf den nächsten Delinquenten, der hier verhört werden sollte. Die drei Stühle auf der gegenüberliegenden Seite sahen nur wenig bequemer aus.

Helene hasste diesen Ort. Jedes Mal, wenn sie zur Tür hineinkam, überlief sie ein Frösteln. Sie kannte kein anderes Zimmer, das dermaßen abweisend wirkte. Alles hier strahlte Kälte aus. Was natürlich beabsichtigt war.

Jetzt saß Karsten Brodersen auf dem unbequemen Stuhl, hatte die Arme schützend vor der Brust verschränkt, während sein Blick unstet durch den Raum fuhr. Zwischendurch starrte er die beiden Kriminalbeamten fassungslos an, als könne er einfach nicht begreifen, was ihm gerade widerfuhr.

»Ich kann nur hoffen, dass diese Aktion zum Erfolg führt«, hatte der Staatsanwalt gesagt, als Helene ihn bat, eine Ladung zur Vernehmung nach § 51 Strafprozessordnung auszustellen. Nur dann nämlich wäre sie berechtigt, das durchzuziehen, was sie vorhatte. Die wenigsten Leute wussten, dass niemand, der von der Polizei als Zeuge vorgeladen wurde, dem Folge leisten musste, dass eine Ladung nur verbindlich war, wenn sie von der Staatsanwaltschaft oder vom Gericht erfolgte. Aber wenn es zu einem Prozess käme, wäre die Aktion, den Mann ohne einen Haftbefehl, aber mit viel Tamtam für eine Vernehmung als Zeuge von der Arbeit zu holen, ein gefundenes Fressen für jeden Verteidiger.

Sie hatten Karsten Brodersen, wie vermutet, bei der Ernte angetroffen. Auf dem großen neuen Schlepper hatte er gesessen, der vor Ennos Tod allein dem Altbauern vorbehalten gewesen war. Gekonnt hatte der Landwirtschaftsstudent sein Gespann mit angepasstem Tempo neben dem Mähdrescher in der Spur gehalten, während dieser die Körner wie flüssigen Brei aus einem langen Rüssel mit dickem Strahl in einen der hochbordigen Anhänger spie.

Als beide voll waren und das Gespann über die Stoppeln des abgeernteten Kornfelds auf den Weg rollte, hatte Kommissar Önal dem jungen Mann auf dem Trecker das Zeichen zum Anhalten und Absteigen gegeben.

»Karsten Brodersen«, hatte Oberkommissarin Christ ihr Sprüchlein aufgesagt, während sie mit dem Dokument wedelte, »Sie werden von der Staatsanwaltschaft vorgeladen, um zum Tötungsdelikt an Enno Brodersen auszusagen. Wir haben den Auftrag, Sie unverzüglich in der Polizeidirektion Flensburg zu vernehmen. Kommen Sie bitte mit.«

Noch jetzt sah Helene den Ausdruck in Karstens Augen

vor sich. Es war derselbe wie jetzt, stellte sie fest, als sie zu ihm hinsah: Panik. Sein weiches Gesicht war leichenblass. Unruhig rutschte er auf dem Stuhl herum, sein Blick blieb immer wieder kurz auf einer der beiden Personen hängen, die ihm gegenübersaßen, schweifte aber ab, um sich dann für längere Zeit zu senken, bevor die Augen erneut ihre rastlose Wanderung aufnahmen.

»Haben Sie verstanden, dass Sie auf Vorladung der Staatsanwaltschaft als Zeuge vernommen werden?«, eröffnete Helene das Verhör.

Sein »Ja« klang wie ein Krächzen. Er sah angestrengt auf den Boden vor seinen Füßen und murmelte kaum hörbar: »Sie sagten vorhin ›Tötungsdelikt‹. Dann steht jetzt also fest, dass es kein Selbstmord war?«

Entweder war das eine überaus gerissene Frage oder Brodersen war total naiv, schoss es Helene durch den Kopf. Es gab allerdings noch eine weitere Alternative, gestand sie sich ein, die sie aber verdrängte.

»Ich habe meinen Vater nicht getötet!«, rief Brodersen laut, und Helene erkannte auf einmal Tränen in seinen Augen.

»Das wird Ihnen auch nicht vorgeworfen, noch nicht«, erklärte Kommissar Önal. »Im Moment sitzen Sie hier als Zeuge. Bitte beruhigen Sie sich also, wir müssen Ihnen nur ein paar Fragen stellen. Im Gegensatz zu einem Beschuldigten haben Sie die Pflicht, die Wahrheit zu sagen, es sei denn, Sie belasten sich damit selbst. Haben Sie das verstanden?«

Karsten Brodersen nickte.

»Bitte sagen Sie etwas ins Mikrofon«, forderte Helene ihn auf.

Nachdem der junge Mann laut sein »Ja« nachgeholt hatte, machte Önal mit der Aufnahme der Personalien weiter.

Dann übernahm Helene wieder und kam sofort auf den Punkt. »Sehen Sie mal, was ich hier habe«, sagte sie, holte einen durchsichtigen Asservatenbeutel unter dem Tisch hervor und legte ihn vor Brodersen auf die Platte. »Das gehört doch Ihnen«, behauptete sie und sah aus den Augenwinkeln, wie Nuri Önal leicht zusammenzuckte. »Schauen Sie hin, Herr Brodersen! Erkennen Sie die kleine Mickymaus?«

Es ging viel besser, als sie zu hoffen gewagt hätte.

Er warf einen überraschten Blick auf das Figürchen und fragte: »Wo haben sie die denn gefunden?«

»Neben der Leiche Ihres Vaters. Dort haben Sie sie ja schließlich verloren.« Lauernd schob sie nach: »Es ist also Ihr Anhänger? Sie erkennen ihn wieder?«

»Ja doch, natürlich. Den hatte ich an meinem Schlüssel-bund hängen. Warten Sie …« Er fuhr sich in die Hosenta-sche und holte einen Metallring heraus, an dem zwei Sicher-heits- und ein Autoschlüssel hingen. »Sehen Sie den kleinen Haken an dem Ring? Da hat die Mickymaus gehangen.«

»Gut, dass Sie das gleich zugeben«, versetzte Önal trocken.

»Wieso ›zugeben‹? Was wollen Sie damit sagen?«, fuhr Brodersen alarmiert auf. Offenbar begriff er gerade, dass alles in die falsche Richtung lief. »Ich habe schon vor längerer Zeit bemerkt, dass das Ding abgegangen war, hatte aber keine Ahnung, wo ich es verloren haben könnte.«

»Nun, die Frage nach dem ›wo‹ ist geklärt. Wie und wann soll die Figur an den Tatort gekommen sein, wenn nicht durch Sie am Tag der Tat?«

»Keine Ahnung.« Verzweifelt rang der junge Mann die Hände. »Ich muss sie schon früher in der Feldmark verloren haben, anders kann es nicht gewesen sein.«

»Früher? Sie sagten doch, Sie hätten die Mickymaus ›vor längerer Zeit‹ verloren«, hakte Kommissar Önal nach. »Wann war das genau? Können Sie das präziser eingrenzen?«

Brodersen stöhnte. »Du lieber Himmel, wer merkt sich so was denn? Da fällt eine wertlose Plastikfigur vom Schlüssel-bund ab, na und? Irgendwann bemerkt man es, vergisst es aber sofort wieder.«

»Na gut«, beruhigte Helene Christ ihn. »Auf jeden Fall müssen Sie in der Nähe des Ortes gewesen sein, an dem Ihr Vater erschossen wurde, als Sie den Anhänger verloren haben, oder?«

»Wenn Sie es sagen«, erwiderte Karsten Brodersen matt. »Ich war im letzten Monat ein paarmal auf dem Hof – nur für ein oder zwei Tage –, wenn sie meine Hilfe brauchten. Vielleicht ...« Er stockte und schlug sich mit der Hand klatschend an die Stirn »Na klar, so muss es gewesen sein! Ich bin selbstverständlich auch auf den Feldern gewesen, um nach dem Getreide zu sehen, manchmal mit meinem eigenen Auto. Da muss ich die Mickymaus verloren haben.«

»Und zwar zufällig an der Stelle, wo wenig später Ihr Vater ermordet wurde?«, fragte Önal und lachte gequält auf. »Schöne Geschichte, Herr Brodersen, aber nicht sonderlich glaubwürdig, fürchte ich.«

Der junge Mann sackte in sich zusammen und schüttelte schweigend den Kopf.

Helene setzte nach: »Vor seinem gewaltsamen Tod hat Ihr Vater Ihnen gesagt, dass Sie enterbt werden. Sie haben mich also bei unserem ersten Gespräch angelogen. Warum?«

Brodersen schlug die Hände vors Gesicht. Sein Körper bebte. »Ich wollte nicht ... Sie sollten nicht erfahren, was sich da abgespielt hat. Ich meine vor meiner Wohnung, als er uns ... also, als er ...«

»Ihr Vater hat Sie und Ihren Partner am vergangenen Donnerstag beobachtet«, stellte Nuri Önal ruhig fest.

Brodersen nickte nur.

»Er ist nach Rendsburg gekommen und hat gesehen, wie Sie einen Mann geküsst haben. Da hat er Sie völlig außer sich zur Rede gestellt. Und Sie haben ihm endlich gesagt, dass Sie homosexuell sind, richtig?«

»Das wissen Sie alles?«, fragte Karsten Brodersen erstaunt. Ohne die Antwort abzuwarten, richtete er sich auf seinem

Stuhl auf, und seine Stimme klang trotzig, als er sagte: »Ja, genauso war es!«

»Ihr Vater wusste vorher nichts von Ihrer sexuellen Orientierung?«

»Sie haben ja keine Ahnung, wie das ist auf dem Land, in so einem Kaff.« Brodersen stieß einen verächtlichen Laut aus. »Da werden Schwule nicht geduldet, jedenfalls nicht in einer der alteingesessenen Familien. Da muss man sich verstellen, wenn man so ist wie ich, sein Leben lang, und am besten noch selbst am Stammtisch deftige Schwulenwitze reißen.« Er hob kurz die Hände. »Was wissen *Sie* schon …«

»Nun, wir wissen zum Beispiel, dass Ihr Vater auf gar keinen Fall von Ihrer Veranlagung erfahren durfte. Sie ahnten allzu gut, was dann geschehen würde. Er verabscheute Homosexualität und hätte sie bei seinem einzigen Sohn und Hoferben niemals geduldet, stimmt's?«

Wieder nickte der junge Mann. »Er war in seiner Ablehnung noch schlimmer als die restlichen Dörfler.« Brodersens Augen waren nun trocken, und auch sein Gesichtsausdruck hatte sich geändert. Er schien sich entschlossen zu haben, wozu auch immer.

»Er hat Ihnen in Rendsburg schlimme Beleidigungen ins Gesicht gebrüllt, nicht wahr?«, hakte Helene nach. »Und unmissverständlich angekündigt, zum Notar zu gehen, um Sie zu enterben, wie er das schon mit seiner Tochter gemacht hatte.«

»Das konnten Sie natürlich nicht zulassen«, fuhr Kommissar Önal fort. »Sie hätten den Hof verloren, nur Ihr Pflichtteil wäre Ihnen geblieben.« Er lehnte sich vor, musterte sein Gegenüber scharf und fuhr fort: »Also sind Sie in der Nacht von Sonntag auf Montag nach Estoft gefahren, haben sich in der Nähe Ihres Elternhauses auf die Lauer gelegt und beobachtet, wie Ihr Vater frühmorgens mit seinem Gewehr aus dem Haus kam. Er ist zu Fuß über die Feldwege gelaufen, und Sie sind ihm heimlich gefolgt. Bis zu dem kleinen Kiefernwäldchen an der Grenze seiner Ländereien. Dort haben Sie ihn überrascht, ihm das Gewehr entrissen und ihn aus nächster Nähe erschossen. So war's doch, Herr Brodersen, oder? Geben Sie es einfach zu, dann haben Sie Ruhe.«

»Nein, das stimmt alles nicht, was Sie sagen! Kein Wort davon ist wahr!« Schrille Schreie waren das, die im Raum widerhallten.

»Nein? Vielleicht haben Sie sogar recht«, kam es kalt von Nuri Önal. »Sie sind viel zu schwach, um eine solche Tat allein durchzuziehen, stimmt's? Jetzt wird mir alles klar: Ihr Geliebter hat das für Sie erledigt! Oder Sie haben gemeinsam einen Plan ausgeheckt, wie Sie den Alten daran hindern, Ihnen die Erbschaft wegzunehmen. Sie sind zusammen nach Estoft gefahren, haben Ihrem Vater aufgelauert und schon waren Sie Ihr Problem los.« Önal lehnte sich weit vor. »Schauen Sie mich an, Herr Brodersen! Sie konnten die Tat gar nicht allein durchziehen, nicht wahr? Den tödlichen Schuss hat Ihr Partner abgefeuert. Geben Sie es doch zu!«

Totenstille herrschte im Raum, eine ganze Minute lang. Auch die beiden Kriminalbeamten sagten kein Wort.

Dann straffte Karsten Brodersen sich, beugte sich weit vor, bis sein Gesicht dicht vor dem Mikrofon war, und sagte laut und klar: »Das ist nicht wahr. Ich habe meinen Vater nicht getötet. Und auch mein Freund Milko nicht. Wir haben nichts damit zu tun.«

»Eine eindrucksvolle Erklärung!«, erwiderte Önal abschätzig. »Aber wir glauben Ihnen kein Wort. Also noch mal von vorn …«

22

Erst am späten Nachmittag stieg Karsten Brodersen vor der Polizeidirektion Flensburg in einen neutralen Dienstwagen, der ihn genau dahin zurückbringen sollte, wo man ihn Stunden zuvor so dramatisch abgeholt hatte.

Zwei Stockwerke darüber stand Oberkommissarin Helene Christ nachdenklich am Fenster und wiederholte bedrückt die Frage, die sie heute schon einmal gestellt hatte: »Ist er unser Mann, Nuri?«

Önal antwortete nicht sofort, sondern blätterte in seinem archaischen Notizblock. Leise raschelnd, wurden die kleinen Zettel nacheinander hochgeschoben, während der Kommissar die Vermerke überflog, die er sich während der Vernehmung immer wieder gemacht hatte, obwohl diese natürlich von Anfang bis Ende mitgeschnitten worden war.

»Ich denke schon«, sagte der junge Kollege schließlich. »Aber das nützt uns nichts. Ein Geständnis haben wir nicht bekommen. Und allein das zählt, denn genug Beweise für einen Haftbefehl haben wir immer noch nicht.«

»Ich weiß«, gab Helene gedehnt zurück. »Es kann aber auch nicht Sinn der Sache sein, dass er gesteht, was er gar nicht …«

Sie führte den Satz nicht zu Ende. Schweigend starrte sie über die Masten im Hafen. Die Stille im Zimmer wurde plötzlich vom aufreizend fröhlich tutenden Horn des uralten Salondampfers *Alexandra* unterbrochen. Die Oberkommissarin schaute hinüber zu dem Flensburger Wahrzeichen, das gewaltige Rauchwolken ausstieß, während es sich gemächlich von seinem Liegeplatz löste.

»Damit haben Sie sich Ihre Frage schon selbst beantwortet, Frau Christ, oder? Sie zweifeln ernsthaft daran, dass er der Täter ist. Warum eigentlich? Er hat sein Motiv doch eben eindrucksvoll bestätigt. Denken Sie nur an das Testament! Wir kennen die gültige Fassung: Der Sohn erbt den Hof mit allem Drum und Dran. Die Witwe hat ein lebenslanges Wohnrecht im Haus und die Tochter kriegt nichts außer ihrem Pflichtanteil. Und dass die Ländereien einen erheblichen Verkehrswert darstellen, hat uns die Bank gerade mitgeteilt. Der Erbe ist ein reicher Mann, wenn er die Filetstücke verkauft, vor allem das Bauerwartungsland an der Küste – trotz der Schulden, die noch zu tilgen wären.«

Ein stärkeres Motiv als das Damoklesschwert einer Enterbung sei gar nicht vorstellbar, redete sich der junge Kommissar in Rage. Und außerdem sei da auch noch die völlig unglaubwürdige Geschichte, die Karsten Brodersen über den Verlust seines Schlüsselanhängers erzählt habe.

»Ach, die Mickymaus«, murmelte Helene. »Ist Ihnen aufgefallen, dass er nicht eine Sekunde gezögert hat zuzugeben, dass sie ihm gehört? Würde ein Mörder, der etwas am Tatort verloren hat, sich so verhalten? Er hätte einfach abstreiten können, das Ding jemals vorher gesehen zu haben.«

»Wir haben seine Fingerabdrücke und eine DNA-Probe genommen und ihm gesagt, dass wir die mit den Spuren, die wir auf dem Plastikfigürchen sichern konnten, vergleichen werden.«

»Ich weiß, aber ein Täter könnte durchaus annehmen, dass wir bluffen und gar keine verwertbaren Spuren auf dem Ding gefunden haben.« Helene ging zu ihrem Schreibtisch. »Sind die Proben schon unterwegs zum Labor?«

Önal nickte. »Klar. Bloß bringt uns das nach Brodersens Aussage in diesem Punkt natürlich nicht weiter. Egal ob er die Mickymaus vorher oder erst bei dem Mord verloren hat – seine Spuren sind auf jeden Fall drauf. Dieses Indiz ist aber im Grunde auch gar nicht so wichtig. Fest steht, dass Brodersen ein eindeutiges und überaus starkes Motiv hatte, mal ganz abgesehen davon, dass er nicht den Hauch eines Alibis für die Tatzeit vorweisen kann.«

Helene Christ setzte sich und verschränkte die Arme über dem Kopf. »Hm. Es stimmt alles, was Sie sagen, Nuri. Aber mir ist vorhin noch etwas klar geworden. Ist Ihnen aufgefallen, dass Brodersen durchaus ein anderes starkes Motiv hatte, mich anzulügen, was seine geplante Enterbung anging?«

Önal schaute sie überrascht an.

Die Oberkommissarin schloss für einen Moment die Augen, überlegte sich ihre nächsten Worte genau, dann sagte sie: »Da kommt ein Bauernsohn, den sich sein strenger, erzkonservativer Vater sehnlichst als Hoferben gewünscht hat, von niemandem mehr erwartet, als Nachzügler auf die Welt, wächst unter der gnadenlosen Repression des Alten heran, der ihm immer wieder schmerzhaft einbläut, was von ihm erwartet wird. Spätestens als er in die Pubertät kommt, stellt er zu seinem eigenen Entsetzen fest, dass er Männer liebt. Er will das lange nicht wahrhaben, startet vielleicht sogar ein paar sinnlose Versuche mit Mädchen, die alle katastrophal enden. Auch die strenggläubige Mutter ist ihm keine Hilfe, denn für sie ist gleichgeschlechtliche Liebe eine schwere Sünde. Niemand im Dorf darf mithin von seiner Veranlagung erfahren, also spielt er eine Rolle. Schlimmer noch, viel schlimmer: Er schämt sich für seine Homosexualität. Den Abscheu dagegen und somit gegen einen Teil seiner selbst hat er quasi mit der Muttermilch eingesogen. Das haftet ihm noch heute an. Es ist ihm nach wie vor peinlich, so zu sein, wie er ist. Welch ein Irrwitz!« Helene hielt es auf ihrem Sessel nicht aus, stand auf und wanderte wieder hinüber zum Fenster. »Okay, so weit, so traurig. Mitte zwanzig ist Karsten Brodersen nun, hat ein paar missglückte, todunglückliche Versuche hinter sich, fernab von zu Hause – am Wochenende in Hamburg oder auch im Urlaub auf Mallorca – mit jungen Männern zusammenzukommen, hat ein paar kurze

Affären, bei denen es ausschließlich um Sex geht. Dann beginnt er sein Studium in einer anderen Stadt, mietet eine kleine Wohnung, und wenige Wochen später läuft ihm ein Mann über den Weg, in den er sich unsterblich verliebt: Milko.« Sie wandte sich um. »Was hat er gesagt, wie sein Partner mit Nachnamen heißt?«

Die Blätter raschelten kurz, dann sagte Önal: »Novak. Milko Novak heißt er. Ein gebürtiger Kroate.«

Helene nickte. »Milko ist Karstens große Liebe. Natürlich darf niemand etwas von ihnen erfahren, sein Vater schon gar nicht. Der kommt aber, aus welchem Anlass auch immer, am letzten Donnerstag zu einem Kontrollbesuch nach Rendsburg – und der ganze Rest ist bekannt.« Mit drei großen Schritten trat sie dicht vor Önals Tisch, stützte ihre Hände auf die Platte und sagte mit eindringlicher Stimme: »Und dann wird der alte Despot ermordet, und wir halten den Sohn für den Täter, nicht zuletzt deshalb, weil er mich angelogen hat. Doch sein Motiv dafür war nicht der Mord, denn den hat er möglicherweise gar nicht begangen, sondern er wollte, wie er es immer getan hat, zwanghaft geradezu, seine Homosexualität vor aller Welt verstecken.«

Nuri Önal sah sie aus seinen dunklen Augen unverwandt an und sagte keinen Ton.

»Und noch was: Haben Sie bemerkt, dass er unsicher wurde, als wir ihn über seinen Partner ausgefragt haben? Zum Beispiel, als es darum ging, ob Novak in der Nacht von Sonntag auf Montag bei ihm gewesen sei – und vielleicht sogar noch am Montagvormittag?«

In Önals Ton schwang Skepsis mit, als er antwortete: »Klar habe ich das bemerkt, aber wenn Brodersen in der fraglichen Zeit zusammen mit seinem Partner zum Hof gefahren sein sollte, um den Alten umzubringen, wird er uns das wohl nicht auf die Nase binden. Also ist er ausgewichen, als wir wissen wollten, wie Novak eigentlich auf die Drohung des

Alten reagiert hat, seinen Geliebten zu enterben.« Der junge Kommissar blätterte noch einmal in seinem Block. »Tatsächlich wollte er uns eigentlich überhaupt nichts über seinen Freund erzählen. Erst als Sie ihm hart zugesetzt haben, rückte Brodersen endlich damit heraus, dass Novak früher mal Probleme miᵗ der Polizei hatte. Und behauptete, dass er Sie belogen habe, um Milko aus den Ermittlungen rauszuhalten. Das ist seine Version. Genauso gut könnte es aber auch ein Versuch zur Vertuschung der schlichten Tatsache gewesen sein, dass die beiden den Mord gemeinsam begangen haben.«

»Ich sage ja nicht, dass Sie falschliegen, Nuri, bloß gibt es eben auch andere Deutungen für seine Aussage.«

»›Deutungen‹, welch ein schönes Wort«, erwiderte Önal mit beißendem Sarkasmus in der Stimme. »Man könnte das, was wir im Moment hier treiben, auch ›Vermutungen‹ nennen. Oder sogar ›Spökenkiekerei‹. Man weiß nichts, spekuliert aber viel.« Ihm schien plötzlich etwas einzufallen. Mit einem Ruck blickte er auf und fragte: »Sagen Sie, wie kamen Sie eigentlich auf die Idee, Brodersen auf das Geld anzusprechen?«

»Ach, ich weiß auch nicht. Eine plötzliche Eingebung vielleicht. Wahrscheinlich spielt es keine Rolle, aber interessant ist es schon, dass er seinen Partner finanziell unterstützt.«

»Hin und wieder mal, sagte er. Keine großen Summen angeblich. Weil Milko doch im Moment eine Pechsträhne habe und arbeitslos sei. Ein bisschen naiv, oder?«

»Zweifellos. Oder sehr verliebt. Was oftmals zusammenfällt.« Helene richtete sich auf. »Es hilft nichts, Nuri, wir müssen weitergraben.«

»Bei Milko Novak?«

»Haargenau. Fangen Sie bitte schon mal an und checken Zentralregister, Fahndungslisten und so weiter. Bitte auch Europol, wer weiß, ob die Kollegen in Kroatien ihn vielleicht kennen. Ich bin gespannt, was wir erfahren werden. Und dann statten wir dem Mann einen Besuch ab.«

Önal hatte bereits seinen PC gestartet und begann, auf die Tasten zu hacken. »Schon dabei.«

»Ich gehe jetzt erst einmal nach Canossa.«

»Wohin gehen Sie?«, fragte ihr junger Kollege zerstreut, ohne vom Bildschirm aufzusehen.

»Zu Staatsanwalt Petersen. Er muss erfahren, dass wir trotz des ganzen Aufwands kein Geständnis bekommen haben. Das wird ihn nicht gerade in Begeisterung versetzen, fürchte ich. Er hat sich für diese Vorladung ziemlich weit aus dem Fenster gelehnt.«

23

»Novak ist mehrfach vorbestraft«, sagte Kommissar Nuri Önal und reichte seiner Chefin den Ausdruck. »Aber derzeit liegt nichts gegen ihn vor.«

Helene Christ überflog das Papier. »Hm. Ein notorischer Kleinkrimineller, scheint mir. Aber keine Gewaltverbrechen. Auch das Auto, das er nach Russland bringen wollte, hat er nicht selbst geklaut.«

»Mit zwanzig ist er nach Deutschland gekommen. Zunächst hatte er einen Arbeitsvertrag bei einem Autohändler in Hamburg. Vor einem Jahr ist er nach Rendsburg gezogen.«

»Wovon lebt er heute?«

Önal sah auf seinen Notizblock. »Seit vier Monaten bezieht er Arbeitslosengeld. Er hat die doppelte Staatsbürgerschaft, weil seine Mutter Deutsche ist.«

»Wie angenehm für ihn. Aber mal ehrlich, Nuri: Bringt uns das alles weiter?«

»Brodersen und Novak können die Tat sehr wohl zusammen begangen haben. Das ist für mich im Augenblick sogar die heißeste Spur. Karsten Brodersens Verhalten und seine Aussagen würden genau dazu passen.«

»Wir werden Novak zunächst ebenfalls nur als Zeuge befragen können. Trotzdem müssen wir Druck machen. Ich will wissen, wie er die Szene erlebt hat, die Enno Brodersen seinem Sohn und ihm am letzten Donnerstag machte. Und was er danach tat. Vor allem soll er uns sagen, ob er über ein Alibi für die Tatzeit verfügt.«

»Vielleicht hat Novak die Sache sogar allein in die Hand genommen und ...« Nuri Önal brach ab und schüttelte den Kopf. »Lassen wir das. Bisher sind das alles nur wüste Spekulationen. Dennoch: Wir müssen Brodersens Freund kennenlernen, um uns ein Bild von ihm zu machen. Er spielt in diesem Fall eine entscheidende Rolle, da bin ich inzwischen sicher.«

Es klopfte und sofort danach wurde die Tür aufgerissen. Herein traten Hiesemann und Feld.

»Sind wir zu früh?«, fragte Hiesemann grinsend.

»Kann man so nicht sagen, meine Herren, Sie sind bloß überpünktlich.« Helene sah auf ihre Armbanduhr. »Fünf Minuten vor der Zeit ist des Beamten Pünktlichkeit.‹« Sie zeigte auf den Konferenztisch. »Nehmen Sie gern schon Platz. Die anderen werden jeden Moment eintreffen.«

»Na, dann holen wir uns noch schnell einen Kaffee aus dem Automaten«, erklärte Feld und verließ mit seinem Kollegen den Raum wieder.

»Sie wissen, dass man die beiden hier im Hause ›Dick und Doof‹ nennt, Frau Christ?«, fragte Önal lächelnd.

»Das ist mir nicht verborgen geblieben. Ein wahrhaft seltsames Gespann. Aber egal, ich möchte nicht auf die Erfahrung von Stan und Ollie verzichten müssen.«

Die zweite große Runde der Mordkommission im Fall Enno Brodersen startete mit ein paar Minuten Verspätung.

Wieder lag es am Staatsanwalt, der sich diesmal damit entschuldigte, dass ein überaus hartnäckiger Journalist ihn aufgehalten habe.

»Wieso sprechen denn Sie nicht einmal mit ihm, Frau Christ?«, wandte Petersen sich mit vorwurfsvollem Blick an Helene. »Sie könnten ihm gewiss ein bisschen entgegenkommen, was Ihre Auskunftsbereitschaft anbelangt.«

»Hat er sich bei Ihnen beschwert?«

»Na ja, er war schon etwas frustriert, weil Sie ihn angeblich stets ziemlich schroff abblitzen lassen.«

»Soweit mir bekannt ist, Herr Staatsanwalt, koordiniert Ihr Büro die öffentliche Kommunikation zusammen mit unserer Pressestelle und die wiederum mit der sogenannten Informationssteuerung im Landespolizeiamt Kiel. Dortselbst betreibt ja Hauptkommissarin Brennecke ihr segensreiches Werk. Und die legt meines Wissens gesteigerten Wert darauf, die Fäden der Öffentlichkeitsarbeit in der Hand zu behalten.«

Petersen verzog das Gesicht, gab aber keinen Kommentar ab.

»Dieser Jacobi ist einfach lästig mit seiner Sensationslust, seit Jahren schon.« Helene hob kurz die Hände. »Aber ich räume ein: Vielleicht hängt hier auch noch etwas von der alten Animosität zwischen ihm und Hauptkommissar Schimmel in der Luft.«

»Dann lüften Sie doch einfach mal durch«, schlug der Staatsanwalt vor.

Touché, gestand sich Helene ein. »Ich werde mich bessern«, versprach sie.

»Na denn, lassen Sie uns anfangen«, sagte Petersen.

Helene berichtete über die Erkenntnisse aus der Vernehmung Karsten Brodersens und gab auch die Überlegungen wieder, die Önal und sie zu Milko Novak angestellt hatten.

»Scheint mir eine recht schillernde Figur zu sein, der Bursche«, sagte der Staatsanwalt. »Kommt er vielleicht sogar als Täter oder wenigstens als Komplize infrage? Genügend kriminelle Energie hat er ja bewiesen, wenn ich höre, was Sie über ihn herausgefunden haben.«

»Wir werden morgen nach Rendsburg fahren und ihm gehörig auf den Zahn fühlen. Könnte tatsächlich sein, dass sich neue Ansatzpunkte ergeben, was die Täterfrage angeht.«

»Scheidet der Sohn denn aus Ihrer Sicht nun definitiv als Mörder aus?«, wollte Petersen wissen.

»Keineswegs. Sein Motiv ist naheliegend, geradezu zwingend, und er hat kein Alibi. Aber ohne ein Geständnis kommen wir nicht weiter. Und das haben wir leider nicht.«

»Ist mir bekannt«, knurrte der Staatsanwalt frustriert.

»Ich weiß. Hab's auch nur noch einmal gesagt, damit alle hier Bescheid wissen. Um auf Ihre Frage zurückzukommen: Ja, Kommissar Önal und ich sind durchaus der Meinung, dass Karsten Brodersens Partner verdächtig ist. Sogar eine Gemeinschaftstat der beiden ist nicht auszuschließen. Aber bisher sind das nur Vermutungen. Mal sehen, was Novaks Befragung zutage fördert.«

»Das hört sich noch nicht gut an«, murrte Petersen. »Sie müssen unbedingt Licht ins Dunkel bringen, Frau Christ. Haben wir denn wirklich keinerlei handfeste Beweise? Keine Spuren, die uns weiterbrächten?«

Helene wandte sich an Oberkommissar Nissen. »Wie sieht es aus, Kay? Gibt es von der KTU etwas Neues?«

»Nichts, was uns wirklich voranbringt, fürchte ich«, begann der Kriminaltechniker. »Das Wichtigste zuerst: Auch bei der gründlichen Laboranalyse fanden sich keine verwertbaren Spuren auf der Tatwaffe, die nicht vom Opfer selbst stammen. Und natürlich die Reste von Talkum und Gummi, die ich nach der ersten Inaugenscheinnahme des Labors schon erwähnte. Da hat jemand die Büchse mit billigen Haushaltshandschuhen angefasst, das steht fest.«

»Derjenige, der den Bauern erschossen hat, nehme ich an«, meinte Feld.

Hiesemann ergänzte: »Wer sonst? Wie war eigentlich das Magazin aufmunitioniert, das in der Waffe steckte? Wie viele Patronen waren drin?«

Nissen antwortete: »Ursprünglich drei. Mehr sind nach den gesetzlichen Vorschriften für die Jagd nicht erlaubt. Ein Schuss wurde abgegeben, wie wir wissen. Das transportierte die nächste Patrone ins Patronenlager der Waffe, weil es sich um ein halbautomatisches Jagdgewehr handelt. Die dritte befand sich noch im Magazin.«

»Und was schließen Sie daraus, Herr Nissen?«, fragte Petersen.

»Nichts, Herr Staatsanwalt. Außer dass Brodersen eben auf die Jagd gehen wollte und ihm jemand irgendwie sein Gewehr entwendete und ihn damit erschoss. Jemand, der Gummihandschuhe trug.«

Stille.

Eine Zeit lang sprach niemand.

Verdammt, da stimmt doch etwas nicht, schoss es Helene durch den Kopf, aber ihr wollte partout nicht einfallen, was sie gerade stutzig gemacht hatte.

»Fahr bitte fort, Kay.«

»Auch was mögliche andere Spuren angeht, gibt es nichts Besonderes zu sagen: Alle Reifenspuren auf dem Feldweg neben dem Fundort der Leiche stammen von den beiden Treckern der Brodersens. Fußabdrücke am Tatort selbst waren nicht zu sichern. Der Boden ist seit Tagen knochentrocken und inzwischen steinhart.«

»Danke«, sagte Helene und brachte noch kurz den kleinen Schlüsselanhänger zur Sprache, den man am Tatort gefunden hatte. »Obwohl die KTU darauf durchaus verwertbare Fingerabdruckfragmente Karsten Brodersens hat sichern können, ist auch diese Spur als Beweis nichts wert, weil der Verdächtige sofort und ohne Umschweife eingeräumt hat, dass es sein Figürchen ist. Wir können einfach nicht nachweisen, dass er den Anhänger nicht tatsächlich schon vor dem Tattag dort verloren hat, wie er behauptet.«

»Kann denn jemand bezeugen, dass er die Gelegenheit dazu hatte?«, hakte der Staatsanwalt nach. »Stimmt es überhaupt, dass er in den Tagen zuvor auf dem Hof und in den Feldern gewesen ist?«

»Wir müssen noch mit diesem Tomasz … äh, Sowieso sprechen, dem landwirtschaftlichen Arbeiter auf dem Brodersen-Hof. Der kann uns vielleicht sagen, was es mit der mysteriösen Verletzung auf sich hat, die sich seine Chefin angeblich im Kuhstall zuzog. Ich glaube nämlich ihre Version dieser Geschichte nicht. Und wenn Karsten Brodersen kurz vor dem besagten Montag schon einige Male auf dem Hof gewesen ist und Kontrollfahrten auf den Äckern unternommen hat, wird dieser Tomasz das sicher wissen.« Helene sah Staatsanwalt Petersen direkt an. »Kommissar Önal und ich fahren nachher noch einmal nach Estoft. Wir müssen unbedingt versuchen, an die Witwe heranzukommen und die Mauer des Schweigens zu überwinden, die sie errichtet hat. Sie weiß mehr, als sie bisher preisgegeben hat. Ich werde den Eindruck nicht los, dass sie zumindest ahnt, wer ihren Mann getötet haben könnte.«

»Hm. Was haben eigentlich die Nachforschungen über die finanzielle Lage des Betriebs ergeben?«

»Okay, Kollegen, Ihr Auftritt!«, sagte Helene lächelnd in Richtung Hiesemann und Feld. »Die Kontoauszüge der Ostseebank liegen bereits vor. Und auch die Grundbuchauszüge des Katasteramts.« Sie wühlte in dem Papierberg, der sich vor ihr auftürmte, zog einige Dokumente heraus und schob sie Petersen hinüber.

»Sie sehen ja selbst, Herr Staatsanwalt, dass zwei Hypotheken eingetragen sind«, sagte Hiesemann.

Feld ergänzte nahtlos: »Als Sicherheit für das Darlehen, das Brodersen vor drei Jahren für den Bau des hochmodernen Stalls aufgenommen hat.«

»Das wäre kein großes Problem, denn der Wert des Gebäudes und der nagelneuen Melkstände darin ist höher als die Kreditsumme.«

»Aber da sind eben noch andere Schulden. Über einhundertfünfzigtausend Euro«, führte Feld den Vortrag fort. »Und die sind das Ergebnis der schlechten wirtschaftlichen Entwicklung des Betriebes in den letzten Jahren, hat uns der Banker gesagt.«

Hiesemann ergänzte: »Die Bank hat Brodersen mehrmals aufgefordert, eine weitere Hypothek als Sicherheit eintragen zu lassen, aber er hat nicht reagiert. Man hat ihm kurz vor seinem Tod eine letzte Frist gesetzt, sonst würde man die Kredite kündigen und die gesamte Summe zur sofortigen Rückzahlung stellen.«

»Wäre er dann bankrott gewesen?«, hakte der Staatsanwalt nach.

»O nein, keineswegs. Der Grundbesitz ist ein Vielfaches wert«, erwiderte Helene, die das Gutachten der Ostseebank natürlich gelesen hatte. »Wenn Haus und Hof mit dem dazugehörigen Land verkauft würden, blieben selbst nach Tilgung aller Schulden etwa eineinhalb Millionen Euro übrig. Und mindestens einen Interessenten gäbe es, der sofort zuschlagen würde, wenn er die Gelegenheit zum Kauf der Ländereien erhielte.«

»Hauke Dierksen heißt er«, schaltete sich Kommissar Önal ein. »Ein sehr erfolgreicher Großbauer, der eine Art industrielle Landwirtschaft betreibt. Enno Brodersen und er waren seit Jugendzeiten verfeindet.«

»Aha«, sagte Petersen und sah Önal nachdenklich an. »Wenn das so ist, dann stehen in riesigen Lettern zwei Wörter vor mir: ›Enterbung‹ und ›Motiv‹!«

»Vor mir auch«, kommentierte Helene trocken. »An Mordmotiven herrscht allerdings sowieso kein Mangel im Umfeld des Opfers. Nützt aber nichts, so ganz ohne Beweise.«

24

Spät war es geworden, der Horizont über dem weiten Land im Westen färbte sich bereits violett, als Helene Christ und Nuri Önal auf die Zufahrt zum Brodersen-Hof einbogen. Als sie aus dem Dienstwagen stiegen, bemerkte die Oberkommissarin eine Bewegung im Inneren der Scheune zu ihrer Linken, deren Tore weit offen standen. Sie versuchte, im Halbdunkel zwischen den abgestellten landwirtschaftlichen Maschinen und Geräten etwas zu erkennen, doch nichts rührte sich mehr.

»Lassen Sie uns einfach hineingehen«, sagte Helene leise zu Önal. »Mal sehen, wer sich da vor uns verbergen will.«

Sie standen schon ziemlich tief in dem hallenartigen Bau, als Karsten Brodersen plötzlich hinter einem Häcksler hervortrat.

»Guten Abend, Herr Brodersen«, rief ihm Helene entgegen. »Sie sind gar nicht mehr auf den Feldern?«

»Wir sind mit dem Weizen durch«, antwortete der junge Mann. »Und das, obwohl Sie mich stundenlang von der Arbeit abgehalten haben.« Trotzig klang das, wenn auch kaum angriffslustig.

Helene sah, dass es ihm nicht gut ging. Die Blässe in seinem schmalen Gesicht hatte sich verstärkt, und scharf zeichneten sich die Wangenknochen unter der Haut ab. Er konnte seine Hände nicht ruhig halten, wischte sie immer wieder zwanghaft an seiner staubigen Jeans ab.

»Ich hoffe, Sie wollen mir nicht schon wieder etwas unterstellen, was ich nicht getan habe.«

»Interessante Bemerkung von jemandem, der genau weiß, dass er ganz oben auf der Liste der Mordverdächtigen steht«, knurrte Kommissar Önal. »Noch fehlt uns der letzte Beweis, nur deshalb dürfen Sie überhaupt frei herumlaufen. Das kann sich aber sehr schnell ändern. Wir arbeiten dran.«

Brodersen zuckte bei diesen Worten zurück und senkte kurz den Kopf. Als er Helene wieder ansah, lag so viel Verzweiflung in seinem Blick, dass sie spontan Mitleid mit ihm empfand. Nuri Önal war manchmal fast so brüsk wie der Graue.

»Bleiben Sie denn in nächster Zeit hier auf dem Hof?«, fragte sie daher in einem Ton, der locker und freundlich klingen sollte.

»Ich fahre nachher nach Rendsburg«, antwortete Brodersen. »In meinem eigenen Bett kann ich besser schlafen«, meinte er, zur Erklärung hinzufügen zu müssen. »Aber bis auf Weiteres bin ich natürlich hier, solange noch Semesterferien sind.«

»Na klar«, sagte Önal und zog einen Mundwinkel spöttisch hoch. »Sie sind ja jetzt der Herr auf dem Hof, nicht wahr?«

Karsten Brodersen sog scharf die Luft ein. »Was wollen Sie damit sagen?«

»Der Notar wird Ihnen doch sicher bereits mitgeteilt haben, dass Sie bald ein ziemlich wohlhabender Mann sein werden – wenn Sie das nicht schon vorher wussten.« Gedehnt fügte der Kommissar hinzu: »Allerdings kann niemand etwas von demjenigen erben, den er ermordet hat, da sind unsere Gesetze leider streng.«

Der Sarkasmus wollte bei Helene nicht recht ankommen, obwohl sie selbst eine Schwäche für solche spitzen Formulierungen hatte. Zu sehr litt sie mit dem jungen Mann mit, der ihnen da gegenüberstand und völlig in sich zusammengesunken war. Das Wort ›gebrochen‹ kam ihr in den Sinn.

»Wie dem auch sei«, sagte sie. »Ich möchte noch einmal mit Ihrer Mutter sprechen, Herr Brodersen. Und ist Tomasz auch in der Nähe? Kommissar Önal will ihm ein paar Fragen stellen. Äh, wie heißt der Mann eigentlich mit Nachnamen?«

»Drewczynski. Ziemlich kompliziert. Alle nennen ihn nur Tomasz. Er ist drüben im neuen Stall beim Melken«, sagte Brodersen und warf Önal einen bösen Blick zu. »Und Mutter finden Sie im Haus. Rina ist bei ihr.« Er straffte sich plötzlich und erklärte: »Ich werde Sie hineinbegleiten, Frau Christ, wenn Sie nichts dagegen haben.«

»Gern«, erwiderte Helene freundlich und wandte sich an ihren Kollegen: »Dann stöbern Sie Herrn Drewyzi... also diesen Tomasz doch bitte auf, Nuri. Die Befragung wird ja nicht allzu lange dauern.«

Damit verließ sie die Scheune, trat hinaus in die Abenddämmerung und ging hinüber zum Wohnhaus. Karsten folgte ihr mit gesenktem Kopf.

Rina Brodersen kam aus der Küche, als ihr Bruder und die Kriminalbeamtin plötzlich im Flur standen. »Nanu, Frau Kommissarin, was führt Sie denn schon wieder hierher?«

»Das können Sie sich doch denken, oder? Es wundert mich, dass Sie überhaupt fragen. Der Mord an Ihrem Vater ist nach wie vor nicht aufgeklärt.«

»Aber wie ... ich meine, Sie haben doch schon ...« Sie verstummte verlegen.

»Die Polizei sucht den Mörder nur hier bei uns, Rina«, sagte ihr Bruder und lachte gekünstelt auf. »Warum auch immer.«

»Keineswegs, Herr Brodersen«, gab Helene zurück. »Sie können sicher sein, dass wir auch in andere Richtungen ermitteln.« Schon wieder diese ausgeleierte Floskel, fiel ihr auf. »Ich möchte mit Ihrer Mutter sprechen. Und erzählen Sie mir bitte nicht, ihr ginge es so schlecht, dass sie keinen Besuch empfangen könne.«

»Das ist aber so«, warf sich Rina in die Bresche.

»Na schön, dann werde ich Ihre Mutter in die Polizeidirektion nach Flensburg vorladen müssen. Schade, ich dachte eigentlich, das sollte man ihr ersparen.«

Rina zuckte resigniert mit den Schultern. »Dann kommen Sie schon, bringen wir es hinter uns.«

»Ich spreche allein mit ihr, um das gleich klarzustellen.«

»Aber …«

»Ihre Mutter macht eine schwere Zeit durch, das ist mir bewusst. Aber sie ist eine mündige Frau. Ich werde Rücksicht nehmen, da seien Sie beruhigt. Ist sie in der Stube?«

»Ich bringe Sie hin.«

Die Atmosphäre in diesem Zimmer war dieselbe wie bei ihrem letzten Besuch, das spürte Helene sofort, als sie in dem großen Plüschsessel Platz genommen und Rina nach einem kurzen Wortwechsel mit ihrer Mutter hinausgegangen war. Nur dunkler war es jetzt, weil am Abend noch weniger Licht durch die Lücken zwischen den fast geschlossenen Vorhängen hereinfiel.

Als hätte sie sich in der Zwischenzeit nicht von der Stelle bewegt, saß die Witwe in ihrem tiefen Sessel, die ledergebundene Bibel auf dem Schoß, und sah ihre Besucherin schweigend an.

Helene räusperte sich. »Frau Brodersen, ich möchte Sie noch einmal fragen …«

»Sie wollten Pastor Franke aushorchen«, stellte die alte Frau mit flacher Stimme fest.

»Nun, ich habe …«

»Aber das ist Ihnen nicht gelungen. Auch wenn Sie in Ihrer gottlosen Welt täglich mit Verrat zu tun haben, es gibt Menschen, die so etwas verabscheuen. Wahre Christen sind keine Denunzianten, das haben Sie ja nun erfahren.«

Helene schluckte. Welch eine Vorlage!

»Was hätte Herr Franke mir denn verraten können, wovor

Sie solche Angst haben, Frau Brodersen?« Sie beugte sich vor. »Ich sage es Ihnen: Sie wissen, wer Ihren Mann getötet hat, nicht wahr?«

»Ich habe nichts mit Ihnen zu besprechen.«

»O doch! Zum Beispiel, worum es bei dem fürchterlichen Streit mit Ihrem Ehemann ging, Sie wissen schon – am letzten Freitag.«

»Woher ... Ach, hat Rina Ihnen etwa davon erzählt?«

»Hat er Sie geschlagen? Die Wunde an Ihrem Hals ist noch nicht verheilt.«

Nun schlossen sich beide Hände so fest um das lederne Buch, dass die Finger weiß wurden, und Helene erschrak angesichts des feindseligen Blicks der Frau.

»Was fantasieren Sie da? Ich habe Ihnen doch gesagt, dass ich im Kuhstall gestürzt bin.«

»Ging es darum, dass Ihr Mann Ihnen eröffnet hat, was er über Karsten herausgefunden hatte? Und dass er ihn deswegen sofort enterben wollte? Sie als seine Mutter wussten doch sicher schon länger von der sexuellen Veranlagung Ihres Sohnes, nicht wahr?«

»Ich weiß nicht, wovon Sie reden!«

»Davon, dass Karsten homosexuell ist, rede ich. Er liebt Männer. Das kann doch für Sie nicht neu sein.«

Elke Brodersen hob erschrocken beide Hände und machte heftige Abwehrbewegungen, als wollte sie das Thema dadurch aus dem Raum vertreiben. »In diesem Haus wird über solche Abartigkeiten nicht gesprochen, merken Sie sich das.«

»Aha. Nun, das ist auch eine Antwort auf meine Frage«, stellte Helene trocken fest und setzte nach: »Ihr Mann jedoch hat es tatsächlich erst erfahren, als er Karsten mit seinem Partner in inniger Umarmung beobachtete. Und als die beiden sich küssten, hat er rotgesehen. Schon am nächsten Tag informierte er Sie darüber, dass er seinen Sohn enterben wollte. Sie haben ihm energisch widersprochen, haben versucht, es ihm auszureden, und da ist er wieder einmal ausgerastet. So war's doch, nicht wahr?«

Fasziniert sah Helene, wie die alte Frau auf einmal die Augen schloss. Gleichmäßig bewegten sich ihre Lippen, und wie eine kaum hörbare Litanei kamen monoton die Worte aus ihrem Mund: »Der Herr ist mein Hirte, mir wird nichts mangeln. Er weidet mich auf einer grünen Aue ...«

Ein Schaudern überlief die Oberkommissarin. Hier zog sich jemand langsam, aber sicher aus der realen Welt zurück.

»Was haben Sie eigentlich damals dazu gesagt, dass Ihr Mann Rina enterbt hat, nur weil sie jemanden liebt, den er nicht billigte?«

»... und ob ich schon wanderte im finstern Tal, fürchte ich kein Unglück, denn du bist bei mir ...«

»Gleich treffe ich Tomasz, der wird mir vielleicht sagen können, ob er Ihre Verletzung schon vor Montag bemerkt hat.«

Elke Brodersen bäumte sich auf. »Was fällt Ihnen ein, unser Personal ...« Ein Krächzen nur, das abrupt abbrach. »Verlassen Sie mein Haus!«

»Sehr bald wird das nicht mehr Ihr Haus sein, oder? Nach der Testamentseröffnung besitzen Sie nichts außer einem lebenslangen Wohnrecht. Ihr Sohn wird den Hof erben. Natürlich nur, falls er seinen Vater nicht getötet hat. Haben Sie ihr Kind vielleicht sogar zu der Tat angestiftet?«

»Das ist doch ...« Die Witwe stemmte ihren ausgemergelten Körper in die Höhe. »Rina!«, schrie sie. »Komm sofort wieder rein und wirf diese impertinente Person aus unserem Haus!«

»Warum wollen Sie mir nicht endlich helfen, den Mörder Ihres Mannes zu finden, Frau Brodersen?«

Die Tür wurde aufgerissen und die Tochter rannte herein, begleitet von ihrem Bruder. Sie kniete sich neben ihre Mutter, während Karsten sich schützend vor die alte Frau stellte.

Er drehte seinen Kopf mit einer unwirschen Bewegung zu Helene und sagte: »Das können Sie doch nicht machen, Frau Christ. So darf die Polizei nicht mit Menschen umgehen.«

Damit hatte er natürlich völlig recht. Helene war nicht stolz auf die scharfe Attacke, die sie gerade geritten hatte. Leider war nicht einmal etwas dabei herausgekommen. Ihr Blick ging zur Tür, wo Nuri Önal inzwischen Aufstellung genommen hatte und fragend zu ihr herübersah.

»Na gut. Wo ich Sie alle zusammenhabe – sozusagen fest vereint in eisernem Schweigen –, gibt es noch eine letzte Frage, und zwar an die Tochter des Hauses: Wieso haben Sie mir verschwiegen, dass Ihr Verlobter der Sohn des ärgsten Feindes Ihres Vaters ist?«

»Habe ich das nicht erwähnt?«, fragte Rina Brodersen sichtlich überrascht. »Es steckte keine Absicht dahinter. Ich dachte, Sie wüssten das.«

»Woher denn? Aber geschenkt. Viel interessanter ist die Frage, wieso Sie mir verschwiegen haben, dass Ihr Vater Sie enterbt hat!«

Während Rina sichtlich verlegen über eine Antwort nachdachte, ließ sich plötzlich die Mutter wieder hören. Ihre Stimme hatte an Kraft gewonnen. Vielleicht die segensreiche Wirkung des dreiundzwanzigsten Psalms, mutmaßte Helene bitter, während die alte Frau rief: »Wir tragen unsere Familienangelegenheiten nicht nach draußen, merken Sie sich das! Es geht niemanden etwas an, wenn man mal einen Streit hat, oder gar, wer hier etwas erbt und wer nicht!«

»Irrtum, Frau Brodersen. Die Kriminalpolizei geht das in einem Mordfall sehr wohl etwas an.«

»Ich habe einfach vergessen, es zu erwähnen«, sagte Rina Brodersen und legte ihrer Mutter begütigend eine Hand auf die Schulter. »Es ist ja schon über ein Jahr her. Für mich nichts, worüber ich noch ständig rede.«

Helene stand auf. »Nun denn, lassen wir es für heute dabei.«

Sie machte ein paar Schritte zur Tür. »Darf ich Ihnen noch etwas sagen, was mir auf dem Herzen liegt?« Einen Augenblick lang schwieg sie und sah die drei Menschen nacheinander eindringlich an. Dann fuhr sie leise fort: »Denken Sie bitte daran – Sie alle –, dass man hinter einer Mauer nicht nur Schutz findet, sondern auch eingesperrt ist.«

Bis kurz vor Flensburg fiel kein Wort im Auto. Zu sehr war Helene damit beschäftigt, das Erlebte wieder und wieder vor ihrem geistigen Auge Revue passieren zu lassen.

Nuri Önal, der offenbar erkannte, dass seine Chefin noch nicht bereit war, sich mit ihm auszutauschen, schwieg und konzentrierte sich aufs Fahren.

Als das Ortsschild in Sicht kam, murmelte Helene: »Dieser Streit am Freitag – da liegt der Schlüssel, Nuri.«

Der Kommissar ließ ein paar Sekunden verstreichen, dann fragte er: »Aber zu welchem Schloss, Frau Christ? Wenn ich mal im Bild bleiben darf.«

»Das ist die Frage. Wir dachten, es wäre um Karstens Homosexualität gegangen, die der Alte gerade entdeckt hatte. Und um den Entschluss, seinen Sohn deswegen zu enterben, aber …«

»Sie glauben, der Streit zwischen den Eheleuten hätte sich um etwas anderes gedreht?« Önal runzelte die Stirn. »Ich weiß ja nicht …«

»Vielleicht ist es auch um Karsten gegangen, aber ich werde das Gefühl nicht los, dass mehr dahintersteckt, irgendetwas noch viel Schwerwiegenderes.«

»Ich denke, dass sein Sohn schwul ist, war für Enno Brodersen schwerwiegend genug. Für einen Mann mit seinen Wertvorstellungen bedeutete es das Ende all seiner Pläne. Das empfand er als schwere persönliche Verletzung, wenn ich ihn richtig einschätze, als Angriff auf seine Autorität sogar. Vergessen wir nicht, dass Enno Brodersen sich nichts sehnlicher wünschte als einen männlichen Hoferben. Wir wissen doch, wie rücksichtslos er seine Frau behandelt hat, bis sie endlich einen Sohn zur Welt brachte. Und dann stellt sich heraus, dass der eine Veranlagung hat, die in der Welt des Alten widernatürlich ist und die er niemals in seiner Familie dulden kann.«

»Das stimmt schon. Dennoch ging es noch um etwas anderes, da bin ich mir ziemlich sicher. Es gibt ein dunkles Geheimnis in dieser Familie, das sie um jeden Preis verbergen will.« Nach kurzem Nachdenken fügte Helene hinzu: »Ob die Mutter allein dieses Geheimnis hütet oder ob auch ihre Kinder davon wissen, kann ich nicht sagen. Aber da lauert etwas unter der Oberfläche, von dem wir noch keine Ahnung haben, Nuri.«

»Hm. Wenn Sie meinen …«, kam es zweifelnd von Önal.

Helene lachte auf. »Sagen Sie ruhig, dass Sie das für überspannt halten, für verdrehten Weiberkram. Aber Kriminaltechnik, Forensik und Beweisführung sind nicht alles in unserem Job. Manchmal muss man auch auf sein Bauchgefühl hören. Wir haben es mit Menschen zu tun, wenn auch nicht immer mit guten.« Sie klatschte forsch in die Hände, was Önal hinter dem Steuer zusammenfahren ließ. »So, und nun berichten Sie mal, was dieser Tomasz Ihnen erzählt hat.«

Önal grinste. »Die Eingeborenen hierzulande sind ja nicht gerade für ihre Geschwätzigkeit bekannt, aber der Typ toppt sie noch. Mehr als drei, vier Wörter gehören nach seiner Meinung offenbar nicht in einen Satz. Und sein Deutsch war eine echte Herausforderung. Also, kurz und gut: Er kann nicht sagen, wann die Bäuerin sich verletzt hat. Am Wochenende habe er frei gehabt. Als er Montag frühmorgens in den Stall kam, hat er das Pflaster und die Kratzer gesehen, und sie sagte ihm, dass sie gerade gestürzt sei.«

»Na toll, damit können wir überhaupt nichts anfangen.«

»Sehr richtig. Aber eines ist schon interessant: Er hat bestätigt, dass Karsten in der letzten Zeit öfter auf den Hof gekommen ist, um mitzuarbeiten. Tomasz will ihn mindestens einmal auch auf dem Feldweg gesehen haben. Er untersuchte wohl die Weizenähren auf ihren Feuchtigkeitsgehalt, dafür gibt es angeblich ein spezielles Instrument.«

»Somit verabschiedet sich auch Mickymaus endgültig von der Bühne«, kommentierte Helene süffisant.

»Leider. Bald haben wir gar nichts mehr in der Hand. Ein Desaster.«

Dem war nichts hinzuzufügen, fand Helene und versank wieder ins Grübeln.

Schweigend erreichten sie ihr Ziel, Nuri parkte den Wagen vor der Polizeidirektion, und sie stiegen aus. Auf dem Weg zu ihrem Büro im zweiten Stockwerk schien es Helene, als würden ihre Beine mit jedem Schritt schwerer. Der Elan, der sie sonst stets vorantrieb, war verflogen und hatte einer quälenden Resignation Platz gemacht.

Steckten sie mit ihren Ermittlungen so tief in der Sackgasse, dass es keinen Ausweg gab? Was hatten sie übersehen? Oder schlimmer noch: Hatten sie alles richtig gemacht, und es gab dennoch einfach keine Aussicht darauf, diesen Fall zu lösen?

Vielleicht sollte sie einfach mal mit Edgar Schimmel sprechen. Möglicherweise fiel dem Grauen ja etwas ein. Es wäre nicht das erste Mal.

25

Milko Novak mochte Polizisten nicht. Dazu hatte er auch allen Grund, denn immer schon waren sie genau dann bei ihm aufgetaucht, wenn seine Geschäfte gerade richtig gut liefen. Das war schon in Bjelovar, der kleinen Stadt im Norden Kroatiens, in der er geboren und aufgewachsen war, so gewesen.

Bereits in der Schule hatte Milko sein Talent für den Handel entdeckt. Schon mit fünfzehn stieg er zum Boss einer bemerkenswerten Organisation auf, die alles im Angebot hatte, was verboten war, von pornografischen Heften und Videos bis zu Marihuana.

Mit neunzehn musste Milko zum ersten Mal in den Knast. Nur für ein Jahr, aber das chronisch überbelegte Gefängnis Remetinec in der etwa achtzig Kilometer entfernten Hauptstadt Zagreb war wahrlich kein Ort, an dem man sich gern aufhielt. Auch ein Hungerstreik der Insassen, der kurz vor Milkos Einlieferung stattfand, hatte die Haftbedingungen in dem bunkerähnlichen Gebäude kaum verbessert. Ein schauderhafter Ort – nicht zu vergleichen mit der Haftanstalt in Deutschland, die er später kennenlernen sollte.

Milkos Mutter Ariane war Deutsche. Immer hatte sie Wert darauf gelegt, dass ihr Sohn ihre Sprache lernte, daher redete sie oft Deutsch mit ihm. Als sie sich von ihrem Mann trennte und nach Hamburg zurückzog, folgte Milko ihr, kaum dass er aus der Haft entlassen war. Das reiche Deutschland versprach viel bessere Möglichkeiten für begnadete Geschäftsleute als Kroatien, fand er. Onkel Darko, der Bruder seines Vaters, war der beste Beweis dafür. Er betrieb in der Millionenstadt an der Elbe einen ziemlich seriösen und durchaus lukrativen Handel mit Gebrauchtwagen – und einen noch weitaus lukrativeren mit dem An- und Verkauf gestohlener Fahrzeuge. Einen pfiffigen Burschen, vor allem einen, der zur Familie gehörte, also absolut verschwiegen war, konnte Onkel Darko gut gebrauchen.

Es gab aber noch einen ganz anderen Grund, dem sonnigen Kroatien den Rücken zu kehren und ins oft kühle, feuchte Hamburg zu ziehen: Milko war schwul. Und Homosexualität war in seiner Heimat geächtet, ein rotes Tuch für die allermeisten in der von erzkatholischen Wertvorstellungen geprägten kroatischen Gesellschaft. In Hamburg konnte er seine Veranlagung frei leben, ohne ständig Angst vor Denunziation und Ausgrenzung haben zu müssen.

Angst, mindestens aber Vorsicht vor der Polizei wurde jedoch auch hier zu seiner ständigen Begleiterin. Mit zweiundzwanzig steckte man ihn zum ersten Mal in ein deutsches Gefängnis, genauer gesagt, saß er dreizehn Monate in ›Santa Fu‹, der berühmten Justizvollzugsanstalt in Hamburg-Fuhlsbüttel.

Allzu schlecht ging es ihm dort nicht, denn sein Onkel zeigte sich mit ständigen Geschenken dafür erkenntlich, dass Milko dichthielt. Von ihm hatten die Ermittler nicht erfahren, wer der Drahtzieher des Handels war, bei dem er am Steuer eines geklauten 7er-BMWs festgenommen wurde. In Lübeck, kurz bevor Milko auf die Rampe der Fähre nach Petersburg hatte fahren können.

Als ihn ein ähnliches Missgeschick zwei Jahre später erneut ereilte – Santa Fu empfing ihn diesmal für achtzehn Monate –, beschloss Darko, dass sein Neffe nach der Entlassung erst einmal eine geschäftliche Pause einlegen sollte.

Milko ging also nach Rendsburg in die schleswig-holsteinische Provinz. Hier sollte er auf der hochmodernen Autowaschanlage arbeiten, die dem Onkel gehörte. Ein durch und durch seriöses Unternehmen, das ein solides Standbein von Darkos Altersversorgung werden sollte.

Milko hatte jedoch neben all seinen kriminellen Aktivitäten verständlicherweise niemals die Zeit für eine handfeste Berufsausbildung aufbringen können, also stand er einige Wochen lang in der Waschhalle am Kärcher und kümmerte sich um die Vorreinigung der Fahrzeuge. Sehr schnell erkannte er, dass dies keinesfalls seine Bestimmung war, und kümmerte sich lieber darum, einen schwunghaften Handel mit gestohlenen Autos aufzubauen. Diesmal allerdings auf eigene Rechnung und in einer vielversprechenden Partnerschaft mit echten Profis.

Onkel Darko, der davon selbstverständlich nichts wissen durfte, versorgte ihn anfangs noch mit etwas Geld. Diese Quelle versiegte aber bald, weil Milko sich kaum noch in der Waschanlage blicken ließ.

Als ihm in einer der wenigen einschlägigen Kneipen der Stadt Karsten über den Weg lief, war Milko achtundzwanzig und ziemlich pleite. Irgendwie wollte sein Geschäft nicht richtig in Gang kommen. Seine neuen Partner schienen ihm nicht viel zuzutrauen. Kein Wunder, wo er sich doch wegen seiner Vorstrafen geradezu übervorsichtig verhalten musste, um nicht erneut ins Visier der Polizei zu geraten.

Er mochte Karsten von der ersten Sekunde an. Ein ganz lieber Kerl und sehr süß. Schon bald stellte Milko erstaunt fest, dass der Student ihn tatsächlich liebte. So etwas war ihm noch nie widerfahren. Er war sexuell überaus aktiv, aber eine feste Partnerschaft, wie Karsten sie wollte – Liebe sogar? –, das war ihm neu.

Gern half sein Freund ihm finanziell aus, wenn er wieder einmal klamm war – genau genommen der Normalfall. Schnell wurde Milko klar, dass dieser Junge alles für ihn tun würde, wenn er nur bei ihm blieb und ihm das gab, wonach er sich offenbar so verzweifelt sehnte: Wärme und Nähe.

Nun, eine Zeit lang wollte Milko gern mitspielen. Er genoss den Sex mit Karsten, und ihr Verhältnis barg durchaus weitere angenehme Zukunftsaussichten. Bald würde der Bauernsohn den großen Hof oben an der Ostseeküste erben. Viel Land. Wer wusste schon, welche finanziellen Möglichkeiten sich da ergaben?

Er hätte es schlechter treffen können, fand Milko.

Bis der Alte aufgetaucht war.

26

Der typische Sechzigerjahrebau, an dessen graue, abbrö-
ckelnde Fassade neben der demolierten Eingangstür ein
rostiges Schild mit der gesuchten Hausnummer geschraubt
war, schrie laut nach Renovierung. Er stand dicht an einer
viel befahrenen Straße, und der morgendliche Verkehrslärm
war so laut, dass man sich in normalem Ton kaum verständi-
gen konnte.

Auf dem Klingelschild fanden sich etwa dreißig teilweise
unleserliche handgekritzelte Namen. Irgendwo inmitten ky-
rillischer und arabischer Schriftzeichen entdeckte Nuri Önal
schließlich das Schild *M. Novak* und drückte auf den
schmierigen Knopf daneben. Doch auch nach dem dritten
Mal tat sich nichts.

»Wahrscheinlich funktioniert die Klingel nicht«, vermutete
Helene Christ und stemmte sich gegen die Eingangstür, die
dort, wo einstmals Glas gewesen sein mochte, mit Sperr-
holz vernagelt war. Zur Überraschung der Oberkommissarin sprang sie sofort auf und gab den Blick in einen düsteren
Hausflur frei, der mit Kinderwagen, Fahrrädern und Rollern
vollgestellt war.

Die beiden Kriminalbeamten bahnten sich ihren Weg durch
das Chaos, wobei sie darauf achteten, nicht in eine halbe
Pizza zu treten, die anscheinend jemandem aus der Hand
gefallen war.

»Sieht nach Margherita aus«, konstatierte Önal. »Mit Peperoni und extra Käse. Allerdings nicht mehr ganz frisch.« Er
deutete auf die dicken Schmeißfliegen, die sich in einem Knäuel
zum Festmahl auf der italienischen Delikatesse zusammen-
gefunden hatten. Im gesamten Hausflur summte es nur so
vor Insekten.

Nacheinander prüften sie die Namensschilder an den Wohnungstüren im Erdgeschoss, umwabert von mancherlei Essensgerüchen, die sich mit anderen olfaktorischen Herausforderungen zweifelhaften Ursprungs zu einem atemberaubenden Aroma zusammenballten.

»Das kann doch nicht gesund sein«, entfuhr es Helene und sie hielt sich demonstrativ die Nase zu.

»Wenn man lange genug hier wohnt, riecht man es vermutlich gar nicht mehr«, erwiderte Önal grinsend und versuchte, einen Namen auf der Tür zu entziffern, vor der er stand. Er schüttelte den Kopf und ging weiter. »Wir werden das ganze Haus absuchen müssen. Aus dem Durcheinander auf dem Klingelbrett da draußen konnte man nicht mal auf das Stockwerk schließen.«

Die Suche im Parterre blieb erfolglos, also stiegen sie auf der schmierigen Treppe einen Stock höher. Irgendwo wurde eine Tür aufgerissen, und Sekunden später brandete den beiden Kriminalbeamten von oben eine Flut bunt gekleideter, grölender Kinder entgegen. Helene presste sich mit dem Rücken an die klebrige Wand, konnte aber nicht verhindern, dass ihr mehrere kleine Füße auf die weißen Sneakers traten.

»Mist«, murmelte sie, als sie die schmutzigen Streifen auf den teuren Tretern entdeckte. »Größe zweiundvierzig ist einfach unpraktisch, wenn wenig Platz da ist.«

Wie nicht anders zu erwarten, fand sich das gesuchte Schild schließlich im obersten Stockwerk. Auch hier gab die Klingel keinen Laut von sich, und Önal hämmerte ein paarmal heftig gegen die Holztür. Endlich hörten sie dahinter Geräusche, und kurz darauf schrie eine Stimme: »Wer, zum Henker, macht hier solche Randale?«

»Die Polizei, zur Hölle!«, brüllte Nuri Önal und konnte sich das Lachen kaum verkneifen. »Machen Sie sofort auf!«

Stille, dann ertönte ein kaum hörbares »Scheiße!«, gefolgt vom Quietschen eines Schlüssels, der sich widerwillig im ungeölten Schloss drehte. Schließlich erschien ein Gesicht im Türspalt, das Helene aus den polizeilichen Unterlagen kannte.

»Machen Sie bitte auf, Herr Novak«, bat sie freundlich. »Wir müssen mit Ihnen reden.«

»Worüber denn? Ich habe nichts … Zeigen Sie mal Ihre Ausweise!«

Das taten die beiden Polizisten artig und nannten ihre Namen.

»Worüber wollen Sie denn mit mir reden? Es passt mir im Augenblick gar nicht gut.«

Novaks Deutsch war fast perfekt, nur ein leichter Akzent war herauszuhören.

»Das verstehen wir natürlich«, erwiderte Önal treuherzig. »Dürfen wir trotzdem kurz reinkommen?« Er legte die Hand auf die Tür, und wie durch ein Wunder stand diese unvermittelt offen. »Danke sehr«, sagte der Kommissar, ignorierte Helenes strafenden Blick und trat an dem verdutzten Mann vorbei.

Seine Chefin folgte und sah sich um. Nur wenige Möbelstücke standen im Raum, von denen keines zum anderen passte. Die Wohnung hatte schräge Wände und schien nur aus einem einzigen Zimmer mit zwei schmutzigen Dachfenstern zu bestehen, durch die trübes Licht hereinfiel. Vor einer Kochecke standen drei schiefe Barhocker neben einer Art Tresen aus Holzlatten, und vor der fleckigen, einstmals wohl beigefarbenen Couch thronte ein betagter Fernsehapparat auf einer alten Holzkiste.

»Dieses Eindringen muss ich mir nicht gefallen lassen«, beschwerte sich Milko Novak.

»Ich weiß nicht, wovon Sie sprechen«, sagte Önal kühl. »Ich hatte es so verstanden, dass Sie uns hereingebeten haben. Wie dem auch sei: Sie sollen für die Ermittlungen in einem Gewaltverbrechen als Zeuge vernommen werden. Es geht um ein Tötungsdelikt, um präzise zu sein. Wollen Sie Ihre Aussage auf der Polizeidirektion in Flensburg tätigen oder können wir das gleich hier erledigen?«

»Äh, ich ... Was ... ich weiß gar nicht, wovon Sie reden!«

»Sind sie mit Karsten Brodersen liiert?«, setzte Önal sofort nach.

»›Liiert‹? Was bedeutet das denn? Ich kenne Karsten flüchtig, aber ...«

»Verarschen Sie uns nicht, Herr Novak«, fuhr der Kommissar ihn an. »Oder küssen Sie alle Männer innig, die Sie flüchtig kennen?«

Helene musterte den Kroaten genau, während er ein paar Schritte machte und sich auf der Ecke des Sofas niederließ, das dabei ein schmatzendes Geräusch abgab und tief in sich zusammensank.

Milko Novak war ein ausgesprochen gut aussehender Mann, stellte sie fest, ziemlich groß und offenbar bestens in Form. Die Brustmuskulatur seines durchtrainierten Körpers zeichnete sich deutlich unter dem eng anliegenden T-Shirt ab. Sein scharf geschnittenes Gesicht hatte eine gesunde Bräune, zu der die strahlend blauen Augen in einem fast magischen Kontrast standen. Die Kälte darin war gleichwohl nicht zu übersehen.

»Sie wissen also bereits von Karsten und mir«, stellte Novak lapidar fest und zuckte mit den Schultern. »Ja, es stimmt: Wir sind eng befreundet. Aber so was bindet man ja nicht gleich jedem auf die Nase, oder?«

»Sie sind ein Paar, auch sexuell«, stellte Helene klar. »Doch darum geht es hier nicht. Hetero- oder homosexuell, das ist uns völlig egal. Wir haben ganz andere Fragen an Sie.«

»Und Sie wären gut beraten, die wahrheitsgemäß zu beantworten, Herr Novak«, erhöhte Nuri Önal den Druck. »Sie wissen aus eigener Erfahrung, wie unangenehm die Polizei werden kann, wenn man sie belügt.«

»Ihr Vorstrafenregister ist recht eindrucksvoll«, fügte Helene hinzu.

»Na und? Das ist alles längst erledigt. Oder liegt derzeit etwas gegen mich vor?«

»Das werden wir sehen«, gab Önal vieldeutig zurück. »Setzen wir uns doch, das kann ein bisschen dauern.« Er nahm vorsichtig auf einem der wackeligen Hocker Platz, wodurch er auf den groß gewachsenen Mann herabschauen konnte. Helene setzte sich neben ihren Kollegen.

»Herr Novak, wo waren Sie vom vergangenen Sonntagabend bis, sagen wir, Montagmittag?«, griff Nuri Önal sofort frontal an.

Überrumpelt schreckte Novak zurück. Die Frage gefiel ihm überhaupt nicht, das war deutlich zu erkennen. »Ich … äh, ich … Da muss ich nachdenken. Warten Sie mal …«

»Ich sage es Ihnen, dann brauchen Sie nichts zu erfinden«, setzte der Kommissar nach. »Sie sind in der Nacht von Sonntag auf Montag mit Karsten Brodersen nach Estoft gefahren und haben mit ihm gemeinsam am frühen Morgen seinen Vater umgebracht.«

Der Kroate sprang alarmiert auf. »Sie sind ja verrückt geworden! Wie kommen Sie denn auf diese Idee? Warum sollte ich so was tun?«

»Um Ihrem Lebensgefährten zu ersparen, alles zu verlieren, natürlich. Sie wussten doch, dass er enterbt werden sollte. Schließlich waren Sie selbst dabei, als Enno Brodersen das ankündigte.«

»Ja, das habe ich mitbekommen, aber deswegen bringe ich doch nicht …«

»Ich weiß nicht, wie ernst Ihnen die Beziehung zu Karsten ist«, schaltete sich Helene Christ ein. »Ihm jedenfalls bedeutet sie sehr viel, das wissen Sie sicher?«

»Ja, natürlich. Aber was geht Sie das alles an?«

»Wenn ich mir die Bruchbude hier ansehe«, sagte Önal

brutal, »dann verstehe ich, warum Sie Ihren Partner ständig anpumpen müssen. Und als der Alte seinem Sohn in Ihrer Gegenwart ins Gesicht schrie, dass sich die Hoffnung aufs Erbe erledigt hätte, mussten Sie handeln. Weil Karsten allein so etwas niemals fertigbringen würde, haben Sie die Tat für ihn übernommen. Genügend kriminelle Energie haben Sie ja schon bewiesen. Vielleicht sind Sie aber auch auf eigene Faust nach Estoft gefahren und haben Enno Brodersen erschossen. Schließlich mussten Sie verhindern, dass Ihre bequeme Geldquelle in Zukunft versiegte, von den rosigen Aussichten als Gefährte eines wohlhabenden Landbesitzers ganz zu schweigen.«

»Das ist doch wohl …« Entrüstet machte Novak einen Schritt auf Önal zu.

»Vorsicht«, sagte der leise und griff blitzartig an die Waffe unter seiner Leinenjacke. »Setzen Sie sich wieder hin, sofort!«

Der Kroate hob kurz die Hände und ließ sich auf das speckige Sitzmöbel fallen. »Was wollen Sie mir da anhängen? Verlassen Sie meine Wohnung! Ich rufe sofort meinen Anwalt an.«

»Ach, Sie haben sogar einen eigenen Anwalt?«, ätzte Önal. »Nur sehr reiche Geschäftsleute können sich das leisten. Oder berufsmäßige Gangster. Zu welcher Gruppe gehören Sie denn?«

Helene räusperte sich laut. »Wir gehen natürlich, wenn Sie wollen«, sagte sie, stand auf und zupfte ihren Kollegen am Ärmel. »Aber rechnen Sie damit, demnächst zur Vernehmung vorgeladen zu werden. Bis dahin fordere ich Sie auf, nicht zu verreisen und erreichbar zu bleiben. Geben Sie mir bitte Ihre Handynummer.«

»Und ich hätte gern noch eine Antwort auf meine Frage«, beharrte Önal. »Sie wissen schon, welche: Wo waren Sie an jenem Montagmorgen, als Enno Brodersen erschossen wurde?«

Wenn man selbst am Steuer saß, konnte man kaum riskieren, einen längeren Blick von der Rader Hochbrücke hinunter auf den Nord-Ostsee-Kanal zu werfen. Als Beifahrerin aber genoss Helene die herrliche Aussicht.

Das Panorama wurde von einem strahlend blauen Sommerhimmel überspannt, an dem nur wenige schneeweiße Schäfchenwolken hingen. Gerade kam fünfzig Meter tiefer ein gigantisches hypermodernes Passagierschiff unter der Brücke hervor und setzte gemächlich seine Fahrt nach Osten zur Holtenauer Schleuse an der Kieler Förde fort. Im Westen begegneten sich ein hochbordiger, eckiger Autotransporter und ein schnittiges hellgraues Schiff der Marine im Kanalbett, und zwei Küstenmotorschiffe zogen, begleitet von vielen Segelbooten, durch die grüne Landschaft hinunter zur Nordsee.

Welch ein Bild! Wenn sie es nicht eilig hatte und das Wetter schön war, legte Helene sogar manchmal hier oben eine kleine Pause ein. Dann fuhr sie in die Parkbucht des Aussichtspunktes neben der Autobahn, ging bis zu dem Geländer an der Kante und verlor sich mit allen Sinnen in dem herrlichen Ausblick, der ihr bisweilen vorgaukelte, über das weite Land bis zur dänischen Grenze im Norden sehen zu können.

»Es passt«, holte Nuri Önal sie aus ihren Gedanken.

Irritiert fuhr Helenes Blick zum Fahrerersitz. »Was meinen Sie?«

»Die Befragung eben. Was dieser Novak gesagt hat – oder besser, was er nicht gesagt hat. Das passt. Und zwar zu allem, was wir bisher ermittelt haben.«

»Sie sprechen in Rätseln, Nuri. Geht's auch etwas verständlicher?«

»Wir haben durchaus einige Ansätze erhalten, um tiefer zu graben, aber nichts Handfestes – das meine ich. Novak behauptet, er sei zu Hause gewesen, aber er hat gelogen. Ich bin sicher, das haben Sie auch bemerkt.«

»Ja. Er mag ein gerissener kleiner Gauner sein, ist aber ein mieser Schauspieler. Geradezu krampfhaft hat er nach irgendeinem halbwegs einleuchtenden Alibi gesucht, und als ihm keines einfiel, kam er darauf, dass ihn dieser Typ am Montagmorgen besucht hätte, dieser …«

»Kodo hat er ihn genannt. Seinen richtigen Namen kennt er angeblich nicht. Und wir können ihm nicht das Gegenteil beweisen. Ich hätte vorhin aus lauter Verzweiflung fast seine Küche nach Haushaltshandschuhen durchsucht, verdammt noch mal.«

Helene lachte auf. »Selbst, wenn Sie welche gefunden hätten, wären wir dadurch nicht …« Sie fuhr zusammen, als Önal krachend mit der Hand aufs Lenkrad schlug.

»Es ist wie verhext«, stieß er hervor. »Immer mehr Verdächtige, aber immer weniger Beweismöglichkeiten. Wenn Novak nichts mit dem Tod des Bauern zu tun hat, warum sagt er dann nicht offen, wo er zur Tatzeit war? Er hat doch allen Grund, sich zu entlasten.«

»Die Antwort liegt auf der Hand, oder?«

»Ja. Er hat den Alten um die Ecke gebracht!«, stieß Önal hervor. Nach einem schnellen Blick zu seiner Chefin, die ihn ungläubig anstarrte, sagte er: »Schon gut, schon gut, ich habe keine Beweise. Aber vielleicht hat er einen ganz anderen Grund, uns zu belügen, hat in der fraglichen Zeit irgendein Ding gedreht. Zum Beispiel wieder einmal seine Spezialität: Hehlerei mit geklauten Autos. So was kann er uns natürlich nicht als Alibi für den Mord präsentieren.«

»Hm. Leider können wir unmöglich auf eigene Faust durch die einschlägigen Kneipen der Stadt ziehen, um einen zwielichtigen Burschen namens Kodo ausfindig zu machen.« Helene sah das Schild für die Ausfahrt Owschlag rechts vorbeifliegen. »So kommen wir Novak also nicht bei«, stellte sie resigniert fest. »Er wird den mysteriösen Zeugen entsprechend impfen. Wer weiß, was für Druckmittel er hat, um ihn zu einer Falschaussage zu bewegen? Und dann wird er sich ganz überraschend erinnern, wie Kodo wirklich heißt und wo wir ihn finden. Simsalabim, schon hat er ein Alibi. Zumindest, wenn Kodo nicht einknickt.«

Wieder verhaute Nuri Önal das Lenkrad, schnaufte wütend, sagte aber nichts.

Lange sprachen sie kein Wort mehr.

Als sie die Ausfahrt Tarp hinter sich gelassen hatten, sagte Helene leise: »Wissen Sie was, Nuri? Statt durch die ganze Stadt zu rennen und jemanden zu suchen, von dem wir so gut wie nichts wissen, müssen wir Novak beschatten. Er ist aufgeschreckt worden und wird etwas unternehmen, unter anderem wegen seines Alibis. Sehr bald wird er sich auch wieder mit Karsten Brodersen treffen. Es ist ja tatsächlich nicht auszuschließen, dass die beiden unter einer Decke stecken und …«

»Das tun sie vermutlich öfter, im wahren Wortsinn«, kam es glucksend von Önal.

Helene musste grinsen. Es tat gut, die Anspannung für einen kurzen Augenblick loszulassen. »Karsten ist Wachs in den Armen seines Geliebten«, fuhr sie fort. »Er würde jederzeit für Milko lügen, fürchte ich.«

»Das macht er möglicherweise bereits.«

»Das heißt also: Wir dürfen Novak nicht aus den Augen lassen.«

»In Rendsburg?«, fragte Önal zweifelnd. »Wer soll das denn übernehmen? Bei der dubiosen Beweislage kriegen wir bestimmt kein Personal dafür genehmigt. Schon gar nicht für einen Einsatz außerhalb unseres Zuständigkeitsbezirks. Da dürften wir eigentlich überhaupt nicht ermitteln, ohne die Kollegen von der Bezirksdirektion Neumünster ins Boot zu holen, oder?«

»Stimmt genau«, gab Helene zurück und lächelte versonnen. »Ich denke da auch an jemanden, der sich um derlei Zuständigkeitsgedöns nicht mehr zu scheren braucht. Ziemlich fähiger Mann übrigens. Und den rufe ich jetzt an.«

27

Edgar Schimmel, Hauptkommissar und Leiter der Flensburger Mordkommission außer Diensten, saß frohgemut in einem kleinen dunkelgrauen Auto und verzehrte genüsslich den Inhalt einer Familienpackung Gummibärchen. Selbstverständlich hatte er vor dem Supermarkt zunächst akribisch die weißen, die roten und die grünen herausgesammelt und einem kleinen Mädchen geschenkt, das mit seiner Mutter aus dem Laden gekommen war. Der Graue mochte nun mal nur gelbe und orangene Gummibärchen – diese allerdings leidenschaftlich.

Das unauffällige japanische Allerweltsfahrzeug hatte er sich vorhin bei einem Autoverleih ausgesucht und dafür seinen eigenen Wagen, einen hochbetagten Mercedes-Diesel, auf dem Hof stehen lassen. Aus gutem Grund – und der hatte etwas mit der Farbe des Wagens zu tun. Die lieben Kollegen hatten immer gefeixt: »Da kommt der Graue mit dem Feuerwehrauto«, wenn er mit seinem Privatwagen auf den Hof der Flensburger Kriminaldirektion gefahren war, aber das hatte Schimmel völlig kaltgelassen. Gerade die gewöhnungsbedürftige Lackierung des früheren Dienstfahrzeugs aus dem Bestand der Hamburger Berufsfeuerwehr hatte den Preis gehörig nach unten gedrückt. Noch heute, zehn Jahre später, freute sich Schimmel über das ehemalige Statussymbol eines hanseatischen Brandmeisters. Ein echtes Schnäppchen war das gewesen!

Zweifellos jedoch wäre der Einsatz eines feuerroten Autos bei einer Beschattung keine gute Idee gewesen. Und so stand nun der graue Toyota seit dem späten Vormittag in Rendsburg an der Straße, etwa fünfzig Meter vom Eingang der tristen Mietskaserne entfernt, in der Milko Novak wohnte. Edgar Schimmel hatte inzwischen den Stapel an Papieren durchgearbeitet, den Helene ihm mitgegeben hatte –was natürlich gegen alle Dienstvorschriften verstieß, die einem einfallen konnten. Er wusste nun Bescheid über das kriminelle Leben seiner Zielperson, kannte aber auch den Stand der Ermittlungen im Fall Enno Brodersen.

Als sein Telefon heute Morgen geklingelt hatte, war er gerade dabei gewesen, in der Küche zwei Scheiben Toast für sein einsames Frühstück mit Wurst und Käse zu belegen. Seit vielen Jahren schon lebte er allein in dem Einfamilienhaus ein paar Kilometer südlich von Flensburg. Seine Frau war viel zu jung an Krebs gestorben, und sein Sohn, das einzige Kind, hielt kaum Kontakt zum Vater. Kein Wunder, musste Schimmel sich eingestehen: Auch sein Familiensinn war wenig ausgeprägt.

Nach dem Missgeschick – so pflegte er den Schuss zu bezeichnen, der einen Lungenflügel durchschlagen und seinen Herzbeutel gestreift hatte – vor nunmehr fast zwei Jahren hatte er Monate in verschiedenen Krankenhäusern und in der Rehaklinik Damp verbracht und war vorzeitig in den Ruhestand versetzt worden. Seither lebte er das öde Leben eines Mannes, den nie etwas anderes interessiert hatte als sein Beruf.

Edgar Schimmel war Kriminalist mit Haut und Haar, mit Leib und Seele. Kein besonders umgänglicher Zeitgenosse, kein Mensch zum Liebhaben, sondern ein oft barscher, scharfzüngiger Mann, dem nichts so zuwider war wie Dilettantismus, vor allem, wenn er mit Dummheit einherging. Seine Erfolge als Leiter der Mordkommission Flensburg waren legendär, aber Freunde hatte er sich keine gemacht. Trotz seiner unermüdlichen kriminalistischen Arbeit hatte man ihn erst spät zum Hauptkommissar befördert. Er war ein unbequemer Untergebener gewesen, der sich nie einschüchtern ließ und furchtlos seine Meinung sagte, egal, wen er vor sich hatte. Nachdem er dank seiner Arbeit allzu oft in menschliche Abgründe hatte blicken müssen, hatte er sich angewöhnt, seine Empfindsamkeit hinter einer abschreckenden Schroffheit zu verbergen. Da diplomatisches Geschick nicht gerade zu seinen Begabungsschwerpunkten gehörte, war er jahrelang mit seiner Kompromisslosigkeit – andere mochten es auch Sturheit nennen – überall angeeckt. Man respektierte den Grauen, aber man mochte ihn nicht.

Als die junge Kommissarin Helene Christ aufgetaucht war, hatte Schimmel zunächst ebenfalls sein bewährtes Repertoire abgezogen, um ein möglichst unpersönliches Arbeitsverhältnis zu ihr zu schaffen. Aber diese Frau, das musste er sich bald – heimlich natürlich – eingestehen, ließ sich einfach nicht vergraulen. Und sie schien keine Angst vor ihm und seinen scharfen Bemerkungen zu haben, da konnte er machen, was er wollte. Im Gegenteil: Völlig selbstverständlich nahm sie ihn, den alten Zausel, wie ein unvermeidbares Sommergewitter hin, dem man ja auch viel Segensreiches abgewinnen konnte, wenn Blitz und Donner erst einmal vorüber waren. Bald schon hatte die junge Frau sich seinen Respekt erworben, ganz abgesehen davon, dass sie der erste Mensch seit Langem war, den Schimmel zu seinem eigenen Erstaunen tatsächlich mochte. Oft genug hatte sie mit ihrem gesunden Menschenverstand und einer Intuition, die ihm fast unheimlich war, eine festgefahrene Ermittlung wieder ins Rollen gebracht.

»Aber diesmal hast du wohl ein echtes Problem, Miss Marple«, murmelte der Graue und steckte sich die letzten orangenen Bärchen zwischen die Zähne. Viel war nicht drin in diesen Packungen, wenn man die ungenießbaren Artgenossen erst mal entsorgt hatte, fand er, genoss den köstlichen Geschmack und lächelte versonnen bei der Erinnerung an die Zeit, in der das ungleiche Paar Helene Christ und Edgar Schimmel zu einem Team geworden war. Sogar das Du hatte er ihr angeboten, ein geradezu ungeheuerlicher Vorgang, der einer Sensation gleichkam, wenn man den Kommentaren der Kollegen glauben durfte. Und was hatte die blonde Göre gemacht, die ihn noch dazu um einen halben Kopf überragte? Sie sei ja eigentlich keine Freundin der Duzerei unter Kollegen, hatte sie erklärt, aber in diesem Falle … Als er schon drauf und dran gewesen war, ein verärgertes ›Dann lassen wir es eben‹ auszustoßen, war sie auf ihn zugegangen, hatte ihm einen flüchtigen Kuss auf die Stirn gedrückt und leise »Danke« in sein Ohr geflüstert.

Ach, Helene …

Sie wusste natürlich, dass es ihren ehemaligen Chef und Mentor keinen Deut scherte, dass er wahrscheinlich stundenlang auf der Lauer liegen musste, um jemanden zu beschatten. Für ihn war das die willkommene Flucht vor einem weiteren todlangweiligen Tag zu Hause. Außerdem war auch das Polizeiarbeit – und sowieso viel besser, als zum hundertsten Mal mit dem Schlauch in der Hand durch den dämlichen Garten zu stapfen und den schon lange von der Sonne verbrannten Rasen zu wässern.

Schimmel schaute zur Sicherheit noch einmal hinüber zum Parkplatz auf der gegenüberliegenden Straßenseite. Längst hatte er Novaks Auto entdeckt. Das Kennzeichen des schwarzen, gnadenlos tiefergelegten Audi A4s war in den Unterlagen vermerkt, die Helene ihm gegeben hatte.

Das Erste, was der Graue getan hatte, bevor es sich auf seinem Beobachtungsposten im Auto bequem machte, war eine gründliche Sondierung des Objekts gewesen – keine Schwierigkeit bei der unverschlossenen Eingangstür. Bis hoch vor Novaks Wohnung war Schimmel geschlichen, hatte minutenlang davorgestanden und gelauscht. Klar waren Geräusche zu hören, die der Bewohner drinnen verursachte. Zweimal in der kurzen Zeit hatte Novak telefoniert. Was er sagte, war leider nicht zu verstehen gewesen, aber der Graue war nun sicher, dass seine Zielperson sich in der Wohnung aufhielt. Rasch hatte er noch den Keller inspiziert. Von dort führte zwar eine Treppe zum Hinterausgang, aber der winzige düstere Innenhof, in dem ein paar Wäschestücke schlaff auf der Leine hingen, war vollständig von anderen Gebäuden umschlossen. Wenn der Bursche aus dem Haus wollte, musste er durch die Eingangstür zur Straße kommen, so viel stand damit fest.

Nachdem Schimmel zu seinem Wagen zurückgekehrt war, hatte sich lange Zeit nichts Besonderes ereignet. Aber seit einer Viertelstunde erregte etwas die Aufmerksamkeit des Grauen: Ein weißer Opel Zafira war auf den Parkplatz gerollt und stand nun zwei Parkbuchten entfernt von Novaks getuntem Audi. Niemand war bisher ausgestiegen. Wie Schimmel durch sein Fernglas sah, saßen zwei Männer im Auto, beide in hellen Oberhemden und mit verspiegelten Sonnenbrillen auf den Nasen.

Interessant. Der Graue hatte sofort den Verdacht, dass die Typen auf denselben Mann warteten wie er, warum auch immer. Wahrscheinlich lief da irgendein Ding.

Er konnte sich strecken, so viel er wollte, aus seiner Position hatte Schimmel einfach keinen Blick auf das Kennzeichen des Opels. Das sollte er Helene aber sofort überprüfen lassen. Wäre gut zu wissen, auf wen der Wagen zugelassen war.

»Dann mal los«, murmelte er unternehmungslustig, setzte sich seinen Hut auf und stieg aus. Er wartete, bis sich die Gelegenheit ergab, zwischen dem heftigen Verkehr die Straße zu überqueren, und schlenderte dann gemächlich auf dem Bürgersteig in Richtung Parkplatz – ein harmloser alter Mann im grauen Anzug und mit einem grauen Hut auf dem wallenden grauen Haar.

28

»Hoffentlich bringt uns diese Aktion weiter«, murmelte Helene gedankenvoll vor sich hin.

»Das sollte sie unbedingt«, kommentierte Nuri Önal trocken. »Immerhin findet sie außerhalb jeglicher Gepflogenheiten statt, um es mal vorsichtig auszudrücken.«

Helene nickte. »Stimmt. Aber hätten wir dafür das große Rad drehen sollen? Mir gefällt die Idee, unseren alten Chef als Privatdetektiv einzusetzen, eigentlich ganz gut. Und ihm erst, darauf können Sie wetten.«

Önal lächelte kurz. »Was machen wir jetzt? Warten, ob in Rendsburg etwas passiert? Das ist mir zu wenig.«

Er stand auf und trat vor das große fahrbare Whiteboard, auf dem unter anderem Aufnahmen vom Tatort neben solchen vom Jagdgewehr des Opfers, von seinem Waffenschrank und von Karstens kleinem Mickymaus-Schlüsselanhänger hingen.

Aber auch die Fotos der in diesen Fall verwickelten Personen waren dort befestigt, versehen mit allerlei Bemerkungen. Überall auf der weißen Fläche fanden sich rote und blaue Linien, mit dickem Stift gezogen, dazu einige Pfeile, außerdem jede Menge Stichwörter und kurze Statements – vor allem aber Fragezeichen. Zu viele Fragezeichen. Wie mahnende Fanale stachen sie aus dem Wust von Fotos und Notizen heraus.

»Was ist eigentlich mit Brodersens Tochter?«, fragte Önal, starrte auf das Board und kaute nervös auf einem Kugelschreiber herum. »Die wurde doch schon vor längerer Zeit enterbt. In der vorherigen Fassung des Testaments hätte ihr eine Abfindung in Höhe von einhunderttausend Euro zugestanden.«

»Eigentlich sind das Peanuts, wenn man den Wert der Ländereien bedenkt.«

»Ein Wert, der nur durch Landverkauf zu realisieren wäre. Davon ist der Alte nie ausgegangen, nehme ich an. Er sah die Brodersens für immer und ewig als Bauern auf dem eigenen Hof.«

»Na schön, aber worauf wollen Sie hinaus?«

»Auch einhunderttausend Euro sind ein Haufen Geld. Könnte doch sein, dass Rina ihren Vater dafür gehasst hat, ihr dieses sicher geglaubte Vermögen genommen zu haben. Und das nur deshalb, weil sie sich mit Dierksens Sohn verlobt hat.«

»Und das hat sie so aufgebracht, dass sie dem Alten im Morgengrauen aufgelauert, ihm sein Gewehr entrissen und ihn erschossen hat? Fast ein Jahr, nachdem er sie enterbt hat?« Helene runzelte die Stirn. »Ich weiß ja nicht … mal ehrlich, Nuri, wie hört sich das für Sie an?«

»Unwahrscheinlich, das weiß ich auch. Aber dennoch: Wir müssen jeden Stein umdrehen. Irgendjemand hat Brodersen schließlich ermordet, verdammt noch mal.« Wütend schaute er auf den abgenagten Kuli, feuerte ihn angewidert in den Papierkorb und ließ sich wieder in seinen Schreibtischsessel fallen. »Haben Sie Jörn Dierksen denn inzwischen erreichen können? Sitzt der noch in Dänemark auf dem Boot?«

»In Odense, oben auf Fünen, ja. Ich habe ihm nicht gesagt, welche Angaben seine Verlobte zum Standort des Bootes an den betreffenden Tagen gemacht hat, sondern ihn gebeten, mir einfach Auszüge aus seinem Logbuch vorzulesen.«

Als passionierte Seglerin, die an Bord meistens für die Navigation verantwortlich war, schätzte Helene es sehr, wenn jemand ein anständiges Logbuch führte. Das war zwar nicht nur gute Seemannschaft, sondern sogar gesetzlich vorgeschrieben, dennoch sparten sich mittlerweile viele Freizeitkapitäne diese lästige Arbeit und begnügten sich mit ein paar rudimentären Kritzeleien. Sie hatte Dierksen jedoch mit ihrer Bitte keine Sekunde in Schwierigkeiten gebracht. Alles, was er ihr ohne Zögern vorlas, stimmte genau mit dem überein, was sie von Rina bereits erfahren hatte.

»Und wenn sie gar nicht an Bord war? Das wäre doch ein perfektes Alibi, oder?«, blieb Önal störrisch. »Ihr Verlobter und sie hätten die Hunderttausend bestimmt gern bekommen, selbst wenn es noch ein paar Jahre gedauert hätte.«

Helene sah ihren Kollegen mit großen Augen an. »Sachen fallen Ihnen ein, Nuri, da kann ich mich nur wundern. Jörn Dierksen ist gewiss nicht auf dieses Geld angewiesen. Sie haben selbst gesehen, was für ein Erbe einmal auf ihn wartet. Wir sollten aufpassen, dass wir uns vor lauter Verzweiflung nicht vollkommen verrennen.«

Önal hob die Hände – wieder einmal eine etwas theatralische Geste, stellte Helene amüsiert fest – und erwiderte: »Sie haben ja recht. Vergessen Sie's einfach.«

»Ich hatte Rina Brodersen übrigens schon gefragt, ob es vielleicht ein paar Fotos von diesem Törn gibt, auf denen sie zu sehen ist. Sie sagte, Jörn habe sie ständig fotografiert, in den Häfen und an Bord. Ich hielt es aber nicht für nötig, ihn zu bitten, mir die Aufnahmen zu mailen. Meinen Sie, das war ein Fehler?«

»Nein, nein, ist ja gut. Ich sagte doch schon: Vergessen Sie's.«

Rasch wechselte Helene das Thema. »Die Gerichtsmedizin hat vorhin der Staatsanwaltschaft mitgeteilt, sie könne jetzt die Leiche zur Bestattung freigeben.«

»Haben Sie das schon der Familie gesagt?«

»Nein, aber das werde ich gleich tun. Ich möchte zu gern wissen, was für eine Beerdigung das wird. Wer kommt, vor allem aber, wer nicht kommt. Und wie sich die einzelnen Mitglieder dieser sonderbaren Familie dabei verhalten. Wir sollten auch hingehen, finden Sie nicht?«

»Wenn Sie meinen«, kam es wenig begeistert von Önal. Offenbar hatte er für Begräbnisse nicht viel übrig. »Vielleicht sehen wir ja tatsächlich etwas, das …«

Der Klingelton von Helenes Handy unterbrach ihn.

»Ich brauche eine Halterermittlung«, meldete sich Edgar Schimmel und gab das Kennzeichen des Opels durch. »Sofort.«

»Was hat es denn damit auf sich?«, entfuhr es der Oberkommissarin unvorsichtigerweise.

»Frag bitte kein überflüssiges Zeug, Helene«, herrschte der Graue sie an. »Wenn ich eine Halterfeststellung brauche, dann brauche ich eine Halterfeststellung. Und gut.«

»Jawohl, Herr Hauptkommissar, selbstverständlich. Stets gern zu Diensten. Ich rufe zurück.« Sie grinste und griff zum Hörer des Telefons auf ihrem Schreibtisch.

Keine fünf Minuten später hatte sie Schimmel wieder am Handy und stellte den Lautsprecher ein, damit Önal mithören konnte. »Hoffentlich kriegen wir kein ernsthaftes Problem, Edgar. Was immer deine Aufmerksamkeit auf dieses Fahrzeug gelenkt hat …«

»Ja, was ist damit? Nun sag schon!«

»Das ist ein Auto aus dem Pool der Landespolizei. Nach Auskunft des zuständigen Kollegen im Bestand des Landeskriminalamtes in Kiel.«

»Das ist in der Tat interessant. Und ich dachte, das wären irgendwelche Gauner. So sehen die verehrten Kollegen nämlich aus. Hm, bemerkenswert.«

»Und nun?«, fragte Helene. »Was sagt uns das?«

»Die Kollegen warten ganz offensichtlich ebenfalls darauf, dass Novak aus seinem Loch kommt.«

»Eine polizeiliche Observation. Und gleich vom LKA! Warum? Von welcher Abteilung sie wohl stammen?«

»Soll ich mal rübergehen und die schicken jungen Kollegen fragen?« Schimmel konnte sein glucksendes Lachen nicht unterdrücken.

»Du bist wohl völlig … äh, nein, natürlich nicht. Das fehlte mir noch, dass wir Stress mit dem LKA kriegen!«

»Keine Panik, Miss Marple. Ich tue nichts Verbotenes, bin bloß ein Rentner, der stundenlang in seinem Auto sitzt und die Zeit totschlägt. Mal sehen, was passiert, wenn Novak sich blicken lässt. Übrigens: Was macht denn Karsten Brodersen gerade?«

»Hiesemann beobachtet den Hof. Noch ist der Sohn dort. Er hat vor einer halben Stunde den Trecker in die Scheune gefahren und ist ins Haus gegangen. Sobald er sich in sein Auto setzt und wegfährt, meldet der Kollege sich.«

»Alles klar. Dann hoffen wir mal, dass Novak sich bald zeigt. So langsam finde ich es seltsam, dass er immer noch in seiner Bude herumhängt. Wenn ich dich richtig verstanden habe, müsste er doch heftige Aktivitäten entwickeln.«

»Das wundert mich auch. Vielleicht hat er sich erst für später mit Karsten in dessen Wohnung verabredet. Seit unserem Besuch bei Novak besteht bestimmt Gesprächsbedarf – jedenfalls, wenn sie tatsächlich in den Mord am Alten verstrickt sind.«

»Oder ihn sogar gemeinsam geplant und ausgeführt haben«, kommentierte der Graue. »Keine abwegige Idee, wenn man eins und eins zusammenzählt.«

»Nun, das ist eine von mehreren Theorien. Was wir brauchen, ist endlich eine heiße Spur, die uns zu Beweisen führt.«

»Weiß ich doch«, beschwichtigte Schimmel sie. »Mal sehen, wohin uns das hier führt. Ich kann noch stundenlang warten, kein Problem. Ob die Kollegen in dem betont unauffälligen Opel da drüben auch so viel Geduld aufbringen, wage ich zu bezweifeln. Ich denke, die werden Novak bald auf die Pelle rücken, was auch immer sie von ihm wollen.«

»Pass bitte auf, dass du dem Landeskriminalamt nicht in die Quere kommst, Edgar«, bat Helene ihn noch einmal, doch da hatte er schon aufgelegt.

Himmelherrgott, wenn das schiefging ...

»Wenn das schiefgeht«, sagte Nuri Önal, den zeitgleich offenbar genau dieselbe Sorge umtrieb, »kriegen wir richtig Ärger!«

29

»Ich muss verschwinden, und zwar sofort!«

»Wie meinst du das?«

»Wie soll ich das schon meinen? Abhauen muss ich, untertauchen. Sie stehen seit einer Stunde auf dem Parkplatz und warten auf mich. Ihr Auto kenne ich. Das habe ich in der letzten Woche schon ein paarmal gesehen.«

»Wer sind die denn, Milko, um Himmels willen?«

»Die verfluchten Bullen natürlich, wer sonst?«

»Die Polizei? Diese Kommissarin Christ und ihr Assistent waren doch gerade erst bei dir, hast du gesagt.«

»Ach, die haben nur auf den Busch geklopft, allerdings heftig. Vor allem der Türke. Ein ganz mieser Typ. Hat sich richtig aufgespielt. Aber die haben gar nichts in der Hand, da brauchst du keine Angst zu haben. Nee, das sind andere Bullen da unten! Ich sag doch, dass die mich schon länger verfolgen.«

»Verstehe ich nicht. Weshalb denn?«

»Woher soll ich das wissen?«

»Komm schon, Milko, lüg mich nicht an! Hast du etwa wieder angefangen, deine Geschäfte zu machen?«

»Na ja, von irgendwas muss ich leben, oder?«

»Das ist doch ... Und die Polizei ist jetzt deswegen hinter dir her?«

»Sieht so aus. Vielleicht hat mich jemand verpfiffen oder sonst was ist schiefgelaufen, ich weiß es doch auch nicht!«

»Was hast du bloß gemacht? Du wolltest dich doch aus

solchen Sachen endgültig raushalten, das hast du mir versprochen.«

»Karsten, fall mir nicht auf die Nerven! Was bleibt mir übrig? Außerdem waren das ganz sichere Geschäfte. Da hätte gar nichts schiefgehen dürfen.«

»Ist es aber, wenn ich dich richtig verstehe. Und was nun?«

»›Was nun‹, ›was nun‹? Du kannst Fragen stellen! Ich habe doch gesagt: Ich muss hier weg. Weit weg sogar. Und ich weiß auch schon, wohin. Da findet mich die deutsche Polizei nicht so schnell.«

»Also sehen wir uns erst mal nicht wieder? Wie soll ich denn …«

»Herrje, du denkst wohl nur ans Ficken, was? Ich habe jetzt andere Sorgen.«

»Wie kannst du so etwas Gemeines sagen, Milko? Ich liebe dich doch!«

»Ich dich auch, entschuldige. Ich bin völlig daneben, kann kaum noch einen klaren Gedanken fassen.«

»Schon gut, das verstehe ich. Kann ich dir irgendwie helfen?«

»Ja, pass auf: Ich habe vorhin mit meinem Onkel in Hamburg telefoniert. Der war zwar nicht begeistert, dass ich eigene Geschäfte gemacht habe, aber Familie geht bei uns über alles. Besonders wenn die Bullen jemanden von uns bedrohen. Er sorgt dafür, dass ich für einige Zeit in Kroatien untertauchen kann, bis diese Geier ihr Interesse an mir verloren haben. Aber ich brauche ein bisschen Geld dafür. Kannst du mir was geben?«

»Ich glaube schon. Ich hab zwar auch nicht mehr so viel auf dem Konto, aber …«

»Zehntausend würden erst mal genügen. Geht das?«

»So viel? Aber gut, das kriege ich hin. Zur Not erhöhe ich meinen Dispo.«

»Okay, danke, Karsten. Wenn ich dich nicht hätte! Irgendwann ist das alles ausgestanden, dann kommen wir beide endlich ganz zusammen und du kriegst alles zurück!«

»Hauptsache, dir passiert nichts und wir beide bleiben …«

»Genau, genau. Ich tauche erst mal unter. Vorher treffen wir uns aber noch mal. Am besten irgendwo vor Hamburg auf einer Raststätte an der Autobahn. Dann kannst du mir das Geld geben.«

»Wann denn? Ich muss doch erst einmal zur Bank! Und wie kommst du überhaupt aus Rendsburg raus? Dein Auto kannst du ja wohl nicht nehmen, oder?«

»Nee, das muss da unten stehen bleiben, sonst haben sie mich gleich am Wickel. Mein Onkel hat einen genialen Plan. Er organisiert alles und ruft mich gleich wieder an, deshalb müssen wir auch aufhören zu telefonieren. Hol du schon mal die Kohle. Ich sag dir dann Bescheid, wann und wo genau wir uns treffen. Ist das für dich in Ordnung?«

»Ja, ja, sicher. Bitte pass auf dich auf, Milko. Ich weiß nicht, was ich tue, wenn dir etwas zustößt.«

»Nun reg dich nicht so auf, mein Liebster. Die Trottel kriegen mich nie. Sollen sie nur weiter meine Karre beobachten, dann haben sie wenigstens was zu tun, während ich mich aus dem Staub mache. Alles wird gut. Ich muss jetzt leider Schluss machen. Wird schon klappen, mein Onkel ist ein Profi. Ich melde mich nachher bei dir. Und, Karsten: Das werde ich dir nie vergessen!«

30

Die beiden LKA-Beamten in dem Opel hatten offenbar beschlossen, auf dem Parkplatz zu warten, warum auch immer. Edgar Schimmel zweifelte inzwischen nicht mehr daran, dass ihr Interesse demselben Mann galt wie das seine. Alles andere wäre ein allzu unwahrscheinlicher Zufall gewesen, zumal die Beamten vorhin um Novaks Auto herumgegangen waren und versucht hatten, durch die getönten Scheiben ins Innere zu spähen. Vielleicht hatten sie den Auftrag, ihre Zielperson nur zu beschatten. Möglicherweise lag noch nichts vor, was einen direkten Zugriff in der Wohnung gerechtfertigt hätte.

Ihm sollte es egal sein. Die jungen Kollegen gehörten vermutlich zur Abteilung fünf, ›Operativer Einsatz‹, des LKA – ihre Sonnenbrillen würden jedenfalls bestens dazu passen.

Der Graue grinste. Das alles roch nach genau der Art von Verbrechen, die Milko Novak schon zweimal in Deutschland hinter Gitter gebracht hatte. Aber Schimmel war hier, um die Ermittlungen in einem Tötungsdelikt zu unterstützen, und mit nichts anderem würde er sich beschäftigen. Was kümmerte es ihn, ob seine Zielperson geklaute Autos verschob? Ob Novak in den Mordfall verwickelt war, darum allein ging es.

Vor ein paar Minuten war einer der beiden Typen aus dem Opel gestiegen, hatte das Jackett seines marineblauen Anzugs vom Rücksitz geholt und übergezogen – nicht zuletzt vermutlich, um das Holster mit der Dienstwaffe zu verbergen, das er seitlich unter der linken Achsel trug –, und war weggegangen. Schimmel hatte genau aufgepasst, ob der Beamte sich der Eingangstür zu Novaks Behausung näherte, doch er ging in die andere Richtung davon. Nun wurde auch der Grund für diesen Ausflug klar: Der Mann kehrte mit einer großen Papiertüte zurück, auf der das Logo einer bekannten Fast-Food-Kette prangte.

Die Herrschaften hatten Hunger.

Typischer Fehler. Nur Amateure verließen ihren Posten wegen einer solchen Lappalie wie Verpflegung. Das hätte der Graue in seiner aktiven Zeit bei einem seiner Leute niemals gebilligt. Selbst für den Harndrang, der ihn mit zunehmendem Alter immer stärker ärgerte, hatte er vorgesorgt. Im Fußraum vor dem Beifahrersitz lag eine sogenannte Ente, eine

Urinflasche aus Plastik, die man in jeder Apotheke kaufen konnte.

Er griff nach dem Karton mit den Müsliriegeln auf dem Beifahrersitz, wickelte einen davon aus und biss hinein. Aus den Augenwinkeln sah er, dass gerade ein Lieferwagen mit der Aufschrift *Kein Bild, kein Ton – wir kommen schon!* aus der Toreinfahrt etwa zwanzig Meter hinter Novaks Mietkaserne herausfuhr und sich in den laufenden Verkehr einfädelte. Nichts Besonderes, denn im Gebäude daneben glänzten zwei breite Schaufenster eines Elektrogeschäfts in der Mittagssonne, die mit demselben Werbespruch beschriftet waren. Ein paarmal waren schon Autos in diese Einfahrt hineingefahren und bald darauf wieder herausgekommen. Der Laden hatte offenbar einen Parkplatz im Hof. Mithilfe seines Fernglases hatte der Graue das Schild an der Toreinfahrt entziffern können. *Parken nur für Kunden!*, stand da.

In Gedanken ging er noch einmal die Fakten durch, die Helene ihm in den Unterlagen zu diesem Fall zusammengestellt hatte. Eine wirklich knifflige Sache, das musste er zugeben. Allzu viele Leute hatten ein Motiv, Enno Brodersen zu beseitigen. So etwas war immer schlecht für die Kripo, vor allem wenn die Kriminaltechnik trotz akribischer Laborarbeit keinerlei verwertbare Spuren liefern konnte. Oder wenn die Spuren, wie in diesem Fall, keine klare Beweisführung ermöglichten. Verständlich, dass Helene und ihr hoffnungsvoller Adlatus langsam ungeduldig wurden. Sie waren darauf angewiesen, dass der Täter die Nerven verlor und ein Geständnis ablegte. Das geschah allerdings sehr selten – außer natürlich in schlechten Krimis, deren Autoren nichts Besseres einfiel, um ihre schwache Geschichte irgendwie voranzubringen.

Er schluckte den letzten Bissen des süßen Riegels herunter, nahm einen tiefen Schluck aus der Mineralwasserflasche und warf einen Blick hinüber zu dem Opel Zafira.

Das Festmahl war noch im Gange. Einer der jungen Herren warf gerade zusammengeknülltes Papier über die heruntergelassene Seitenscheibe aus dem Auto.

Na denn. Der Graue streckte sich. Zeit, ein wenig zu dösen. Mit offenen Augen natürlich. Er konnte das: in den Ruhemodus schalten und doch alles registrieren, was wichtig schien. Jahrelange Übung. Und dennoch: Manche lernten das nie.

In den nächsten zwei Stunden passierte gar nichts. Dann kam wieder einmal ein Pkw aus der Toreinfahrt. Unruhig sah Schimmel auf seine Armbanduhr: fünfzehn Uhr und achtundzwanzig Minuten. Ein altbekanntes Ziehen meldete sich in seinem Magen, das nichts mit fehlender Nahrungszufuhr zu tun hatte. Es war dieses wohlbekannte Gefühl, etwas nicht bedacht oder gar übersehen zu haben, das den Grauen mehr und mehr beunruhigte.

Ein Blick hinüber zu dem Opel. Keine Veränderung. Immer noch wachte das LKA hinter dunklen Sonnenbrillen über den Parkplatz. Hier stimmte etwas nicht, Schimmel fühlte es deutlich.

31

Karsten Brodersen betrat den Schalterraum der Bankfiliale, in dem sich nur wenige Kunden aufhielten, und ging an den Tresen. Die rothaarige Angestellte, die er vom Gesicht her kannte, ohne sich an ihren Namen zu erinnern, begrüßte ihn freundlich und fragte, was sie für ihn tun könne.

»Ich möchte eine größere Summe abheben. Und ich habe es eilig.« Er gab ihr seine Kontonummer.

»An wie viel hatten Sie gedacht, Herr Brodersen?«

»Zehntausend.«

Nervös starrte die Frau auf den Bildschirm und kaute auf ihrer Unterlippe. »Äh, ja ... Da haben wir ein kleines Problem.«

»Dann lösen Sie es bitte«, sagte Brodersen schroff. »Es ist wichtig.«

»Einen Augenblick, da muss ich Rücksprache halten.« Damit ging sie nach hinten, kam aber kurz darauf in Begleitung des Zweigstellenleiters zurück, den Karsten kannte. Hellert hieß der Mann, erinnerte er sich.

»Kommen Sie doch bitte mit in mein Büro, Herr Brodersen, da können wir ungestört reden.«

Als sie sich in dem kleinen, vom Schalterraum nur durch Scheiben abgetrennten Glaskasten gegenübersaßen – wie in einem Aquarium, schoss es Karsten durch den Kopf –, begann Hellert mit einer umständlichen Rede, in der sich die Worte ›Saldo‹, ›Kreditlinie‹ und ›Dispo‹ mehrmals wiederholten. Auch ›häufige hohe Abhebungen‹ kam darin vor.

»Okay, machen wir's kurz«, unterbrach Brodersen den Redeschwall. »Ich weiß, dass es derzeit nicht gerade rosig auf meinem Konto aussieht. Ich brauche das Geld dennoch – und zwar dringend. Was können wir also tun?«

Ein wenig zierte sich der Banker noch, dann fragte er vorsichtig: »Wie sieht es denn eigentlich aus, was die testamentarischen Regelungen angeht? Ich meine … äh …« Er errötete, hob entschuldigend die Hände und sagte: »Verzeihen Sie bitte! Fast hätte ich vergessen, Ihnen mein Beileid zum plötzlichen Tod Ihres Herrn Vaters ausdrücken.«

»Ja, danke. Sehr freundlich von Ihnen. Er war sein Leben lang Kunde bei Ihnen, nicht wahr?«

»Natürlich. Deshalb habe ich mir ja auch erlaubt zu fragen, wie es jetzt weitergeht. Ich meine mit dem Betrieb und dem Land und so.«

»Noch hat die Testamentseröffnung nicht stattgefunden, aber wenn ich alles richtig verstanden habe, erbe ich den Hof.«

»Oh! Das ist ja … Das wissen Sie also schon?« Die Freude war unüberhörbar. Fast, als hätte Herr Hellert gerade von einer eigenen Erbschaft erfahren.

»Nun, die Umstände seines Todes sind nach wie vor nicht vollständig geklärt«, sagte Brodersen. »Die Polizei hat deshalb beim Notar entsprechende Erkundigungen eingezogen, was das Testament meines Vaters betrifft. Man hat mich dann über genau diese testamentarische Verfügung ziemlich intensiv ausgefragt. Daher kenne ich sie.« Er sah Hellert ins Gesicht. »Und übrigens auch das Gutachten zum Wert des gesamten Betriebes, das die Ostseebank, also Ihr Haus, aktuell hat erstellen lassen.« Er lächelte schmal. »Ich bin sicher, Sie kennen es. Sie waren ja der Ansprechpartner meines Vaters.«

»Äh, ja, natürlich.« Hellert nickte eifrig. »Nun, wenn das so ist … Wenn alle Dinge geregelt sind, Sie wissen schon, die Testamentseröffnung, die Grundbuchumschreibungen und so weiter, wäre es gut, wenn wir uns wegen der finanziellen Gesamtlage einmal zusammensetzen würden, Herr Brodersen. Da wären noch ein paar Punkte zu klären und …«

»›Ein paar Punkte‹? Was meinen Sie damit?«

»Es ist notwendig, die Absicherung der bestehenden Verpflichtungen angemessen anzupassen.«

»Das werden wir selbstverständlich alles sauber erledigen. Unabhängig davon weiß ich noch gar nicht, wie es weitergehen wird mit dem Hof.«

»Sie denken daran, ihn zu verkaufen?«

»Mal sehen. Natürlich nicht das Haus mit dem Garten. Da lebt ja meine Mutter, und daran soll sich selbstverständlich nichts ändern. Aber ob ich auf Dauer hierbleiben werde, ist noch ungewiss.«

»Nun, das ist allein Ihre Entscheidung. Soweit ich weiß, gibt es durchaus Interessenten für das Land, falls Sie es verkaufen wollen. Bitte denken Sie daran, mich in dem Fall rechtzeitig zu informieren. Wir haben lange Erfahrung im Immobiliengeschäft.«

»Ja, ja«, sagte Brodersen und blickte auf seine Uhr. »Ich habe es eilig. Was ist denn nun mit dem Geld?«

»Oh, das. Ich sehe keinerlei Hindernis, Ihren Dispositions-kredit – vielleicht erst einmal auf drei Monate befristet? – zu erhöhen. Ich werde das veranlassen. Wie viel, sagten Sie, möchten Sie heute abheben?« Der Banker griff in die Schublade und legte einen Auszahlungsschein vor sich auf den Tisch.

»Zehntausend«, wiederholte Brodersen.

»Ach ja, stimmt. Sie wollen bestimmt eine kleine Anschaffung tätigen, nicht wahr?« Hellert lachte verkrampft auf.

»Geht Sie das etwas an?«

»Nein, nein, entschuldigen Sie. Ich dachte bloß …«

»Wir müssen ihn ja unter die Erde bringen, den edlen Erb-lasser«, kam es sarkastisch von Brodersen. »Das kostet, wie Sie wissen.«

»Natürlich, Sie haben völlig recht.«

Der Schein wurde unterzeichnet, und Karsten Brodersen konnte das Aquarium in Begleitung des Zweigstellenleiters verlassen. Hellert sprach kurz mit der Dame an der Kasse, unterschrieb noch irgendeinen Zettel und verabschiedete sich dann.

Wenige Minuten später trat Brodersen mit zehntausend Euro in Fünfhunderteuroscheinen aus dem Eingang, stieg in seinen silberfarbenen Golf und fuhr davon.

Den dicken Mann, der nach ihm das Gebäude betreten hatte, ihn die ganze Zeit beobachtete, während er scheinbar intensiv mit der Bedienung des Geldautomaten im Schalter-raum befasst war, und nun Sekunden nach ihm herauskam, bemerkte er nicht. Dafür war er zu sehr mit sich und seinen Problemen beschäftigt.

Kaum war der metallicsilberne Golf vom Parkplatz gefahren, spurtete Hiesemann hinüber zu dem Dienstwagen, in dem Feld bereits mit laufendem Motor auf ihn wartete. Er wuchtete seine Massen auf den Beifahrersitz, und die Beamten nah-men die Verfolgung auf.

Hiesemann griff zum Handy, rief seine Chefin an und berichtete ihr von der Abhebung, die Brodersen gerade getätigt hatte.

»Gut gemacht! Bleiben Sie unbedingt an ihm dran. Aber er darf Sie keinesfalls entdecken!«, sagte Helene Christ. »Bestimmt fährt er zu seinem Freund nach Rendsburg. Wir machen uns sofort auf den Weg, um die beiden in der Wohnung abzupassen. Halten Sie mich bitte laufend über Brodersens Position informiert.«

»Jawoll, Frau Oberkommissarin!«, brüllte Hiesemann zackig und beendete das Gespräch.

»Was schreist du denn so?«, wollte Feld wissen.

»Der Tag muss erst noch kommen, an dem ich mich daran gewöhne, nach der Pfeife einer Frau zu tanzen.«

Feld ließ einen drängelnden BMW überholen und setzte sich dahinter. Nun waren zwei Fahrzeuge zwischen ihnen und Brodersens Golf. Die Kriminalbeamten hatten ihn bestens im Blick.

»So langsam solltest du dich damit abgefunden haben, dass auch bei uns immer mehr Frauen das Regiment übernehmen. Ein Hoch auf die Gleichberechtigung, das ist nun mal die neue Zeit!«

»Scheiße ist es«, knurrte Hiesemann. »Früher war 's schöner.« Doch kaum war das heraus, fiel ihm selbst auf, was für einen Unsinn er da von sich gab. Als ob es angenehm gewesen wäre, den Grauen als Vorgesetzten zu haben …

32

»Sie planen ihre Flucht!«, rief Kommissar Önal, der mitgehört hatte. »Sehen Sie, da haben wir unsere Täter. Endlich kommt die Sache in Fahrt.«

»Scheint tatsächlich so«, bestätigte Helene, nahm die leichte

Sommerjacke von der Sessellehne und griff nach ihrer Umhängetasche, in der auch die Dienstwaffe steckte. »Dann mal los. Ich rufe den Grauen von unterwegs an, damit er weiß, was da im Gange ist.«

Schon fünf Minuten später fuhren sie vom Hof. Önal hatte die Blaulichtleuchte aufs Dach gesetzt und das Martinshorn eingeschaltet. In rasendem Tempo ging es durch die Stadt, dann auf der B 200 zum Autobahnkreuz Flensburg und schließlich auf der A 7 Richtung Süden.

Während der gesamten Fahrt stand Helene mit ihrem rechten Fuß fortwährend auf einer imaginären Bremse. Gegen ihren Willen entfuhr ihr auch hin und wieder ein zischender Warnlaut, wenn Kommissar Önal mit erheblichem Geschwindigkeitsüberschuss auf einen Wagen zuschoss, der auf der Überholspur herumbummelte. »Bringen Sie uns nicht ins Grab, Nuri«, knurrte sie gepresst, als ihr junger Kollege hart in die Bremse stieg, um den Zusammenstoß mit einem Omnibus zu verhindern, der einen Lkw überholte und es nicht mehr rechtzeitig geschafft hatte, sich vor dem herannahenden Polizeiwagen auf die rechte Spur zu retten.

Ihr junger Kollege grinste bloß. »Und Sie sollten aufpassen, dass Sie sich nicht Ihren Fuß verletzen, wenn Sie ihn durch das Bodenblech stoßen, Frau Christ.«

»Frecher Lümmel«, murmelte Helene und lachte. »Ich fahre ja nicht zum ersten Mal einen Einsatz, bei dem Sie am Steuer sitzen, aber ich werde mich an Ihren Fahrstil nie gewöhnen, fürchte ich.«

»Wir dürfen nicht zu spät kommen«, war der einzige Kommentar des Kommissars. »Wer weiß, was die vorhaben und wohin sie wollen?«

Das Telefon klingelte, und Helene drückte auf den Knopf der Freisprecheinrichtung.

»Brodersen ist jetzt kurz vor der Abfahrt Rendsburg/Büdelsdorf«, meldete sich Hiesemann. »Fährt ziemlich flott, aber wir haben ihn im Blick. Gleich wird er wohl abbiegen, um in die Stadt zu fahren.«

Helene sah sich kurz um. »Okay, wir sind etwa zehn Kilometer hinter Ihnen. Novak hält sich immer noch in seiner Wohnung auf. Ich nehme an, Brodersen wird ihn anrufen, sobald er vor dem Mietshaus ankommt.«

»Vielleicht fährt er auch in seine eigene Wohnung, und sie treffen sich da«, ließ sich Feld vernehmen.

»Das halte ich für unwahrscheinlich. Aber wenn, dann müsste Novak jeden Moment runterkommen. Obwohl …« Helene hatte nicht vor, den beiden Kollegen von dem LKA-Team zu erzählen, das auf dem Parkplatz lauerte. »Wie auch immer, bleiben Sie an Brodersen dran, egal, wie sich die Dinge entwickeln.«

Hiesemann sagte: »Keine Angst, wir verlieren ihn nicht aus den Augen.«

»Was ist das denn?«, schrie Feld plötzlich. »Er fährt nicht von der Autobahn ab!«

»Wie?«, fragte Helene alarmiert nach. »Was soll das heißen?«

»Er fährt einfach weiter! Die Abfahrt hat ihn gar nicht interessiert!«

»Vielleicht will er bis zum Autobahnkreuz Rendsburg«, sagte Nuri Önal. »Wäre zwar ein Umweg zu Novaks Wohnung, aber …«

»Okay, Kollegen, lassen Sie uns sofort wissen, ob Brodersen die nächste Ausfahrt nimmt. Wenn nicht …«

Ja, was dann? Was, zum Teufel, lief da? Das konnte doch nicht wahr sein!

Ein paar Minuten später stand fest, dass Karsten Brodersen keineswegs vorhatte, nach Rendsburg zu fahren. Hiesemann und Feld gaben durch, dass ihre Zielperson unbeirrt auf der A 7 in südliche Richtung weiterfuhr.

»Was machen wir denn nun?«, wollte Hiesemann wissen, und sein Ton klang gehässig. »Welche neuen Anweisungen haben Sie für uns, Frau Christ? Vielleicht fährt er weiter bis zum Gardasee. Geld genug hat er schließlich dabei.«

Helene schluckte eine scharfe Erwiderung hinunter und sagte kalt: »Dranbleiben, weiterbeobachten und melden, Herr Hiesemann. Mehr brauchen Sie sich nicht zu merken. Und wenn Brodersen sich irgendwo, auf einem Parkplatz zum Beispiel, mit Novak trifft, bevor wir da sind, nehmen Sie die beiden fest und warten auf uns. Schaffen Sie das?« Ohne eine Antwort abzuwarten, beendete sie das Gespräch, drückte im Kurzwahlspeicher Schimmels Nummer und berichtete ihm von der neuen Lage.

»Verdammt, ich wusste, dass hier etwas faul ist«, schimpfte der Graue. »Weißt du was? Ich gehe jetzt hoch und trete die Tür ein.«

»Bist du denn von allen guten Geistern verlassen? Wir haben keinerlei Befugnisse …«

»Ich sowieso nicht. Was macht da so ein kleiner Sachschaden schon aus? Der Kerl ist längst über alle Berge, glaub mir. Vor meiner Nase hat er sich aus dem Staub gemacht. Ich bin auf seinen Trick reingefallen, und die Sonnyboys vom LKA genauso. Ach, da kommt mir gerade eine tolle Idee …«

»Edgar, was hast du vor?«, fragte Helene aufgeschreckt. »Mach bitte keinen Unsinn!«

»Um die Sache hier kümmere ich mich schon, keine Angst, Miss Marple. Und die Tür werde ich auch nicht selbst aufbrechen, das verspreche ich dir. Mir ist gerade eingefallen, dass die jungen Herren mit den schicken Sonnenbrillen das liebend gern höchstpersönlich übernehmen werden. Das LKA wird dir noch ein Dankesschreiben schicken, verlass dich drauf! Passt ihr bloß auf, dass euch Brodersen nicht durch die Lappen geht. Er führt euch zu Novak. Die beiden treffen sich irgendwo, ganz bestimmt. So, ich muss mich sputen, das war's erst mal.« Damit brach die Verbindung ab.

33

Edgar Schimmel warf die Wagentür des Toyotas krachend hinter sich zu, marschierte zielstrebig hinüber zum Parkplatz, trat an den Opel und klopfte gegen das Seitenfenster der Fahrerseite.

Sofort wurde die Scheibe heruntergelassen, und einer der Männer schnauzte ihn an: »Hauen Sie ab!«

Der Graue holte seinen Dienstausweis aus der Jackentasche und reichte ihn hinein. »Der ist längst abgelaufen. Nur, damit Sie wissen, wer ich bin – oder war.«

»Edgar Schimmel, Kriminalhauptkommissar«, las Sonnenbrille eins seinem Kollegen vor.

»Schimmel?«, fragte der nach. »Kommt mir bekannt vor, der Name. Aus Flensburg?«

»Sie sagen es. Leiter der dortigen Mordkommission bis vor knapp zwei Jahren«, kam es frohgemut zurück.

»Der Graue«, murmelte Sonnenbrille zwei leise. »So wurden Sie, glaub ich, genannt.«

»Stimmt genau!«, feixte Schimmel. »Und Sie sind Kollegen vom Landeskriminalamt aus Kiel, nicht wahr?«

»Was ... äh, warum ...?«, brach es aus Sonnenbrille eins heraus, und sein Beifahrer erweiterte das konsternierte Gestammel noch ein wenig: »Wer ... äh, wieso ...«

»Machen wir's kurz, meine Herren. Sie beschatten einen gewissen Milko Novak, nicht wahr? Diesen Typen hier.« Der Graue zeigte das Foto vor, das er der Akte entnommen hatte. »Warum Sie das tun, weiß ich nicht, und es ist mir auch egal. Vermutlich sind Sie hinter ihm her, weil er wieder in eine Hehlerei mit gestohlenen Luxuskarossen verwickelt ist. Soll mir recht sein. Ich fürchte aber, er ist Ihnen durch die Lappen gegangen.«

»Was geht Sie das überhaupt an?«, fragte der Beifahrer wütend. »Wie kommen Sie dazu, uns zu belästigen? Sie behindern eine Polizeiaktion!«

»Jetzt halten Sie mal die Luft an! Ein guter Rat von einem alten Kollegen: Wenn Sie nicht wie komplette Idioten dastehen wollen, sollten Sie sofort nachsehen, ob sich Ihre Zielperson überhaupt noch in der Wohnung aufhält.«

Sonnenbrille eins schluckte. »Er kann nur durch den Haupteingang heraus. Das haben wir überprüft.«

»Dachte ich auch«, gab Schimmel zu. »Aber er muss irgendwie ins Nachbarhaus gelangt sein. Vielleicht über einen Balkon, was weiß ich? Ich vermute, jemand hat ihn auf dem Parkplatz der Elektrofirma da drüben mit einem Auto abgeholt. Sehen Sie die Hofeinfahrt?« Er zeigte zu dem Durchlass zwischen den Häusern. »Da sind sie raus – und weg.«

»Woher wollen Sie das wissen?«, fragte Sonnenbrille zwei aufsässig. »Sie können uns viel erzählen!«

»Ich erkläre Ihnen später alles haarklein«, sagte der Graue und zügelte mühsam seine Ungeduld. »Aber erst mal sollten Sie nach oben laufen und nachsehen, ob …«

»Scheiße! Was, wenn er recht hat?«, entfuhr es dem Beifahrer, und seine Stimme hatte einen panischen Beiklang.

»Gehen Sie zur Seite, los!«, rief der Mann hinter dem Steuer und riss die Tür auf. »Du bleibst hier«, befahl er seinem Kollegen.

»Pass auf, dass der«, er zeigte auf Schimmel, »nicht wegläuft. Ich bin gleich zurück.« Damit sprintete er los, überquerte die Straße und verschwand im Hauseingang der grauen Mietskaserne.

Nach drei Minuten kam er wieder heraus und rannte zurück zum Wagen. »Scheiße, da ist tatsächlich kein Mensch in der Wohnung! Sie hatten recht«, sagte er zum Grauen und sah ihn misstrauisch an.

»Hast du denn genau …« Sein Kollege war blass geworden.

»Ich habe die Tür aufgetreten – Gefahr im Verzug. Der Vogel ist ausgeflogen, keine Frage.«

»Und bevor wir hier weiterschwatzen: Sobald Zeit dafür ist, werde ich Ihnen natürlich alle Ihre Fragen beantworten«, übernahm Schimmel die Regie. »Aber wenn Sie Novak noch einfangen wollen, sollten Sie sofort mit Oberkommissarin Christ von der Flensburger Mordkommission telefonieren. Die beschattet gerade seinen Komplizen, mit dem er sich wahrscheinlich treffen wird.«

Sonnenbrille eins traf eine Entscheidung. Er zog sein Handy hervor und gab die Nummer ein, die der Graue ihm diktierte. »Wenn Sie uns verarschen, alter Mann …«, murmelte er dabei gefährlich leise.

Schimmel grinste über beide Ohren.

Das Gespräch dauerte nur eine Minute, dann stiegen die beiden LKA-Männer wieder in ihr Auto. Schimmel riss eine der hinteren Wagentüren auf und warf sich auf den Sitz.

»Raus mit Ihnen!«, schrie einer der Beamten. »Was fällt Ihnen ein? Das fehlte uns noch! Sie können doch nicht …«

»Fahren Sie schon los«, gab der Graue kühl zurück, »sonst verplempern Sie noch mehr Zeit. Ich werde Ihnen unterwegs erzählen, was es mit dem Mordfall auf sich hat, in den Novak verwickelt ist. Frau Christ, mit der Sie gerade gesprochen haben, leitet übrigens die Ermittlungen.«

Sonnenbrille eins warf im Rückspiegel einen resignierten Blick auf den alten Herrn im zerknitterten grauen Anzug, schüttelte stumm den Kopf, startete den Motor und fuhr los.

34

»Mach dir keine Sorgen. In zehn Minuten bin ich da«, rief Karsten Brodersen in das Mikrofon der Freisprecheinrichtung.

»Das ist gut. Ich warte schon viel zu lang.«

»Meine Güte, Milko, ich musste ja erst das Geld von der Bank holen. Das war gar nicht so einfach. Mein Konto ist jetzt tiefrot.«

»Entschuldige, Liebster. Ich bin dir so dankbar! Du bekommst alles zurück, das verspreche ich dir.«

»Wie lange musst du denn ... untertauchen? Sagt man das nicht so?«

»Weiß ich doch jetzt noch nicht. Aber ich komme zu dir zurück, ganz sicher. Pass auf: Du musst nicht bis zu dem großen Fachwerkgebäude mit dem Reetdach vorfahren, in dem das Restaurant ist. Da sind zu viele Leute. Wir stehen gleich rechts hinter der Auffahrt, noch vor der Tankstelle, wo ein paar Lastwagen hintereinander parken. Da reichen die Bäume bis direkt an die Straße. Halte nach einem roten GTI Ausschau.«

»Okay, verstanden. Wie bist du denn an den Wagen gekommen?«

»Das hat mein Onkel organisiert. Ich habe dir doch gesagt, dass der mich nicht hängen lässt. Der hat jemanden losgeschickt, um mich abzuholen.« Milko lachte auf. »Das glaubst du nicht! Vor den Augen der Bullen sind wir aus der Hofeinfahrt heraus – und ab durch die Mitte! Geil, sag ich dir! So, beeil dich, ich muss hier verschwinden!«

Ach, Milko. Je näher Karsten Brodersen seinem Ziel kam, desto unruhiger wurde er. Seine Gedanken überschlugen sich. Was hatte sein Freund bloß getan, dass er nun Hals über Kopf fliehen musste?

Natürlich wusste Karsten von der kriminellen Vergangenheit seines Partners. Milko hatte ihm erzählt, wie schwer er es in seiner Jugend gehabt hatte, wie hart es für ihn und seine Familie gewesen war, in Kroatien ein anständiges Leben zu führen. Es war Karsten geradezu folgerichtig vorgekommen, dass sein Freund auf die schiefe Bahn geraten war. Warum er dann aber auch in Deutschland nicht recht hatte

Fuß fassen können, sogar erneut im Gefängnis landete, konnte Milko sich selbst nicht erklären. Es mochte damit zusammenhängen, dass er einfach zu gutmütig war, den Menschen zu sehr vertraute. Er hatte erzählt, dass er für etwas verurteilt worden war, was er gar nicht getan hatte. Das kam gar nicht so selten vor, wusste Karsten, davon las man ja immer wieder.

Aber nun schien Milko erneut in Schwierigkeiten zu stecken, in heftigen sogar. Was war nur los mit ihm?

Karsten Brodersen wusste keine Antwort auf diese Frage. Wobei das nicht ganz stimmte. Wenn er ehrlich war, lauerte seit einiger Zeit sehr wohl so etwas wie eine Ahnung in seinem Hinterkopf. Immer wenn er sie zu dicht an sich heranließ, wurde er unruhig. So wie jetzt. Besser, er verdrängte diese dunklen Gedanken, versenkte sie so tief wie möglich im Vergessen.

Die Ausfahrt zur Raststätte Holmmoor kam in Sicht und Karsten verlangsamte sein Tempo. Als er in die Abfahrt eingebogen war, hielt er sich rechts und erkannte neben den Bäumen die Reihe von Lkws, die Milko erwähnt hatte. Im Schritttempo ließ er den Wagen an den ersten beiden Kolossen vorbeirollen, dann sah er den roten GTI. Milko stieg auf der Beifahrerseite aus und winkte ihm zu.

Karsten klemmte sein Auto direkt zwischen den Sportwagen und die Kühlerhaube eines Dreißigtonners. Irgendetwas irritierte ihn plötzlich. Die Airbrush-Flammen auf der Tür und am Heck des roten Autos.

Milko kam auf ihn zu und schloss ihn in die Arme. »Ich bin so glücklich, dass ich dich habe. Danke, dass du das alles für mich tust.«

Karsten holte den dicken Umschlag aus seiner Tasche.

Hastig griff sein Freund danach und steckte das Päckchen in sein Hemd, das bis zur Brust offen stand. »Es tut mir alles so leid, das musst du mir glauben. Aber es hilft nichts: Die

Bullen machen sich gar nicht mehr die Mühe, nach dem Richtigen zu suchen. Sie halten sich immer an die, die sie schon kennen. Einmal vorbestraft, immer schuldig. So läuft das eben.«

»Aber ... wenn du wirklich nichts getan hast, dann wird sich das doch herausstellen. Wenn du jetzt fliehst, sieht es erst recht so aus, als wärest du schuldig.« Irritiert flog Karstens Blick zu dem roten Sportwagen hinüber. Es war ihm, als hätte er aus den Augenwinkeln eine Bewegung im Inneren gesehen. »Wer sitzt denn da im Auto?«

»Na, der Fahrer natürlich, der Mann, den mein Onkel geschickt hat.«

Auf einmal machte es Klick. Karsten kannte den Wagen, hatte ihn schon in der Nähe der Schwulenkneipe gesehen, die er und Milko manchmal aufsuchten. Rasch warf er einen Blick auf das Kennzeichen: RD für Rendsburg. Mit einem Satz sprang er an die Fahrertür und riss sie auf.

Sammy, der sich tief in den Sitz geduckt hatte, fuhr hoch. »Was ist denn ...?«

Karsten schlug die Tür wieder zu, bevor der hübsche junge Mann mit den langen schwarzen Haaren seine Frage zu Ende bringen konnte. Eiseskälte kroch plötzlich in ihm hoch. Langsam drehte er sich zu Milko um. »Dein Onkel hat dir also ausgerechnet Sammy geschickt, ja?«

Sein Freund ging schnell zur Beifahrertür und öffnete sie. »Mein Gott, du schnallst einfach nichts, Karsten! Mach mal deine Augen auf! Sammy und ich ...«

»Du hast gesagt, es wäre vorbei mit euch. Hoch und heilig hast du mir das geschworen!«

»Nun reg dich doch nicht so auf. Man sagt viel. Und außerdem liebe ich dich wirklich, das musst du mir glauben.«

»Du fährst also mit Sammy nach Kroatien, ja?« Karsten wusste im selben Moment, dass diese Frage völlig überflüssig war. Alles lag auf der Hand.

Wie durch einen billigen Lautsprecher verfremdet, drang blechern Milkos Stimme an seine Ohren: »Na und? Meine Güte, er hilft mir beim Untertauchen. Das hat mit dir nichts zu tun, Karsten – und außerdem sind wir nicht verheiratet, oder? Also stell dich nicht so an.« Damit sprang er in den Wagen, der Motor heulte auf, und der GTI schoss aus der Lücke. Sammy gab noch mehr Gas und der Wagen beschleunigte rasant.

Doch unvermittelt leuchteten die Bremslichter auf, und die Reifen rutschten quietschend über den Asphalt. Karsten sah, dass das Auto hundert Meter weiter schleudernd zum Stehen kam. Direkt davor blockierte ein grauer Passat, der quer zur Fahrtrichtung stand, die Straße. Grell blitzte das Blaulicht auf dem Dach des unscheinbaren Wagens in schnellem Takt.

Ein dicker Mann sprang auf der Beifahrerseite heraus und stellte sich, die Pistole im Anschlag, breitbeinig vor dem GTI auf. Auch sein spindeldürrer Kollege stieg aus dem Fahrzeug, faltete sich zu voller Länge auseinander und richtete seine Waffe auf das rote Auto.

Der Motor des GTIs brüllte auf, krachend wurde der Rückwärtsgang eingelegt, und der Wagen schoss jaulend zurück. Allerdings nur wenige Meter, denn in diesem Moment kam ein anderer Passat mit blitzendem Blaulicht und heulendem Martinshorn in hohem Tempo näher und raste knapp an Karsten Brodersen vorbei. Der Fahrer bremste hart, machte eine knappe Lenkbewegung, und plötzlich stand hinter dem Sportwagen ein zweites Hindernis quer auf der Straße.

Völlig entgeistert sah Brodersen, dass die Flensburger Kommissarin Christ und ihr Kollege, der ihm bei der Vernehmung so zugesetzt hatte, aus dem Auto sprangen. Sofort gingen sie hinter ihrem Wagen in Deckung, zogen die Waffen und zielten auf den GTI, der mit qualmenden Reifen gerade noch vor ihnen zum Stehen gekommen war.

Sekunden später stiegen Milko und Sammy mit hocherhobenen Händen aus dem Auto.

35

Langsam wurde es eng in dem kleinen Raum hinter dem Restaurant der Raststätte, fand Helene, denn nun kamen auch noch zwei junge Männer in dunklen Anzügen, einer marineblau, der andere anthrazit, zur Tür herein, nahmen ihre verspiegelten Sonnenbrillen ab und schauten sich abschätzig um.

»LKA Kiel«, schnarrte Marineblau. »Wir übernehmen jetzt!«, und Anthrazit fragte mit scharfer Stimme: »Wo ist Milko Novak?«

Helene hatte bereits eine passende Erwiderung auf der Zunge, da fuhr sie zusammen, als eine wohlbekannte Stimme hinter den beiden Rambos ertönte.

»Nun entspannen Sie sich mal, meine Herren«, sagte Edgar Schimmel betont gemütlich. »Ich hatte Ihnen bereits mitgeteilt, dass Oberkommissarin Christ die Ermittlungen leitet, und daran wird sich auch durch Ihren dramatischen Auftritt nichts ändern.« Er zeigte auf Helene. »Und da sie die einzige Frau hier im Raum ist, werden Sie auch keine Schwierigkeiten haben, sie zu erkennen.« Grinsend ging er an den beiden LKA-Beamten vorbei. »Da hinten sitzt übrigens Ihre Zielperson.« Er wies auf einen der beiden Männer, die, bewacht von Feld und Hiesemann, in der Ecke saßen. Dann zog er sich einen Stuhl heran und nahm neben Helene und Kommissar Önal Platz. »Moin, die Herrschaften.«

Der Mann war unmöglich, dachte Helene wahrlich nicht zum ersten Mal. Man musste ihn nehmen wie eine Naturkatastrophe, die unabwendbar über einen hereinbrach.

»Was machst du denn hier, Edgar?«, fragte sie, mühsam um Fassung ringend.

»Ich habe die Herren vom LKA begleitet. Bot sich an, wo ich sowieso vor Ort war.« Er deutete auf die Verhafteten. »Novak erkenne ich vom Foto. Und der andere ist vermutlich dieser Karsten Brodersen?«

»Nein, ein gewisser Samuel Krafzyk, genannt Sammy«, erwiderte Önal. »Novaks Fluchthelfer. Brodersen haben wir gerade nach Hause geschickt.«

Helene schluckte. »Er ist nicht unser Mann, das wissen wir jetzt.«

Überrascht zog der Graue die Augenbrauen zusammen, sagte aber nichts.

Die Oberkommissarin sah ihn an, schüttelte fast unmerklich den Kopf und stieß einen leisen Seufzer aus.

Es hatte nur ein paar Minuten gedauert, dann wussten sie, dass sie den Falschen gejagt hatten. Und dass die ganze Beschattungsaktion umsonst gewesen war, zumindest soweit es ihren Fall betraf. Der Verdacht, dass Karsten Brodersen seinen Vater ermordet hatte, war damit zwar immer noch nicht gänzlich vom Tisch, aber zumindest hatte er nicht fliehen wollen. Sie hatten nicht einmal eine Reistasche mit dem Nötigsten in seinem Wagen gefunden, und das Geld sollte bloß seinem Geliebten zur Flucht verhelfen.

»So, nun reicht's uns aber« erklärte einer der LKA-Beamten. »Wir möchten genau wissen, was hier los ist.«

»Das kann ich mir vorstellen«, räumte Helene ein, ließ sich die Ausweise der Kollegen zeigen und fuhr dann fort: »Wir haben Karsten Brodersen verfolgt, da wir davon ausgehen mussten, er treffe sich mit seinem Freund Novak, um sich mit ihm abzusetzen. Tatsächlich aber hatte er das nie vor. Novak hat ihn überredet, ihm zehntausend Euro zu geben, weil er nach Kroatien fliehen wollte. Ob er etwas mit dem Tötungsdelikt zu tun hat, in dem wir ermitteln, ist nach wie vor unklar, aber Brodersen behauptet, dass sein Freund wegen anderer krimineller Aktivitäten in Schwierigkeiten ist.«

Sie sah die beiden LKA-Kollegen an. »Sie werden besser als wir wissen, welche das sind. Ich vermute, es geht um Betrug und Hehlerei.«

»Stimmt fast. Inzwischen hat Novak Verbindungen zum organisierten Verbrechen aufgebaut. Er spielt beim Handel mit gestohlenen Luxusautos inzwischen fast in der ersten Liga. Zumindest versucht er es.«

»Darum interessiert sich das LKA für ihn – jetzt wird mir einiges klar«, sagte Önal. »Aber genügend Beweise gegen Novak hatten Sie noch nicht, verstehe ich das richtig? Sonst hätten Sie ihn ja einfach festnehmen können, statt darauf zu warten, dass er aus dem Haus kommt und in sein Auto steigt.«

»Was ihm offensichtlich nicht entgangen ist«, warf Schimmel beiläufig ein, und seine Augen blitzten.

»Wir haben durchaus genug, um Novak diesmal für lange Zeit hinter Gitter zu bringen«, war die barsche Antwort des Kieler Kollegen in Marineblau. »Aber wir wollten, dass er uns zu seinen Hintermännern führt. Darum wird er seit Tagen rund um die Uhr beschattet. Im Vergleich zu den Leuten, die diese Geschäfte im großen Stil betreiben, vor allem mit Osteuropa, ist Novak ein kleiner Fisch.«

»Das Ganze ist ausgesprochen ärgerlich, milde formuliert«, stellte Helene fest. »Wieder mal haben sich zwei Dienststellen der Polizei gegenseitig ins Handwerk gepfuscht, ohne dass sie davon die leiseste Ahnung hatten.«

»Wie meinen Sie das, Frau Kollegin?«, fragte der Beamte in Anthrazit.

»Es würde mich nicht wundern, wenn Novak eine der Straftaten, von denen Sie sprechen, genau in dem Zeitfenster begangen hat, in dem der Mord geschah, den wir aufklären wollen.«

»Haben Sie denn zufällig Erkenntnisse, wo er sich am vergangenen Montag aufgehalten hat?«, hakte Önal nach.

Die beiden LKA-Beamten sahen sich an. »Von Samstag bis

Dienstagmittag war er damit beschäftigt, einen gestohlenen Porsche Panamera aus einer Hinterhofgarage in Berlin abzuholen und nach Weißrussland zu fahren. So viel dürfen wir Ihnen sicher sagen«, erwiderte einer von ihnen.

Schimmel bekam einen plötzlichen Hustenanfall. »Entschuldigung«, keuchte er und vermied angestrengt, Helene anzusehen.

»Nach Stankawa, um genau zu sein«, sagte der zweite LKA-Beamte. »Ein Städtchen in der Nähe von Minsk. Von alldem gibt's sogar Fotos.«

Helene lehnte sich müde zurück. »Danke, Kollegen. Wenn wir das früher gewusst hätten ...« Sie sah Karsten Brodersens Gesichtsausdruck vor sich, als er ihr vorhin gegenübergesessen hatte.

»Was ist denn eigentlich mit dem Typen neben Novak?«, wollte der Mann im blauen Anzug wissen. »Ist er sein Komplize?«

»Krafzyk?« Helene zuckte mit den Schultern. »Bei der Flucht bestimmt, aber sonst? Keine Ahnung, ob er mit Novaks Machenschaften etwas zu tun hat. Fragen Sie ihn selbst. Sie können die beiden gleich mitnehmen, wenn Sie wollen. Für die Mordkommission sind sie ab sofort uninteressant. Über die heutige Aktion bekommt das LKA natürlich noch einen Bericht von uns, zur Vervollständigung Ihrer Ermittlungsakten.«

»Das ist gut«, sagte der Mann in Anthrazit erfreut. »Wird in dem Bericht auch etwas über die Rolle dieses Herrn stehen?« Er zeigte auf den Grauen.

Helene biss sich auf die Unterlippe und suchte nach einer Antwort, doch Schimmel kam ihr zuvor: »Halten Sie das für notwendig?«

»Na ja, das Ganze ist schon äußerst ...«

»... erfolgreich für Sie verlaufen, ganz recht.« Der Graue nickte, lächelte freundlich und hob die Hände. »Aber danken Sie mir nicht! Es war reiner Zufall, dass ich gerade in Rendsburg zu tun hatte. Ich helfe halt gern, so als ehemaliger Kollege.« Verstohlen schaute er zu Helene hinüber und fing ihren Blick auf, der sagte: So dick musst du nun auch nicht auftragen, glaubt dir eh kein Mensch.

»Na gut, was soll's.« Für Marineblau war die Sache damit offenbar erledigt. »Hauptsache, es ist noch ein erfolgreicher Tag geworden«, rief er erfreut, dann räusperte er sich. »Jedenfalls für uns.«

Sein Kollege ergänzte unternehmungslustig: »Dann werden wir uns mal der Herrschaften annehmen. Ach ja, Frau Kollegin, haben Sie das Geld bei Novak gefunden, also diese Zehntausend?«

Helene nickte. »Die hat Herr Brodersen bereits zurückbekommen, aber …« Nachdenklich brach sie ab, dann sagte sie leise: »Es wird ihm kein Trost sein, fürchte ich.«

36

Die Morgensonne schickte einen rotgoldenen Strahl durch die hochgeklappte Dachluke. Wie von einem starken Scheinwerfer beleuchtet, traten Tausende winzige Staubpartikel aus dem Dunkel hervor, tanzend wie feinste, warm schimmernde Schneeflocken. Als hätte jemand diesen Lichtstrahl perfekt ausgerichtet, trat in seinem Schein die schreckliche Szene grell hervor. Als wäre sie auf einer Bühne dramaturgisch perfekt arrangiert worden.

Polizeihauptmeister Asmus Mommsen stand auf der vorletzten Sprosse der langen Leiter, auf der er mühsam bis zum Dachboden der alten Scheune hochgeklettert war, und starrte keuchend auf das grausige Bild.

Ganz sachte, fast unmerklich, bewegte sich der Körper im leisen Zugwind hin und her. Totenstille herrschte rundum.

Das Einzige, was Mommsen hörte, war sein eigener lauter Atem.

»Is tott, oder?«, rief Tomasz von unten herauf.

Er hatte Mommsen vor einer halben Stunde angerufen. Als er vorhin das Scheunentor aufgeschoben hatte, war ihm nämlich sofort der Strangulierte aufgefallen, der da oben hing. Der Dachboden nahm nur die Hälfte des Gebäudes ein, sodass man den vorderen Teil von unten einsehen konnte.

Mommsen nickte. Dies war nicht der erste Erhängte, den er in seinem langen Leben sah. Der Hals des Toten steckte in der Schlinge eines kräftigen Stricks, der am Firstbalken darüber festgeknotet war. Die Füße des Mannes schwebten etwa einen Meter über dem Boden, daneben lag eine umgestürzte Trittleiter. Der Fall war tief gewesen, nachdem sie weggestoßen worden war.

Das Genick war gebrochen, das erkannte der alte Polizist sofort. Unnatürlich verdreht lag der Kopf seitlich auf der linken Schulter, und die bereits schwärzlich verfärbte Zunge hing zwischen gebleckten Zähnen aus dem weit aufgerissenen Mund. Mommsen roch den Gestank der Exkremente, die die Jeans des Toten verfärbt und Spuren auf den trockenen Holzbrettern unter ihm hinterlassen hatten.

»Da ist nichts mehr zu machen.« Bedächtig begann der Dorfsheriff den Abstieg. Als er wieder neben Tomasz stand, griff er zu seinem Telefon, wählte eine Nummer aus dem Speicher und führte ein sehr kurzes Gespräch. »Die Kripo wird gleich hier sein«, sagte er dann zu dem Landarbeiter. »Du bleibst am besten in der Nähe, man wird dir ein paar Fragen stellen wollen.«

»Weiß nix. Nix gesenn, nix geherrt. Nur gefunden.«

»Hast du schon Frau Brodersen Bescheid gesagt?«

Der Pole schüttelte heftig den Kopf. »Nix mein Aufgab. Musst du, du Polizei.«

Mommsen seufzte. Noch ein Schicksalsschlag für die arme

Frau. Ob er die richtigen Worte finden würde? Gab es die überhaupt für so etwas? »Nein, gewiss nicht«, murmelte er leise und fasste einen Entschluss: Das würde er Oberkommissarin Christ machen lassen. Die war viel besser in so was. Und außerdem wäre es ihr ja vielleicht gar nicht recht, wenn er mit der Mutter des Mannes sprach, der da tot am Dachbalken hing.

»Asmus, was treibt dich denn hierher?«, hörte er plötzlich eine junge Frauenstimme hinter sich, fuhr herum und sah Rina Brodersen im Scheunentor stehen. »Ich komme gerade aus dem Dorf und habe gesehen, dass ein Polizeiwagen auf dem Hof steht«, erklärte sie.

Mommsen sagte nichts, sondern deutete stumm nach oben.

Rinas Blick flog hoch, und augenblicklich entrang sich ihr ein furchtbares Stöhnen, so schmerzvoll, dass es dem alten Beamten durch und durch ging.

»Karsten, du lieber Gott, Karsten!«, schrie sie und stürzte zur Leiter.

Tomasz reagierte schnell, packte sie, hielt sie fest und murmelte verlegen: »Is tott Karsten. Geht nix mehr.«

Die junge Frau versuchte wild, sich dem eisernen Griff zu entwinden, doch der Pole ließ nicht los.

»Du kannst ihm nicht mehr helfen, mien Deern«, redete Mommsen begütigend auf sie ein. »Er ist mindestens schon zwei, drei Stunden tot, würde ich sagen. Es tut mir so schrecklich leid.«

Wie gelähmt stand Rina da und starrte nach oben, während ihr Körper von einem unkontrollierten Schütteln ergriffen wurde, das sich immer weiter steigerte, bis schließlich sogar ihre Zähne aufeinanderschlugen, ein schauriges Geräusch, das Mommsen noch nie gehört hatte.

»Komm, ich bringe dich ins Haus. Du kannst hier nichts mehr tun«, sagte er und legte einen Arm um die Schultern der jungen Frau.

»Warum hat er … Was hat ihn … Er hat Vater doch nicht … Oh, mein Gott, was passiert hier, Asmus? Der arme Junge! Er hat niemandem je wehgetan. Du hast ihn doch auch gekannt.« Sie stöhnte auf wie ein verletztes Tier, und zwanghaft flog ihr Blick wieder zu dem Leichnam hoch, der da, obszön vom warmen Sonnenlicht umspielt, unter dem Dach hing. Schließlich ebbte das Zittern ein wenig ab, und ihr Kopf sank kraftlos auf die Uniformjacke des alten Mannes.

Hilflos stand Mommsen da und rührte sich nicht. Ihm wollte nichts einfallen, was er ihr zum Trost hätte sagen können. Worte waren noch nie seine Stärke gewesen, und so blieb er einfach stehen und gab brummende Geräusche von sich.

Plötzlich riss Rina den Kopf hoch und schrie: »Das ist alles seine Schuld! Er hat diesen Fluch über unsere Familie gebracht! Nicht mal mit seinem Tod endet das ganze Elend. Er zerstört uns alle, auch wenn er schon verwest!«

Mommsen hatte nicht den geringsten Zweifel, wer gemeint war.

37

Das Erste, was Helene Christ sah, als sie aus dem Wagen stieg, war Jacobis orangefarbener VW-Bulli.

»Wie, zum Teufel, kommt dieser Mensch hierher? Ich meine, wie kriegt er immer so schnell mit, wo etwas passiert ist, was ihm die Blätter abkaufen, für die er schreibt?«

»Er hat wohl seine Quellen, nehme ich an«, antwortete Önal. »Mit Sicherheit aber hört er den Polizeifunk ab. Man sollte unbedingt versuchen, ihm das mal nachzuweisen, finde ich.«

Zusammen gingen sie zur Scheune hinüber, wo der Reporter gestikulierend auf Polizeihauptmeister Mommsen einredete. Der rief den Flensburger Kollegen zu: »Herr Jacobi möchte unbedingt hinein, aber ich finde, das geht nicht, oder?«

»Sie liegen völlig richtig, Herr Mommsen«, erwiderte Önal und fuhr zum Journalisten gewandt fort: »Sie werden langsam lästig. Sehen Sie zu, dass Sie verschwinden, aber schnell.«

»Na, hören Sie mal, wie reden Sie denn mit mir?«, ereiferte sich der Sensationsreporter.

»Passen Sie gut auf, was ich Ihnen sage«, gab der Kommissar ungerührt zurück. »Dass Sie keinerlei Anstand besitzen, daran kann ich nichts ändern. Aber sobald ich ein wenig Zeit finde, werde ich mich intensiv mit Ihnen beschäftigen, darauf können Sie sich verlassen. Seien Sie sicher, dass ich herausfinden werde, welche illegalen Mittel Sie einsetzen, um immer wieder die Arbeit der Polizei zu behindern.«

»Meine Güte, was blasen Sie sich denn so auf? Sie sind ja schlimmer als der alte Schimmel! Der hatte auch ein gestörtes Verhältnis zur Presse.«

»Presse – wissen Sie überhaupt, was das ist? Mit sauberer Pressearbeit hat das, was Sie treiben, gar nichts zu tun, Jacobi«, schnauzte Helene ihn an. »Abgesehen davon, befinden Sie sich hier auf Privatgelände. Und nun ab durch die Mitte! Wenden Sie sich an unsere Pressestelle, wie oft muss ich Ihnen das noch sagen?«

»Ich weiche der Gewalt«, sagte der Reporter. »Aber Sie werden mich nicht daran hindern, vorn auf der Straße zu stehen und das Geschehen zu beobachten. Und von dort darf ich auch fotografieren. Die Öffentlichkeit hat einen Anspruch darauf …«

»Geschenkt!«, blaffte Önal ihn an. »Abmarsch!«

Jacobi marschierte von dannen, und Helene wandte sich wieder dem Dorfpolizisten zu. »Nun?«

»Niemand hat den Tatort betreten«, meldete Mommsen sofort. »Aber wenn Sie mich fragen: Diesmal ist es ein eindeutiger Selbstmord. Brodersen wollte absolut sichergehen und hat dafür gesorgt, dass er sehr tief fiel. Das Genick ist gebrochen, wenn ich mich nicht irre. Das sieht man gar nicht so häufig. Die meisten ersticken durch die Strangulation.«

Helene nickte. »Danke, Herr Mommsen. Wir sehen uns das einmal selbst an. Ob wir die Gerichtsmedizin dazuholen müssen, entscheiden wir dann.«

»Die Schwester des Toten ist vorhin kurz hergekommen, um nach ihrer Mutter zu sehen. Mein Dienstwagen stand im Hof, und da wollte sie natürlich wissen, warum ich hier war.« Er zuckte in einer hilflosen Geste die Achseln. »Sie hat ihren Bruder gesehen und ist völlig zusammengebrochen«, sagte der Dorfpolizist. »Das war einfach schrecklich, Frau Christ. Ich habe sie gerade ins Haus gebracht. Ob sie schon mit ihrer Mutter gesprochen hat, weiß ich nicht.«

»Danke, Kollege«, sagte Helene. »Was für ein Elend«, fügte sie hinzu, schüttelte resigniert den Kopf und ging in die Scheune hinein. Kurz darauf stand sie mit Nuri Önal auf dem Dachboden.

Nachdem die beiden Kriminalbeamten fünf Minuten schweigend damit verbracht hatten, sich alles genau anzusehen, sagte der junge Kommissar in die Stille: »Haben wir ihn in den Tod getrieben, Frau Christ?«

Das war genau die Frage, mit der sich auch Helene seit dem ersten Blick auf den toten Karsten Brodersen herumquälte. »Was meinen *Sie* denn, Nuri?«, wich sie der Antwort aus.

Er zuckte mit den Schultern. »Ich habe ihn ganz schön unter Druck gesetzt, aber ich glaube trotzdem nicht, dass er sich deswegen das Leben genommen hat. Eher war das, was er gestern auf der Raststätte erlebt hat, der Grund dafür.«

»Das glaube ich auch. Er war einfach … wie soll ich das ausdrücken? Erledigt, verzweifelt, gebrochen. Dass Novak ihn dermaßen getäuscht hat, konnte er wohl nicht verwinden.«

Önal nickte und verfiel in Schweigen. Nach einer Weile sagte er: »Kampfspuren sehe ich nirgends, und Würgemale oder Abwehrverletzungen sind am Körper des Toten auf den ersten Blick auch nicht zu erkennen.«

»Trotzdem muss der Gerichtsmediziner die Leiche untersuchen.«

»Brauchen wir auch die KTU?«

»Wenn wir keinen Abschiedsbrief finden schon. Hier liegt nichts dergleichen herum, wenn ich es richtig sehe.«

»Dann schauen wir mal im Haus nach«, sagte der Kommissar und stieg die Leiter hinab.

Helene warf noch einen Blick auf die grauenvolle Szene, dann folgte sie ihm.

Noch bevor sie den Hof überquert hatten, stürzte Rina Brodersen aus der Haustür und rannte ihnen entgegen. »Meine Mutter!«, schrie sie. »Sie hat einen Anfall oder so etwas … Kommen Sie schnell!«

Helene und Önal rannten mit ihr ins Haus. »Haben Sie ihr die Nachricht denn schon …«

»Ja, eben gerade, da ist es passiert. Plötzlich ist sie aufgesprungen, hat einen erstickten Laut ausgestoßen und ist zusammengebrochen.«

Zwanzig Minuten später traf der Notarzt ein, und kurz darauf wurde Elke Brodersen auf einer Trage in den Krankenwagen geschoben, der mit Blaulicht und Sirenengeheul nach Flensburg abfuhr. Vorn an der Grundstücksgrenze stand Jacobi und fotografierte unablässig mit einem Teleobjektiv.

»Schlaganfall, hat der Notarzt gesagt«, teilte Helene ihrem Kollegen mit.

»Die Frau macht was mit«, murmelte Önal. »Auf dem Küchentisch lag übrigens der Abschiedsbrief.« Er wedelte mit einem Bogen Papier. »Die Schwester hat ihn vorhin gefunden. Es ist eindeutig Karstens Handschrift, sagt Rina Brodersen. Sie wollte ihn ihrer Mutter vorlesen, aber schon nach dem ersten Satz hat die arme Frau den Anfall bekommen.«

»Hm.« Helene stand nur da und schaute gedankenverloren auf ihre Fußspitzen.

»Wollen Sie denn gar nicht wissen, was Brodersen geschrieben hat?«

Langsam hob sie den Kopf und bedachte Önal mit einem traurigen Blick. »Das kann ich mir schon denken, Nuri. Dass er belogen und betrogen wurde, dass ein Weiterleben für ihn sinnlos sei, dass er daran kaputtgehe, sich immer verstellen zu müssen, dass es für ihn sowieso kein Glück gebe in dieser Scheißwelt … So was steht da drin, wenigstens ungefähr, oder?«

Konsterniert starrte Önal seine Chefin an. »Äh … ja, ziemlich genau getroffen.« Er warf einen Blick auf das Blatt, auf dem nur wenige Zeilen standen. »Am Anfang schreibt er außerdem, dass er seinen Vater gehasst habe, aber nicht getötet.«

»Wenn wir ihm das glauben, bleibt uns noch die Aufgabe, den Mord an Enno Brodersen aufzuklären«, stellte Helene trocken fest.

38

Rauschend schossen die Wellen beiderseits des Eichenrumpfs an den Bordwänden der *Seeschwalbe* entlang und bildeten zusammen mit dem Kielwasser achtern eine breite weiße Schaumspur auf der dunkelgrünen Ostsee.

Versonnen saß Helene Christ auf der luvseitigen Cockpitbank und hielt das Boot mit einer Hand am Ruderrad auf Kurs. Immer wieder ging ihr Blick kurz hinauf zu den Segeln, die, perfekt getrimmt, genau richtig zum Wind standen.

»Sie läuft fantastisch«, rief Simon mit einem Blick auf die Logge. »Sieben Knoten, und das bei Windstärke fünf!«, freute er sich.

Helene schmunzelte über seine unverhohlene Begeisterung. Aber er hatte ja recht. Die alte *Seeschwalbe* war ein großartiges Fahrtenschiff, bestens in Schuss. Bei jedem Wetter, schwachen Wind einmal ausgenommen, war es die pure Lust, sie zu segeln.

Heute, am Sonnabend, waren sie bereits frühmorgens ausgelaufen, um einen kurzen Wochenendtörn entlang der Küste zu unternehmen.

»Ich muss mir den Kopf vom Wind freiblasen lassen«, hatte Helene gesagt. »Das ist mein erster Fall, bei dem es so aussieht, als bliebe er ungelöst. Was für ein scheußlicher Gedanke!«

Ohne auf ihre Worte einzugehen, hatte Simon lediglich erwidert: »Na dann mal los. Was hält uns auf?«, und Frau Sörensen, die eine rätselhafte, geradezu unheimliche Fähigkeit besaß, alle Sätze irgendwie zu verstehen, die mit einem bevorstehenden Segeltörn zu tun hatten, war in begeistertes Kläffen ausgebrochen und zur Haustür gelaufen.

Nun waren sie bereits vier Stunden auf Nordostkurs unterwegs und näherten sich der Westspitze der dänischen Insel Ærø. Frau Sörensen stand, weithin leuchtend in ihrer grellroten Hundeschwimmweste, schwanzwedelnd neben Helene auf der Cockpitbank und blickte hinüber zum Land, wo der alte, Ende des neunzehnten Jahrhunderts aus Granitsteinen erbaute Leuchtturm Skjoldnæs im Sonnenlicht majestätisch hellgrau über dem weißen Strand und dem Grün des dortigen Golfplatzes strahlte.

»In einer Stunde sind wir um die Spitze rum«, sagte Simon. »In welchen Hafen sollen wir?«

»Vielleicht mal wieder nach Ærøskøbing? Søby mag ich nicht so gern.«

»Wie du willst.« Simon ließ eine Minute verstreichen, dann fragte er vorsichtig: »Möchtest du mir denn nachher erzählen, was dich umtreibt?«

»Ach, ich weiß es doch auch nicht. Irgendwie …« Sie sog hörbar die Luft ein. »Es ist ein Elend, das Ganze. Und ich meine das gar nicht aus kriminalistischer Sicht, sondern aus menschlicher. Wenn ich ganz ehrlich bin, möchte ich den wahren Mörder dieses ekelhaften Mannes eigentlich gar nicht mehr überführen. Kannst du dir so was vorstellen?«

Simon schwieg, sah sie nur offen an. Red weiter, sagte dieser Blick, schaff dir Luft.

»Der Kerl hat seine Frau seelisch und körperlich zugrunde gerichtet, hat seine Kinder ohne jede Liebe aufgezogen, sich mit allen Menschen überworfen. Er war jemand, den man nach allem, was wir mittlerweile wissen, mit Fug und Recht böse nennen muss. Und ich glaube, dass er den eigenen Sohn nach und nach zerstört hat, nicht nur durch die gnadenlose Verachtung dessen sexueller Veranlagung. Wobei der junge Mann bei seiner Mutter in dieser Hinsicht auch keine Unterstützung finden konnte. Das hat ihn letztlich in den Tod getrieben.« Helene schluckte, dann fuhr sie fort: »Der Betrug durch den Mann, den er blind geliebt hat, war der berühmte Tropfen, der das Fass zum Überlaufen brachte. Das alles ist einfach nur unfassbar traurig.« Sie brach ab und schaute über das Meer, ohne etwas wahrzunehmen. Dann riss sie sich zusammen, bemühte sich wieder um einen sachlichen Tonfall: »Aber ob ich will oder nicht, es ist und bleibt meine Aufgabe, Enno Brodersens Mörder zu finden. Und da haben wir, habe *ich* bisher versagt. Und zwar auf ganzer Linie.«

Noch immer schwieg Simon. Er schien sich nicht sicher zu sein, ob seine Lebensgefährtin nicht doch noch fortfahren würde. Aber gerade, als Helene erneut ansetzen wollte, klingelte ihr Handy. Sie holte es aus der Innentasche der Fleeceweste hervor und blickte auf das Display. »Die Nummer kenne ich nicht«, murmelte sie und meldete sich, warf Simon dann einen völlig überraschten Blick zu, als der Anrufer seinen Namen nannte, und lauschte dessen Worten mit zunehmender Spannung.

»Habe ich Sie richtig verstanden, Herr Franke? Sie wollen, dass ich ins Krankenhaus komme?«

»Ja, Frau Kommissarin. Sie wünscht das ausdrücklich.«

»Aber ... Nun, das ist recht ungewöhnlich, finde ich.«

»Mag sein, aber Frau Brodersen hat Ihnen etwas zu sagen. Jetzt, wo Karsten sich das Leben genommen hat, will sie reinen Tisch machen, so drückt sie es aus.«

»Was soll das denn heißen? Etwa, dass sie den Mörder ihres Mannes kennt?«

»Das werden wir sehen. Ich weiß einiges, aber längst nicht alles. Ich nehme einfach an, dass Elke Ihnen sagen will, was dahintersteckt, dass es in dieser Familie zu so viel Unglück gekommen ist.«

»Und Sie werden bei dem Gespräch anwesend sein?«

»Darauf besteht sie. Außerdem kann ich Ihnen vielleicht helfen, sie zu verstehen. Ich kenne sie schon lange, und der Schlaganfall macht ihr das Sprechen schwer.«

Helene erklärte dem alten Pastor, wo sie gerade war, und dass sie einen halben Tag brauchen würde, um nach Flensburg zu kommen. »Wenn wir uns jetzt sofort auf den Rückweg machen, könnte ich vielleicht gegen zwanzig Uhr im Hafen sein«, erklärte sie. »Falls der Wind so bleibt, müssen wir sowieso spätestens am Eingang der Förde mit Motorkraft fahren.«

Sie warf einen verstohlenen Blick auf Simon, dem natürlich bereits schwante, was ihm bevorstand. Fast hätte sie über den gekonnt fatalistischen Ausdruck laut gelacht, den sein Gesicht angenommen hatte. Stattdessen zog sie fragend die Augenbrauen hoch.

Er nickte nur und hob in einer theatralischen Ergebenheitsgeste sein Gesicht gen Himmel. Laut sagte er: »Na denn, ich gehe auf Gegenkurs«, nahm das Ruder in die Hand und löste die Großschot von der Winsch. »Fertig machen zur Wende!«, brüllte er im militärischen Ton früherer Ausbilder der *Hanseatischen Yachtschule.*

»Okay, ich muss Schluss machen, Herr Franke«, rief Helene in das Handy. »Danke, dass Sie mich angerufen haben. Ich melde mich, sobald wir in Flensburg festmachen.«

»Es ist gut, dass Sie schnell kommen, Frau Kommissarin«, sagte der pensionierte Theologe. »Ich fürchte, Elke Brodersen hat nicht mehr viel Zeit, um alles loszuwerden, was sie umtreibt.«

»Pass auf deinen Kopf auf, Mädel!«, rief Simon, dann ein lautes »Ree!« Während das Schiff auf den neuen Kurs drehte, fierte er die Großschot, und der Baum schwang sanft zur anderen Seite. Die Selbstwendefock auf dem Vorschiff kam ebenfalls über. Schon eine Minute später standen die Segel wieder perfekt zum Wind, und die *Seeschwalbe* machte gute Fahrt.

Dankbar sah Helene ihren Lebensgefährten an, dessen einziger Kommentar zum überstürzten Abbruch ihres Wochenendtörns aus einem »Feines Wendemanöver, was?« bestand.

Weitaus weniger gefiel jedoch Frau Sörensen dieser plötzliche Kurswechsel. Missmutig und mit hängender Rute starrte sie auf den in der Ferne entschwindenden Strand der dänischen Insel, dann legte sie sich beleidigt auf das Bankpolster und rollte sich ein, ohne ihre Menschen auch nur eines einzigen Blickes zu würdigen.

Helene stellte sich neben Simon und legte den Arm um ihn. »Danke, mein Schatz, du bist einfach ein toller Mann, das muss ich dir mal sagen.«

Tatsächlich errötete er ein ganz klein wenig, sah sie gerührt an, grinste dann und meinte mit gespielter Dramatik: »Was soll ich machen? Manchmal muss eine Frau eben tun, was eine Frau tun muss!«

39

Kommissar Önal stand auf Höhe des Hotels *Hafen Flensburg* am Ufer und winkte, als Helene das Schiff mit einem eleganten Schwung nahe an den Kai heranmanövrierte. Nach einem kurzen Gasstoß rückwärts lag die *Seeschwalbe* aufgestoppt direkt neben der Spundwand, geschützt durch die dicken blauen Fender, die Simon vorher ausgebracht hatte.

Geschickt fing Önal die Vorleine auf und machte sie und danach die Achterleine fest.

Freudig erregt, den jungen Mann zu sehen, dem sie in rätselhaftem Liebeswahn zugetan war, stand Frau Sörensen an Deck und schmachtete den Kommissar schwanzwedelnd an.

»Hallo, Frau Sörensen«, begrüßte er die Hündin lachend, griff zwischen den Relingsdrähten hindurch und kraulte ihr den Nacken.

»Klasse, dass Sie mich abholen, Nuri«, rief Helene. Sie stellte den Motor ab und schaute auf ihre Armbanduhr. »Am besten machen wir uns sofort auf den Weg. Ist ja sozusagen um die Ecke.« Sie wandte sich an Simon: »Ich habe keine Ahnung, wie lange das dauern wird, mein Schatz. Vielleicht musst du etwas warten, bis ich wieder …«

»Mach dir keine Gedanken. Ich kümmere mich noch um Vor- und Achterspring und klare ein bisschen auf. Dann gehen Frau Sörensen und ich erst mal einkaufen und suchen was Gutes für unser Nachtmahl.« Er machte eine knappe Kopfbewegung in Önals Richtung und sah Helene fragend an.

Die verstand sofort und nickte zustimmend.

»Vielleicht haben Sie ja Lust, uns nachher bei einem späten Abendessen an Bord Gesellschaft zu leisten, Herr Önal?«, fragte Simon. »Natürlich nur, wenn Sie nichts anderes vorhaben.«

»Oh, danke, sehr gern«, antwortete der junge Kommissar und wies auf den Parkplatz hinter sich. »Der Wagen steht gleich hier, Frau Christ. Eigentlich könnten wir aber auch zu Fuß gehen, oder?«

Bis zum Diakonissenkrankenhaus in der Knuthstraße war es vom Hafen aus nicht weit.

»Gute Idee, da kann ich mir ein wenig die Füße vertreten. Der alte Pastor Franke wartet auf uns. Ich habe ihm versprochen, ihn anzurufen, wenn wir unterwegs sind. Er will mir noch etwas sagen, bevor wir mit Elke Brodersen sprechen.« Sie wählte auf ihrem Smartphone die Nummer, unter der Franke sie vor ein paar Stunden angerufen hatte, führte ein kurzes Gespräch und steckte das Gerät wieder ein. »Also, dann mal los!«

Kaum waren sie im fünften Stock aus dem Fahrstuhl gestiegen, kam ihnen Ortwin Franke auf dem Flur der Stroke-Unit entgegen. Helene stellte ihm Nuri Önal vor und hoffte dabei, dass der alte Mann nicht bemerkte, wie erschrocken sie über sein Aussehen war. Das rosige Gesicht hatte sich in den wenigen Tagen, seit sie ihn getroffen hatte, dramatisch verändert. Die Haut wirkte grau, voller tiefer Falten, und dunkle Ringe zeichneten sich unter seinen Augen ab.

»Gut, dass Sie kommen«, sagte Franke und umschloss Helenes ausgestreckte Hand mit seinen beiden. »Elke ist sehr unruhig.«

»Wie geht es ihr?«, fragte die Oberkommissarin.

»Schlecht, sehr schlecht. Ich muss Sie vorwarnen: Das wird ein eigenartiges Gespräch.«

»Wie meinen Sie das?«

»Sie ist geistig hellwach, kann sich aber kaum artikulieren. Deshalb habe ich alles aufgeschrieben, was ich weiß, und werde es Ihnen in Frau Brodersens Gegenwart vorlesen. Sie hat mir gezeigt, was davon für Ihre Ohren bestimmt ist und was eben nicht.« Er blickte Nuri Önal an. »Elke wünscht niemanden zu sehen außer Kommissarin Christ. Auf keinen Fall duldet sie einen fremden Mann neben ihrem Krankenbett, das hat sie mir klar bedeutet.«

Helene runzelte unmutig die Stirn, doch Önal sagte sofort: »Kein Problem. Ich warte draußen.«

»Ich weiß, dass Ihnen das nicht gefällt, Frau Christ, aber glauben Sie mir: Sie werden alles zu hören bekommen, was für Sie als ermittelnde Kriminalbeamtin von Bedeutung ist.« Er zuckte mit den Schultern. »Mehr ist nicht drin.«

»Verstehe. Wo liegt Frau Brodersen denn?«

»Gleich im übernächsten Zimmer. Ihre Tochter Rina ist noch bei ihr, aber sie wird uns mit ihrer Mutter allein lassen.« Er seufzte tief. »Ich fürchte, Frau Brodersens Kräfte schwinden mehr und mehr. Wir sollten es hinter uns bringen, es ist vielleicht ihr letzter Wunsch.«

40

An jenem Freitagmittag war Enno Brodersen völlig außer sich und stark angetrunken. Den ganzen Morgen schon hatte er immer wieder zur Flasche gegriffen, war mehr und mehr in einen Zustand von wilder, zerstörerischer Wut geraten.

Plötzlich flog die Tür zur Stube auf, in die Elke sich geflüchtet hatte, und ihr Mann stand schwankend und heftig atmend vor ihrem Sessel.

»Ich habe alles aufgeschrieben, was am Testament geändert wird«, brüllte er. »Für meinen Notartermin am Montag. Ihr werdet euer blaues Wunder erleben!«

»Du willst Karsten jetzt also auch enterben? So wie Rina?«, fragte Elke leise.

»Du sollst den Namen dieser Hure in meiner Gegenwart nicht nennen, habe ich dir gesagt!«

»Mein Gott, Enno, was sagst du da? Unsere Tochter ist doch keine ...«

»Um mir zu schaden, hat sie sich diesem Kerl an den Hals geworfen, dem Sohn des miesesten Lumpen im ganzen Landkreis. Lächerlich hat sie mich gemacht, vor allen Leuten, die Hure!«

Elke schwieg. Was hätte es auch gebracht zu widersprechen? Ihr Mann wäre bloß noch zorniger geworden. Sie kannte das allzu gut. Seine Dämonen, allesamt vom Satan gesandt, hatten ihn wieder überwältigt. Sie wusste das. Ihre stille Liebe und alles tapfere Erdulden hatten nicht verhindern können, dass Enno mehr und mehr dem Teufel anheimfiel. Wie oft betete sie für das Gute in ihm. Sie war sich all die Jahre immer sicher gewesen, dass es dieses Gute gab. Doch es war längst in gottlosem Wüten untergegangen.

»Und nun auch das noch!«, schrie er. »Erst willst du ums Verrecken keinen Sohn lebendig zur Welt bringen ...«

»Enno! Sag nicht solche schrecklichen Sachen«, versuchte sie, ihn zu beruhigen. »Ich habe getan, was ich konnte, aber Gott hat es anders gewollt.«

»Gott!«, schrie er außer sich, »Gott, Gott – immer dein verfluchter Gott!«

»Bitte, Enno, bitte nicht ...«

Elke erstarrte innerlich. Irgendetwas passierte gerade tief in ihr. Auf einmal wusste sie, dass sie diese Erniedrigungen nicht länger ertrug, dass sie die Schmähungen nicht mehr hinnehmen konnte. Verwundert lauschte sie in sich hinein. Warum jetzt, nach all den Jahren? Sie fand keine Antwort. Aber es war so weit. Wie aus heiterem Himmel war diese Erkenntnis über sie gekommen.

»War es auch der Wille dieses blöden Gottes, dass mein einziger Sohn ein widerlicher Schwuler ist?«, wütete er weiter. »Ein ekelhafter Arschficker, der Männern seinen Schwanz in den ...«

»Enno! Schluss jetzt!«, schrie sie und sprang auf. »Er ist nicht dein Sohn!«

Es war geschehen.

Fassungslos starrte ihr Mann sie an. »Was sagst du da?«

»Karsten ist nicht dein Sohn. Die Ärzte sagten, dass ich keine Kinder mehr bekommen könnte nach den Fehlgeburten.« Elke stockte, dann fügte sie fast unhörbar hinzu: »Es war dennoch eine schwere Sünde, das weiß ich. Und dass Karsten ein … also, dass er … so ist, das ist Gottes Strafe für meinen Fehltritt. Ich büße ihn nun schon seit all den Jahren. Aber du hast damit nichts zu tun.«

Immer noch sah Enno sie mit offenem Mund an. Gefährlich leise zischte er: »Du hast mich also betrogen, du elendes Miststück? Lauter Huren um mich herum! Und einen Bastard untergeschoben hast du mir auch noch!« Mit einem einzigen Satz sprang er vor sie und schlug zu. »Wer ist der Mann? Sag es sofort, sonst bring ich dich um!«

»Karsten ist nicht dein Sohn«, wiederholte sie. »Mehr wirst du von mir nicht erfahren und wenn du mich totprügelst.«

Da schlug er noch einmal zu. Elke spürte das Brennen der aufgeplatzten Haut auf ihrer Wange und das Blut, das warm aus dem Riss herunterlief.

Krächzend drang Ennos Stimme an ihr Ohr, und sie roch seinen Schnapsatem, als er sagte: »Du hast von jetzt an keine ruhige Minute mehr, du dreckige alte Nutte, bis du mir den Namen deines Stechers nennst. Und dann werde ich den Kerl abknallen wie einen räudigen Hund, das verspreche ich dir.«

Da wusste Elke Brodersen, dass sie ihren Mann töten würde. Sie war ganz ruhig.

41

Der Tisch im Cockpit war längst abgeräumt, nur die Gläser standen noch darauf. Die fröhliche sommerliche Betriebsamkeit am Kai hatte sich gelegt, und Ruhe senkte sich nach und nach über den nächtlichen Hafen.

Als sie gegen zweiundzwanzig Uhr auf die *Seeschwalbe* zurückgekehrt waren, hatte Simon eine Riesenschüssel mit frischem Salat auf den Tisch gestellt – Radicchio, Tomatenviertel, Zwiebelringe, Gurkenscheiben, Peperoni, Würfel des einheimischen Schafskäses, einige kleine, kross gebratene Putenfilets – und dazu sein Spezial-Sherry-Dressing und ofenwarmes Baguette gereicht.

Satt saßen die drei nun um den Tisch herum. Helene hatte Simon lediglich kurz darüber informiert, dass die Ehefrau des Mordopfers ein Geständnis abgelegt hatte, ohne weiter auf das aufwühlende Erlebnis einzugehen, das sie gerade hinter sich hatte.

Ihre Unterhaltung während des Essens hatte sich um alles Mögliche gedreht, nur um eines nicht: das, was Helene in den letzten zwei Stunden in jenem Zimmer auf der Neurologie des Krankenhauses erfahren hatte. Als gäbe es eine stille Übereinkunft, hatte jeder es vermieden, die Sprache darauf zu bringen.

Dennoch – oder vielleicht genau deswegen – lag eine Spannung in der Luft, die mit Händen zu greifen war. Helene sah ihrem Lebensgefährten an, dass er unbedingt wissen wollte, ob der jähe Abbruch ihres Wochenendtörns einen Sinn gehabt hatte. Und noch etwas sah sie: ein fast unmerkliches hintergründiges Lächeln, das Önals Mundwinkel umspielte. Als ob er genau wusste, dass sich seine Gastgeber allzu gern über Elke Brodersens Aussage austauschen würden, dies aber nicht taten, damit bei ihrem Gast nicht der Eindruck entstand, seine Chefin würde Dienstgeheimnisse an ihren Partner ausplaudern.

Meine Güte, dem Burschen blieb wirklich wenig verborgen, dachte Helene und brach das Schweigen, das gerade herrschte. »Sie haben gar nichts mehr zu trinken, Nuri. Warten Sie, ich hole Ihnen eine frische Cola.«

»O nein, es ist Zeit für mich«, erwiderte Önal, und wieder war da dieses leise Zucken seiner Mundwinkel. »Danke nochmals für das feine Essen. Das war genau das Richtige für so ein spätes Mahl. Hat toll geschmeckt.« Er stand auf. »Ich mache mich auf den Weg nach Hause.«

Er verabschiedete sich auch von Frau Sörensen, die ihn aufgeregt umkreiste und alle Anstalten machte, ihn gar nicht von Bord lassen zu wollen.

Helene und Simon winkten dem Kommissar noch von der Reling aus zu, als er über den Kai davonging, dann setzten sie sich wieder auf die bequemen Stühle.

»Noch ein Schlückchen?«, fragte Simon und hielt die Flasche mit dem Riesling hoch. »Ist noch halb voll, dein Kollege trinkt ja nur Cola.«

»Gieß ein«, sagte Helene lachend und hielt ihm ihr Glas hin. »Du platzt doch gleich vor Neugier, oder?«

»Na ja …«

»Das ist Nuri übrigens nicht entgangen. Er hat sich höflich verabschiedet, damit wir uns in Ruhe unterhalten können.«

»Dann red schon: Die Bauersfrau hat also ihren Gatten höchstselbst ermordet? Nicht zu fassen. Aber warum hat sie das nun gestanden?«

»Der Selbstmord ihres Sohnes hat sie so tief getroffen, dass sie einen Schlaganfall bekam. Es geht ihr sehr schlecht. Ich nehme an, sie wollte reinen Tisch machen.«

Simon nickte. »So wird es wohl sein. Aber mal zum Motiv: Du hast erzählt, die Frau hätte jahrzehntelang alles ertragen, was ihr Mann ihr antat. Warum hat sie sich jetzt auf einmal gewehrt, und das so … endgültig?«

»Das hat sie dem alten Pastor erzählt – und zwar nicht erst heute, sondern bereits an dem Tag, an dem die Leiche aufgefunden wurde. Die Witwe kann nach ihrem Hirnschlag kaum sprechen. Sie hat vorhin nur durch ein paar Laute, Nicken und Kopfschütteln angezeigt, was ihr Vertrauter mir sagen durfte und was nicht.« Helene blickte nachdenklich in die Dunkelheit, die das Schiff einhüllte. »Franke hat klar durchblicken lassen, dass es um die Drohungen ging, die Enno Brodersen ausgestoßen hat, als er erfuhr, dass seine Frau ihn vor vielen Jahren betrogen hatte. Das war das Geheimnis, das Elke Brodersen eigentlich nie hatte preisgeben wollen: dass Karsten das Ergebnis eines Seitensprungs war, also gar nicht Ennos Sohn.«

»Und wer war nun Karstens leiblicher Vater?«

»Ich weiß es nicht. Und auch Franke scheint keine Ahnung zu haben. Sie hat es nicht verraten. Genau darum ging es bei dem furchtbaren Streit am Freitag ja, von dem mir die Tochter berichtet hat. Die hat aber nicht verstanden, was da geschrien wurde. Erst jetzt wissen wir, dass Enno seiner Frau damit gedroht hat, sie so lange nicht in Ruhe zu lassen, bis sie den Namen des Mannes preisgibt, mit dem sie damals fremdgegangen ist. Das war wohl der Auslöser für den Mord.« Helene trank einen Schluck. »Was mich regelrecht … fasziniert, anders kann ich es wirklich nicht ausdrücken, ist die ruhige Planmäßigkeit, die Kaltblütigkeit, mit der sie dabei vorgegangen ist.«

42

Das gesamte Wochenende verbrachte Enno Brodersen damit, sich zu betrinken. Immer wieder fiel er für ein paar Stunden in unruhigen Schlaf, um nach dem Erwachen sofort wieder zur Flasche zu greifen. Dann lief er im Haus herum, brüllte und fluchte.

Elke hatte sich in ihr Zimmer eingeschlossen, wagte sich nur heraus, wenn er wieder einmal eingeschlafen war. Notdürftig versorgte sie zwischendurch die Kühe, ansonsten aber saß sie in ihrem Sessel und betete.

Am Sonntagabend war ihr Mann endlich so fertig, dass er in seinem Zimmer auf der Couch einschlief. Sein Schnarchen dröhnte durchs ganze Haus.

Darauf hatte Elke gewartet. Sie zog sich frische Gummihandschuhe aus der Küche an und schlich in sein Zimmer. Schnell stellte sie aber fest, dass sie sich nicht besonders vorsehen musste. Ennos Zustand war geradezu komatös, er war so weggetreten, dass sie keinerlei Schwierigkeiten haben würde, ihm den Schlüsselbund aus der Hosentasche zu ziehen. Doch dann sah Elke, dass dies gar nicht nötig sein würde: Der Schreibtischschlüssel steckte im Schloss der Lade und mit ihm die anderen Schlüssel.

Sie nahm die Büchse aus dem Waffenschrank im Flur, lud das Magazin mit drei Patronen – sie hatte Enno Hunderte Male dabei zugesehen und wusste, wie man das machte – und versteckte Gewehr und Magazin unter ihrer Matratze. Dann verschloss sie den Schrank wieder und steckte schließlich den anderen Schlüssel so in das Schloss der Schreibtischschublade, wie sie ihn vorgefunden hatte. Von alldem bemerkte Enno nicht das Geringste.

Am nächsten Morgen gegen fünf Uhr hörte sie ihn ins Badezimmer gehen. Heute würde er nicht trinken, das wusste sie. Schon um elf Uhr hatte er seinen Termin beim Notar in Flensburg. Bis dahin würde er versuchen, den Alkohol einigermaßen aus dem Körper zu bekommen, wahrscheinlich wieder einmal durch einen ausgedehnten Marsch über sein Land.

Nach einer ausgiebigen Dusche hörte sie ihren Mann in der Küche herumwerkeln, und eine halbe Stunde später warf er die Haustür hinter sich zu. Rasch rannte Elke ans Fenster, verbarg sich hinter dem Vorhang und sah, wie Enno über das Feld davonging.

»Danke, Herr!«, sagte sie leise. Der kritische Moment war überstanden. Nicht auszudenken, wenn ihr Mann seinen Waffenschrank geöffnet hätte …

Andererseits war das Risiko gering gewesen. Sie wusste, dass Enno nach einem Alkoholexzess nie auf die Jagd ging. Wahrscheinlich war ihm bewusst, wie gefährlich es war, reichlich benebelt und zitternd mit einer geladenen Waffe zu hantieren.

Elke ahnte, wohin ihr Mann wollte. In der Nähe des kleinen Kiefernwäldchens an der Grenze ihres Landes hatte er eine Fuchsfalle aufgestellt. Seit Tagen schon kontrollierte er sie, bisher ohne Erfolg.

Sie zog sich wieder Gummihandschuhe über, holte das Gewehr unter der Matratze hervor, steckte das Magazin hinein und lud die erste Patrone durch. Tomasz, dem sie vorhin im Kuhstall das Märchen von ihrem angeblichen Sturz aufgetischt hatte, war nirgends zu sehen. Rasch trat sie aus dem Haus, die Waffe, mit einer Decke umwickelt, unter dem Arm, lief zur Scheune, stieg auf den großen neuen Traktor und fuhr vom Hof.

Zehn Minuten später bog sie auf den ausgefahrenen Feldweg ein. Enno sah sie schon von Weitem und blieb wie angewurzelt stehen. Offenbar hatte er gerade die Ähren des Kornfelds geprüft, das übermorgen abgeerntet werden sollte.

Elke stoppte den Trecker, ergriff das Gewehr, entsicherte es und stieg ab. Wortlos ging sie auf ihren Mann zu, Meter für Meter, bis sie ganz dicht vor ihm stand, die Waffe in Brusthöhe.

Seine Augen weiteten sich, als er ihren Gesichtsausdruck

sah. Er riss den Mund auf, doch bevor er ein Wort herausbrachte, zog Elke den Abzug durch. Der Lärm war ohrenbetäubend, und der Rückstoß brachte sie aus dem Gleichgewicht. Sie bemühte sich, nicht zu strauchenln, während sie dabei zusah, wie Enno ohne einen Laut rückwärts zu Boden stürzte, wo er liegen blieb, ohne noch ein einziges Mal zu zucken.

Ganz ruhig ging Elke zu ihm, blickte traurig auf sein Gesicht und die blutige Wunde auf seinem Hemd und sprach leise ein Vaterunser. Danach sicherte sie das Gewehr, damit sich nicht versehentlich noch ein Schuss lösen konnte, nahm erst Ennos rechte Hand, drückte sie zwei-, dreimal auf die Waffe und vergaß auch nicht, seinen Zeigefinger verkehrt herum auf den Abzugshahn zu legen. Dann presste sie seinen linken Handballen an verschiedenen Stellen fest gegen den Gewehrschaft, entsicherte die Büchse wieder und legte sie vorsichtig neben der Leiche ins Gras.

Ohne sich auch nur einmal umzusehen, stieg Elke wieder auf den Trecker und fuhr zurück. Als sie im Haus ankam, warf sie die Handschuhe weg, wusch sich die Hände und ging in die Küche. Mit einer frisch gebrühten Tasse Tee setzte sie sich in ihr Wohnzimmer, nahm die Bibel zur Hand und schlug sie auf.

43

»Was passiert denn jetzt mit der Frau?« wollte Simon wissen, nachdem sie minutenlang schweigend dagesessen hatten.

Helene trank den letzten Schluck aus ihrem Glas. »Ob sie jemals zur Verantwortung gezogen wird, kann ich nicht sagen, Simon. Derzeit ist sie jedenfalls weder vernehmungs- noch verhandlungsfähig – und haftfähig schon gar nicht. Vielleicht wird sie sogar nicht mehr lange leben, wer weiß?

Ich werde morgen früh mit dem Staatsanwalt sprechen. Aus meiner Sicht ist der Fall für die Kripo gelöst. Alles andere ...« Sie brach ab und starrte in die Dunkelheit, die sie umgab.

»Was bedrückt dich, mein Liebling?«

»Ach, ich kann es nicht ändern, aber sie tut mir entsetzlich leid. So ein Leben dürfte niemand leben müssen. Ja, sie ist eine Mörderin, aber dennoch ... Ihr bleibt die Gewissheit, den Mann nicht verraten zu haben, mit dem sie ihren Sohn gezeugt hat. Wir werden nie erfahren, warum es ihr so wichtig ist, aber dieses Geheimnis wird sie mit ins Grab nehmen.« Wieder trat Stille ein. Schließlich sagte Helene leise: »Lass uns schlafen gehen, Simon. Und bitte halt mich ganz fest.«

Epilog

Der erste Regentag seit drei Wochen und ein scharfer Nordwest weht. Tief rasen graue Wolkentürme über das Land, ihre Sockel scheinen die Baumwipfel zu streifen. Die nasse Watte verhakt sich immer wieder an der Kirchturmspitze, kurz nur, wird sofort unerbittlich weitergetrieben, bis der nächste dunkle Ballen das Kreuz einhüllt. Der sandige Weg saugt gierig das Wasser auf, und zischend prasselt der Regen auf die verdorrten Pflanzen vor den Grabsteinen.

Der Mann biegt vom Hauptweg ab. Am Ende der nächsten Abzweigung kommt sein Ziel in Sicht. Dort türmen sich die Blumen und Kränze eines frischen Grabes. Ihre Farben strahlen bunt aus dem nassen Grau heraus.

Er tritt heran, sein Blick fällt auf das hölzerne Kreuz, das in der Erde steckt. Der Steinmetz hat es noch nicht geschafft, den neuen Namen in den blank polierten schwarzen Granitblock des Familiengrabes zu meißeln.

Karsten steht auf dem Holz. Nichts sonst, kein Geburtsdatum und auch nicht der Todestag. Nur *Karsten*.

Gleichmäßig fließt das Regenwasser dem einzigen Friedhofsbesucher in den Mantelkragen, bahnt sich einen Weg unter Jacke und Hemd, rinnt ihm den Rücken hinab. Still steht er da, der kleine Mann mit dem roten Gesicht, nimmt bedächtig seinen Hut ab, hält ihn mit beiden Händen vor seinen dicken Bauch und weint. Der Wind kommt von hinten, bläst ihm die spärlichen Haarsträhnen auf dem runden Schädel zu kleinen Büscheln, durchnässt ihm nach und nach den Rücken.

Er spürt all das nicht. Er sieht sich, den jungen Mann von damals, vor mehr als einem Vierteljahrhundert, den unbeschwerten, unternehmungslustigen. Schlank noch, voller Lebensfreude und bereits auf dem Weg zum Erfolg. Sieht die Lichter des Festes, riecht die Düfte von gebrannten Mandeln, Bratwurst und Räucherfisch, die miteinander im Wettstreit liegen, sieht die junge Frau – so traurig, so lockend, so bereit –, sieht jedes Detail der folgenden halben Stunde mit ihr. Hört immer noch, was sie flüstert, fühlt ihre Wärme.

Der weiche, moosige Boden der Lichtung in dem Wäldchen, das direkt an das große Festzelt grenzt, duftet einladender als jedes Bett. Diesen unvergesslichen Geruch des Augenblicks hat der Mann genau jetzt wieder in der Nase. Und hört ihre Stimme: »So war es noch nie. Ich wusste nicht, dass es so schön sein kann.«

Eine halbe Stunde nur. Was, wenn es sie nie gegeben hätte?

Der Blick des Mannes fällt auf das Holzkreuz und verschwimmt. Seine durchnässten Schultern fliegen zuckend auf und ab. Er zieht ein Taschentuch hervor und schnäuzt sich, kann den Blick nicht von dem Namen abwenden, der ihm anklagend entgegenschreit.

Was, wenn sie ihrem Mann die Wahrheit gesagt hätte? Was, wenn auch er sich anders entschieden hätte – für sie? Wäre ihrer aller Leben dann glücklicher verlaufen, ihres vor allem? Und stünde dort jetzt dieses Kreuz?

Vorbei. Keine Antworten. Vielleicht war es besser so.

Als er in seinen schweren Wagen steigt, sich klatschnass in die hellen Lederpolster fallen lässt, den Motor startet, als das schmiedeeiserne Tor des Friedhofs langsam im Rückspiegel kleiner wird, ist Hauke Dierksen so traurig wie nie zuvor in seinem Leben.

Todtraurig.

Randnotizen und Dank

Diese Geschichte ist frei erfunden. Etwaige Ähnlichkeiten mit lebenden oder verstorbenen Personen wären rein zufällig und unbeabsichtigt.

Das Dorf Estoft gibt es nicht, obwohl: Eigentlich stimmt das nicht ganz, denn solche Orte gibt es im Land zwischen den Meeren zu Hunderten, sie heißen bloß anders.

Mit diesem Roman habe ich mich in die Welt der Landwirtschaft begeben, von der ich selbst nicht viel verstehe. Ich war daher diesmal ganz besonders auf fachkundige Hilfe angewiesen. Den vielen Bauern, die ich mit meinen Fragen verfolgt habe – manchmal sogar während ihrer Arbeit –, gilt daher mein Dank für ihre geduldige Bereitschaft, mir Einblick in ihr Tagwerk und auch in die schwierigen wirtschaftlichen Verhältnisse zu gewähren, mit denen die Landwirtschaft in diesen Zeiten zu kämpfen hat.

Von der Jagd verstehe ich noch weniger als von der Agrarwirtschaft, daher geht ein ganz spezielles Dankeschön an Marcus Börner, den Pressereferenten des Landesjagdverbandes Schleswig-Holstein e. V., der mir geduldig und mit großer Herzlichkeit nicht nur meine Fragen beantwortete, sondern mich mit seinem Fachwissen vor peinlichen Fehlern bewahrt hat, was im Roman vorkommende Waffen und Munition angeht.

Natürlich dürfen auch die freundlichen Beamtinnen und Beamten der Bezirkspolizeidirektion Flensburg in dieser Aufzählung nicht vergessen werden, die mir bei meinen Romanen seit langer Zeit in fachlichen Fragen stets freundlich und zuverlässig zur Seite stehen.

Wieder habe ich selbstverständlich jedoch vor allem meiner Familie für ihre Unterstützung zu danken, namentlich meiner Frau Kirsten. Aber auch meinen Freunden danke ich für ihr nie nachlassendes Interesse an meiner Arbeit, für ihre Hilfe und ihren Zuspruch.

Unter den professionellen Partnern, die mir und meinen Büchern unermüdlich den Weg ebnen, seien hier mit besonderem Dank Conny Heindl und Gerald Drews von der *Medien- und Literaturagentur Drews* und Aletta Wieczorek, meine ebenso fähige wie geduldige Lektorin, genannt – nicht zu vergessen auch meine Verlegerin Ulrike Rodi und ihr ganzes engagiertes Team vom *Grafit Verlag,* in dem meine Kriminalromane bestens aufgehoben sind.

Ein dankbarer Gruß geht wieder an meine Kolleginnen und Kollegen von den *42erAutoren,* mit denen ich mich stets vertrauensvoll beraten kann.

Das wichtigste Dankeschön, das ein Autor aussprechen kann, darf schließlich nicht fehlen, nämlich das an meine stetig wachsende Leserschaft. Ich bin sehr glücklich, dass Helene Christ mittlerweile so viele Freunde gewonnen hat. Diesen fünften Fall für die junge Flensburger Ermittlerin hat es nur deshalb schon jetzt gegeben, weil mir auf meinen Lesungen heftiger Protest entgegenwehte, als ich ankündigte, Helene erst einmal eine Pause zu gewähren und mich einem anderen Projekt zuzuwenden.

Ich bin froh, mich umentschieden zu haben, und kann nur hoffen, dass meine Leser das ebenso empfinden.

H. Dieter Neumann
Frühjahr 2018

Mehr Fälle für Helene Christ

H. Dieter Neumann

Die Tote von Kalkgrund

ISBN 978-3-89425-454-4

Der 1. Fall für Helene Christ, auch als E-Book erhältlich

Firma weg, Frau weg, Boot weg – Simon Simonsen verliert in kürzester Zeit alles, was ihm etwas bedeutet hat. Dann wird er auch noch des Mordes verdächtigt. Nur Kommissarin Helene Christ gräbt etwas tiefer und redet sich ein, dies nicht nur deswegen zu tun, weil sie sich zu Simon hingezogen fühlt …

Mord an der Förde

ISBN 978-3-89425-462-9

Der 2. Fall für Helene Christ, auch als E-Book erhältlich

Nahe der Ostseesteilküste wird die Leiche der 14-jährigen Clarissa gefunden. Edgar Schimmel glaubt schon bald, den Täter zu kennen. Aber nachdem seine Kollegin Helene Christ die Bekanntschaft mit der Familie des toten Mädchens gemacht hat, kommen ihr Zweifel: Was haben die von Sassenheims zu verbergen?

Tod auf der Rumregatta

ISBN 978-3-89425-471-1

Der 3. Fall für Helene Christ, auch als E-Book erhältlich

Die traditionelle Flensburger Rumregatta steht unter keinem guten Stern: Erst wird die Leiche eines jungen Afrikaners gefunden, dann wird der Verdacht laut, dass ein Schiff nur zur Tarnung eines großangelegten Drogenschmuggels mitsegelt. Helene Christ und ihr Partner Edgar Schimmel wissen bald nicht mehr, wo ihnen der Kopf steht.

Nebel über der Küste

ISBN 978-3-89425-484-1

Der 4. Fall für Helene Christ, auch als E-Book erhältlich

Große Aufregung in Flensburg: Die Leiche des Staatssekretärs Hark Ole Harmsen wird mit Schusswunden am Strand gefunden. Ein politisch brisanter Fall für Helene Christ, die sich noch dazu mit einer neuen Vorgesetzten herumschlagen muss.

Gegen Mitfiebern gibt es kein Rezept!

Stefanie Ross

Das Schweigen von Brodersby

Ein Landarzt-Krimi

ISBN 978-3-89425-490-2
Auch als E-Book erhältlich

Ein charismatischer Landarzt,
ein idyllisches Dorf,
kauzige Einwohner und
mysteriöse Todesfälle

Der ehemalige KSK-Soldat Jan Storm übernimmt auf der
Suche nach einem Neuanfang die Landarztpraxis in Brodersby,
einer idyllischen Gemeinde zwischen Schlei und Ostsee. Denn
nach einem traumatischen Afghanistaneinsatz will er nur noch
vergessen – und der kleine Ort scheint ihm meilenweit entfernt
von Schusswunden, Explosionen und Toten.

Als er erfährt, dass sein kerngesunder Vorgänger unter mysteriösen Umständen verstarb, und weitere Dorfbewohner plötzlich
zusammenbrechen, beschließt er, der Sache auf den Grund zu
gehen. Doch damit bringt er nicht nur sich, sondern auch
Arzthelferin Lena in tödliche Gefahr – denn seine Gegner
haben ihn längst im Visier …

*»Der Krimi … funktioniert tadellos nach dem Motto:
Rau, aber herzlich.«* Kieler Nachrichten

*»Es knallt, es funkt und es fliegen die Fetzen bei diesem sogenannten
Landarzt-Krimi, der Humor kommt nicht zu kurz und ein bisschen
Romantik und Drama runden dieses perfekte kleine Buch ab.«*
Eschborner Stadtmagazin

Hat Ihnen dieses Buch gefallen und
möchten Sie wissen, wie es weitergeht?

Dann abonnieren Sie unseren Newsletter,
wir halten Sie auf dem Laufenden!

www.grafit.de